KB270774

다산시선

정약용 丁若鏞

조선 후기 실학사상을 집대성한 조선 최고의 실학자이자 사상가. 다산(茶山)은 그의 호이다. 1762년 경기도 광주군에서 출생했고, 28세에 문과에 급제해 동부승지·형조참의 등의 벼슬을 지냈다. 경학(經學)과 문장에 뛰어났으며 천문·지리·의술 등 자연과학에도 밝았다. 천주교를 가까이한 것을 빌미로 1801년 신유옥사에 연루되어 18년간의 유배형에 처해졌다. 유배기간 동안 목격한 피폐한 사회상을 계기로 바른 정치와 민생 향상의 개혁적인 대안들을 제시하며 다각도의 학문적 연구를 진행했다.『목민심서』『경세유표』『흠흠신서』 등 500여권의 방대한 실학 관련 저작과 경학 연구서 232권을 비롯해 2500여 수의 시(詩)와 문장 등 뛰어난 저술들을 남겼다. 1818년 음력 8월 귀양이 풀려 고향으로 돌아왔다. 1836년 음력 2월 22일 회혼일(回婚日) 아침에 마현리 자택에서 별세했다.

송재소 宋載卲

1943년 경북 성주에서 출생. 서울대학교 문리대 영문학과와 같은 학교 대학원 국문학과를 졸업하고「다산문학연구」로 문학박사 학위를 받았다. 한국한문학회 회장을 지냈고, 성균관대학교 한문학과 교수로 정년을 맞은 뒤 지금은 같은 학교 명예교수이며, 퇴계학연구원 원장이자 다산연구소 이사로 활동하고 있다. 다산 정약용의 학문과 문학 세계를 널리 알리는 데 오랫동안 힘써왔고, 우리 한문학을 유려하게 번역하는 것으로 정평이 나 있다.『다산시 연구』『한시 미학과 역사적 진실』『주먹바람 돈바람』『한국 한문학의 사상적 지평』『몸은 곤궁하나 시는 썩지 않네』『한국 한시작가 열전』 등의 저서와,『역주 목민심서』(공역) 등의 역서가 있다.

개정증보판
다산시선

초판 발행 / 1981년 12월 20일
개정증보판 1쇄 발행 / 2013년 9월 16일
개정증보판 2쇄 발행 / 2014년 1월 20일

지은이 / 정약용
옮긴이 / 송재소
펴낸이 / 강일우
책임편집 / 정편집실
펴낸곳 / (주)창비
등록 / 1986년 8월 5일 제85호
주소 / 413-120 경기도 파주시 회동길 184
전화 / 031-955-3333
팩시밀리 / 영업 031-955-3399 편집 031-955-3400
홈페이지 / www.changbi.com
전자우편 / human@changbi.com

ⓒ 송재소 2013
ISBN 978-89-364-7232-0 03810

정약용 지음

송재소 역주

창비

1981년 『다산시선』이 출간된 이래 32년이란 세월이 흘렀다. 그리고 내가 대학원 석사과정에 입학해서 다산시를 읽기 시작한 지도 37년이 되었다. 이렇게 강산이 세번이나 바뀔 만한 세월이 흐르는 동안 줄곧 다산에 매달려왔지만 다산은 여전히 높은 산이다.

돌이켜보면 처음 다산시茶山詩를 읽었을 때의 내 머릿속은 온통 감격과 흥분으로 가득 차 있었다. 그 감격과 흥분을 이기지 못해 겁도 없이 시를 번역하겠다고 달려들었으니 참으로 치기만만한 시절이었다. 그럼에도 불구하고 『다산시선』은 독자들로부터 분에 넘치는 사랑을 받았다. 이 사랑에 보답하는 길은, 부실한 점을 수정 보완해서 보다 나은 개정판을 내는 일이라 생각했지만 내 게으름 탓에 생각을 실천에 옮기지 못하고 있었다. 그러던 중 2012년 다산 탄신 250주년을 계기로 개정판의 작업에 착수했다.

초심으로 돌아가 다시 읽는 다산의 시는 32년 전과는 또다른 감동을 나에게 안겨주었다. 세상과 시詩를 보는 시야가 조금은 넓어진 내 눈에 비친 다산은 역시 위대한 시인이었다. 시의 속성은 기본적으로 개인의 정서를 개성적으로 노래하는 것이다. 그러나 '매우 재능있는 뛰어난 시인'에 머물지 않고 '위대한 시인'이 되기 위해서는, 개인의 정서 속에 개인을 넘어선 더 큰 집단적 정서가 녹아 있어야 한다. 개인과 집단, 개인과 국가, 나아가 개인과 세계를 독립된 별개로 보지 않고 서로 관련되어 영향을 미치는 유기체로 인식한 바탕 위에서 시를 써야만 '위대한 시인'이 될 수 있다. 두보杜甫를 위대한 시인이라 부르는 이유가 여기 있다. 우리나라의 경우 「진달래꽃」의 작가 김소월金素月과 「화사花蛇」의 작가 서정주徐廷柱를 매우 재능있는 뛰어난 시인이라 부를 수 있다면 「님의 침묵」을 쓴 한용운韓龍雲을 위대한 시인이라 불러도 좋을 것이다.

이런 의미에서 다산은 위대한 시인임에 틀림없다. 그는 폐쇄적이고 고립적인 자아에 갇히지 않고 열린 마음으로 병든 사회를 아파했다. 그리하여 18년이라는 기나긴 유배생활 동안 자신의 개인적 슬픔 속에 농민들의 슬픔을 용해시키면서 위대한 농민시편들을 창작했다. 이렇게 한 시대를 치열하게 살다 간 위대한 시인을 우리의 선조로 두었다는 사실은 자랑스러운 일이 아닐 수 없다. 내가 대학원 다닐 때 나의 지도교수이신 장덕순張德順 선생님께서 "요즘 내가 춘향이 덕분에 먹고 산다"는 말씀을 하신 기억이 난다. 『춘향전』에 대한 글을 많이 쓰실 뿐만 아니라 춘향과 관련된 각종 행사에 바쁘게 참여하셨기 때문에 농담으로 하신 말씀이었다. 그래서 나도 제자들에게 "내가 다산 선생 덕분에 먹고산다"는 말을 가끔 한다. '먹고산다'는 것이 물질적 이익을 가져다준다는 말은 아니고, 위대한 사상가이자 시인인 다산을 연구하고 알린다는 보람과 자부심으로 살아간다는 뜻이다.

이번 개정판에는 무엇보다 오역誤譯을 바로잡는 데에 힘썼다. 오역이 아니더라도 적절치 못한 부분 또한 가능한 한 고쳤다. 그리고 약 50여수의 시를 새로 추가해서 번역했다. 2,500여수에 달하는 다산의 시에는 그의 사상이 고스란히 담겨 있을 뿐만 아니라 그의 생애의 갖가지 곡절이 마치 일기日記처럼 펼쳐져 있다. 그래서 시를 통해 다산의 일생을 조감鳥瞰할 수 있고, 특정 시기 다산의 심적心的 갈등을 이해할 수 있는 시 50여수를 추가한 것이다. 또 시의 이해를 돕기 위해서 해제를 대폭 보완했으며, 연보年譜도 좀더 자세하게 보완 정리했다. 시만 읽어도 다산의 사상과 생애를 거칠게나마 이해할 수 있도록 하려는 것이 이 개정판의 일차적인 목표이다.

번역문을 다듬고 고치는 과정에서 민족문화추진회의 『국역 다산시문집』(1982~97)의 도움을 적지 않게 받았다. 다산시를 번역한 송기채, 임성기, 양홍렬 세분 선생께 시를 빌려 감사의 뜻을 전한다. 그리고 시 원문을 꼼꼼히 교정해준 김영죽 박사, 강지희 박사, 성균관대 한문학과 박사과정의 유혜영, 이현주 씨의 노고도 잊을 수 없다. 끝으로 번역문을 일일이 손질해서 좀더 유려한 문장이 되도록 힘써준 정편집실 김정혜 실장에게 고마운 마음을 전하고 싶다.

2013년 6월 5일 지산시실止山詩室에서

송재소

내가 다산시茶山詩에 관심을 가지기 시작한 것은 대학원에 진학할 무렵이었다. 그때 나는 학부에서 영문학을 전공하고 근 10여년째 방황하고 있었다. 문학을 공부하겠다는 '큰뜻'을 품고 영문과에 입학해서 T. S. 엘리엇Eliot, 딜런 토머스Dylan Thomas, 클리언스 브룩스Cleanth Brooks 등의 작품을 제법 감격하며 읽었었다. 그러나 졸업과 함께 나는 영문학에 짙은 회의를 느끼게 되었다. 어떻게 해서 이러한 회의가 찾아왔는지 분명히 알 수는 없지만, 지금 생각해보면 대략 두가지 이유에서가 아닌가 한다. 첫째는 영문학을 계속할 만한 능력이 없어서였고, 둘째는 영문학보다는 우리의 문학을 해야겠다는 소박한 사명감에서였던 것 같다.

어쨌든 망설임 끝에 학문으로서의 영문학을 포기하고 국문학으로 방향을 전환하여, 우전雨田 신호열辛鎬烈 선생님 문하에서 한학漢學을 공부하는 한편, 국문학 관계 논문들을 읽어나가기 시작했다. 그때 내 눈에 띈 것이 벽사碧史 이우성李佑成 선생님의 「실학實學의 사회관社會觀과 한문학」이란 논문이었다. 이 글을 읽고 나서 한국 한문학을 전공해야겠다는 생각이 들었고 다산시에 매력을 느끼게 되었다. 다산이 위대한 사상

가일 뿐만 아니라 시에 있어서도 만만찮은 업적을 남긴 분이라는 걸 비로소 깨달은 것이다. 그후 다산의 시를 읽어나가면서 그 넓고도 깊은 시의 경지에 나 나름으로 매료되어 여러 편의 논문을 쓰는 동안 일부나마 다산시를 번역하여 일반 독자들에게 읽히고 싶은 충동을 금할 수 없었다. 여기에 주위의 권고도 있고 하여 부끄러움을 무릅쓰고 감히 번역에 착수했다.

몇년의 신고 끝에 이 보잘것없는 번역본이 세상에 선보이게 되었지만, 나 같은 사람에겐 애초에 주제넘은 일이었다. 나의 짧은 식견으로는 도저히 해결할 수 없는 부분이 허다했기 때문이다. 이렇게 주제넘은 일인 줄 알면서도 번역에 착수한 것은 우전 선생님과 벽사 선생님의 자상한 가르침을 믿었기 때문이었다. 사실상 이 책이 내 이름으로 출판되기는 했지만 누분 선생님의 지도가 없었던늘 빛을 보기 어려웠을 것이다. 특히 노령에도 불구하고 번역문과 원문을 일일이 대조하여 잘못을 지적해주신 우전 선생님의 은혜를 잊을 수 없다. 그러나 미처 여쭙지 못하여 오역을 했거나 얼버무려놓은 부분은 전적으로 나의 잘못임을 밝혀둔다. 이 점 기회가 닿는 대로 수정할 것을 약속한다.

두분 선생님 외에도 신세를 진 분들이 너무나 많다. 늦게야 국문학을 시작한 나를 따뜻하게 이끌어주신 서울대학교 국문과의 여러 선생님들, 언제나 다급한 나의 질문에 싫다 않고 가르쳐주신 강신혁姜信赫 선생님, 충고와 격려로 내게 용기를 주었던 외우畏友 임형택林熒澤 교수, 그리고 무언의 성원을 보내준 성균관대학교 한문교육과의 여러 학생들, 특히 원고정리와 교정에 수고한 오수경吳壽京 군, 원유훈元裕勳 군, 이은수李恩洙 양에게 감사를 드린다. 아울러 국문학에 있어서는 나의 선배로서 문장 교정, 맞춤법 교정에 힘써준 아내에게 고마움을 표한다. 창작과

비평사의 정해렴 사장 이하 여러분들에게는 언젠가 소주라도 한잔 사
야겠다.

1981년 11월 15일

송재소

제2부 굶주리는 백성들

제3부 수심에 싸여

제1부

경양지를 지나며

수학시절 1762~89

장모 이숙부인[1] 만사輓詞[2]

부인께선 늘그막에 다복多福했으나
소싯적 가난을 언제나 말하셨네

머리 잘라 오는 손님 접대했었고
방아 찧어 늙은 부모 즐겁게 해드렸다고

자애로운 그 은혜 누가 갚으리
부드러운 덕성이 세상에 드문데

슬프고 슬프도다 동파역東坡驛[3] 머리
단풍 숲에 비 뿌려 티끌 먼지 씻어주네

外姑李淑夫人輓詞

夫人晩福厚　　常說少時貧
剪髮供來客　　春粱悅老親
慈恩誰竟報　　柔德世希倫
悽愴東坡驛　　楓林雨洗塵　〔1777, I-1, 4b〕

1 숙부인(淑夫人): 정3품의 종친 또는 문무관(文武官)의 부인에게 주는 품계.
2 5월 27일에 별세했다(五月卄七日沒 — 원주).
3 동파역: 지금의 경기도 파주시 문산(汶山).

　〔해제〕 다산은 1776년(15세) 2월에 풍산 홍씨豊山洪氏와 결혼했는데 그 이듬해
에 장모가 별세했다. 장인은 홍화보洪和輔로 황해도 병마절도사를 역임한 무인
武人이다.

지리산 스님

유일有一[1]에게

지리산 높고 높아 삼만 길[2]인데
푸른 상봉 평지는 손바닥 같아

그중에 암자 하나 대사립 두짝이요
백발의 스님이 검은 법복法服 입고 있네

솔잎으로 미음 끓여 목을 축이고
칡덩굴로 모자 엮어 이마를 가렸는데

백번이고 천번이고 염불 외다가
갑자기 고요하여 아무 소리 들리잖네

삼십삼년 산 밖으로 나오지 않았으니
세상사람 그 누가 이 얼굴 기억하리

꽃이 피고 꽃이 져도 거들떠보지 않고
오고 가는 구름과 한가지로 한가할 뿐

표범은 소매 끌며 뜰 앞에서 장난하고
다람쥐는 창틈에서 염불소리 듣고 있네

산삼이 땅에 가득 아무도 캐지 않고
노루 사슴 울어대며 제멋대로 나다니네

이 스님 이름을 누가 장차 알겠으랴
안개 노을 첩첩이 푸른 산을 덮었으니

태백산에 용龍 가둔 일[3] 모두가 의심하고
소림사 면벽 구년[4] 중생들은 이해 못해

"설파대사[5] 선정禪定에 들었단 말 들리는데
그 높은 발걸음이 여기 온 건 아닌지요?"

연공蓮公은 고개 숙여 답하려 하지 않고
설파와 이별 후론 소식 없다 말할 뿐

智異山僧歌 示有一

智異高高三萬丈	上頭碧巘平如掌
有一草菴雙竹扉	有僧白毫垂緇幌
松葉稀糜或沾喉	葛絲煖帽常覆纇
喃喃念經千百遍	忽爾寂然無聲響
三十三年不下山	世人那得識容顔
花開花落了不省	雲來雲去只同閑

文豹牽裾戲庭畔　　斑貕聽偈遊牕間

蔘芽滿地無人採　　麂鹿呦呦自往還

此僧名字將誰識　　烟霞疊鎖蒼山色

太白藏龍衆共疑　　少林面壁愚莫測

吾聞雪坡入禪定　　無乃高蹤此逃匿

蓮公俛首不肯答　　但道別來無消息　　〔1778, I-1, 7b〕

1 유일(有一, 1720~99)의 호(號)는 연담(蓮潭), 자(字)는 무이(無二), 성은 천(千)씨. 화순
(和順) 사람으로 이조시대의 선교(禪敎)를 대표하는 인물.
2 길〔丈〕: 길이의 단위로 10자〔尺〕가 1장〔丈〕이다. 약 2.4미터 내지 3미터에 해당한다.
3 태백산(太白山)은 중국 장안(長安, 오늘날의 시안西安) 남쪽에 있는 종남산(終南山)이
다. 태백산에 살던 인도에서 온 고승(高僧)이 연못에서 사람을 해치는 못된 용을 잡아
바리때에 가두었다는 이야기가 있다.
4 소림면벽(少林面壁): 중국의 달마대사(達磨大師)가 소림사에서 9년 동안 벽을 바라보
고 좌선(坐禪)하여 득도했다고 한다.
5 설파대사는 유일의 법형이다(雪坡大師 有一之法兄──원주).

〔해제〕 다산은 1777년(16세) 가을에 화순현감으로 부임하는 부친을 따라 임
지인 화순에 가서 형 약전若銓과 함께 글을 읽었는데 이때 유일을 만난 듯하다.
유일은 그전에 소내〔苕川〕로 다산을 찾아와 서로 만난 적이 있었다. 수학기의 다
산은 왕성한 지식욕을 가지고 정통 유가경전 이외의 서적도 널리 읽었으며 불
교에 대해서도 극단적으로 배척하지는 않은 듯하다. 이 시에서도 다산은 유일
을 매우 호의적으로 그리고 있다.

경양지景陽池를 지나며[1]

온갖 나무 우거져 큰길을 굽어보고
역루驛樓 가까이엔 꽃다운 연못 하나

얼굴 비친 봄물은 아득히 멀고
늦구름 제 뜻대로 두둥실 떴네

대나무 울창해 말달리기 어렵지만
연꽃 피어 뱃놀이 제격이구나

위대할손 관개灌漑의 힘
일천 이랑 논들이 넘실넘실 출렁이네

過景陽池

雜樹臨官道　　芳池近驛樓
照顏春水遠　　隨意晚雲浮
竹密妨行馬　　荷開合汎舟
弘哉灌漑力　　千畝得油油　〔1779, I-1, 8a〕

1 이때 나는 중씨(仲氏)와 함께 한양으로 가고 있었다. 때는 2월(時與仲氏 同赴漢陽 二
  月也—원주).

〔해제〕 지방관으로 부임한 부친을 따라 전라남도 화순에 있다가 부친의 명
령으로 과거 공부를 하기 위해 서울로 가던 도중에 지은 작품이다. 이때 그의
나이는 18세였다.

순창에서

대나무 숲속에 아름다운 누각 하나
비스듬한 버들가에 붉은 배 한척

따뜻한 백사장에 물오리 잠을 자고
물고기 제멋대로 마름 속을 뚫고 가네

큰 읍이라 조세租稅가 넉넉하여서
부잣집엔 풍악소리 울려퍼지고

술 따르는 작은 기생
치맛자락 휘날리네

登淳昌池閣

綵閣脩篁裏　　紅船臥柳邊
沙暄容鴨睡　　藻動任魚穿
大邑饒租賦　　豪家嗜管絃
傳觴有小妓　　裙帶自翩翩　〔1779, I-1, 8a〕

한양에 들어가서

남녘땅 삼년을 나그네로 지냈는데
봄이 온 서울에는 일만 나무 꽃 피었네

성문에 들어서니 화사한 기색
돌아보니 안개 노을 아련하구나

유학생활 그 어찌 벗이야 없으련만
이리저리 헤매느라 가정 아직 못 꾸렸네

시골땅 논밭으로 다시 돌아가
뽕밭 삼밭 일굼이 낫지 않을까

入漢陽[1]

南土三年客　春城萬樹花
入門多氣色　回首杳煙霞
遊學那無友　棲遑未有家
何如隴畝上　歸與種桑麻　〔1779, I-1, 9a〕

1 3월이다. 병으로 사람들을 만나지 못하고 성 밖에 머물면서 짓다(三月也 病未相見 留
  城外作—— 원주).

〔해제〕 화순에서 고향으로 갔다가 서울로 들어서서 느낀 다산의 감회이다.
이 시절 그는 과거시험에 급제해 벼슬길에 나아가는 것에 회의를 품고 있었다.
형식적이고 틀에 박힌 과거시험에 대한 회의와, 어지러운 정치판에 대한 회의
가 함께 그를 괴롭혔던 것 같다. 이 시에서도 사환仕宦과 은거 사이의 심적 갈등
이 드러나는데 이러한 갈등은 28세에 문과에 급제할 때까지 계속된다. 그는 이
해 9월 감시監試에서 낙방하고 아내와 함께 부친이 있는 화순으로 갔다.

붉은 매화

대숲에 자리잡은 그윽한 공관公館
매화 한그루 창 앞에 피어 있네

우뚝한 모습으로 눈 서리 견디면서
조용하고 깨끗하게 티끌 먼지 벗어났네

한해가 다 지나도 별뜻 없어 보이더니
봄이 오니 스스로 꽃 활짝 피우네

그윽한 향기가 속기俗氣를 벗었으니
붉은 꽃만 사랑스런 것 아니로구나

賦得堂前紅梅

窈窕竹裏館　　牕前一樹梅
亭亭耐霜雪　　澹澹出塵埃
歲去如無意　　春來好自開
暗香眞絶俗　　非獨愛紅腮　〔1780, I-1, 10b〕

광양에서

작은 마을 산기슭에 의지해 있고
황폐한 옛 성이 바닷물에 씻기네

흙비 내려 큰 나무들 침침한 모습
비 머금은 섬 구름 더 높이 떴네

빈 장터엔 까막까치 요란스레 날아들고
다리엔 조개 소라 다닥다닥 붙어 있네

요즈음 어세漁稅가 너무 무거워
사는 것이 날마다 서글프기만

暮次光陽

小聚依山坂　　荒城逼海潮
漲霾官樹暗　　含雨島雲驕
烏鵲爭虛市　　蠯螺疊小橋
邇來漁稅重　　生理日蕭條　〔1780, I-1, 11a〕

〔해제〕 1779년 서울에서 감시에 낙방하고 다시 화순으로 갔다가 1780년 봄에 예천군수로 임명된 부친을 뵙기 위해 예천으로 가던 도중에 지은 시이다. 황폐한 성과 흙비와 어두운 나무들, 까마귀와 까치 등으로 쓸쓸하고 음산한 마을의 분위기를 나타내고 마지막에 어세로 이어지는 이 시는, 다산시에서 처음으로 등장하는 사회시 계열의 작품인데 이때 다산의 나이 19세였다.

두치진[1]

마부가 말을 몰아 골짜기 벗어나니
나룻배 뜬 들 나루에 봄물이 푸르구나

따뜻한 백사장에 이제 막 장이 서니
부엌마다 연기 나고 술과 고기 벌여 있네

언덕엔 마소가 서로 얼려 희롱하고
포구엔 돛배들이 엮은 듯이 총총하네

서쪽은 대방帶方[2]이요 북쪽은 사벌沙伐[3]이라
호상대고豪商大賈[4] 여기에 떼 지어 모여드네

송경松京[5] 애주愛州[6] 비단이 거쳐서 들어오고
울릉鬱陵 탁라乇羅[7] 생선도 이곳으로 실려오네

오고 가는 이 발길들 모두 다 이익 때문
이목耳目 더럽히는 이 세상 그 누가 바로잡나

돌아보니 남악南嶽[8]이 안개 속에 잠겨 있고
청학靑鶴은 높이 날아 쫓아가기 어렵구나[9]

豆卮津

鳴驢引頸欣出谷　　野渡舟橫春水綠

沙平日煖市初集　　萬竈煙生羅酒肉

岸邊牛馬交相戱　　浦口帆檣森似束

西通帶方北沙伐　　豪商大賈於斯簇

松京愛州轉錦綺　　鬱陵乇羅輸魚鰒

穰穰往來摠爲利　　誰能挽世塗耳目

回看南嶽鎖煙霧　　靑鶴高飛杳難逐　〔1780, I-1, 11a〕

1 하동부에서 10리 떨어진 곳에 있다(在河東府十里——원주). 지금의 경상남도 하동군
  화개면.
2 대방: 지금의 전라북도 남원(南原).
3 사벌: 지금의 경상북도 상주(尙州).
4 호상대고: 대규모의 상인들.
5 송경: 지금의 개성(開城).
6 애주: 평안북도 의주(義州) 동북쪽 압록강가에 있는 지명.
7 탁라: 지금의 제주도.
8 남악: 지금의 지리산(智異山).
9 청학동(靑鶴洞)은 지리산에 있는데 그때 나는 아내를 거느리고 있어서 두루 살필 수
  가 없었다(靑鶴洞 在智異山 時因領內 不能歷覽——원주).

칼춤
미인에게

계루고雞婁鼓[1] 소리 따라 풍악이 시작되니
저 넓은 좌중이 가을물처럼 고요한데

촉석루[2] 성안 처녀 꽃 같은 그 얼굴이
군복으로 분장하여 영락없는 남자로다

보랏빛 쾌자掛子[3]에 청전모靑氈帽[4] 눌러 쓰고
관중 향해 절 올리고 발꿈치 이내 돌려

음절에 맞추어서 사뿐사뿐 종종걸음
망설이듯 가서는 기쁜 듯 돌아와서

날으는 선녀처럼 너울너울 앉으니
발아래 곱디고운 가을 연꽃 피어나네

거꾸로 서서 한참 동안 춤을 추다가
열 손가락 뒤쳐 뵈니 뜬구름 같구나

한 칼은 땅에 놓고 또 한 칼로 춤추니
푸른 뱀이 백번이나 가슴을 휘감는 듯

홀연히 쌍칼 잡자 사람 모습 간데없고
삽시간에 하늘엔 안개 구름 자욱하네

이리저리 휘둘러도 칼끝 서로 닿지 않고
치고 찌르고 뛰고 굴러 소름이 끼치네

회오리바람 소나기가 겨울 산에 가득한 듯
붉은 번개 푸른 서리가 빈 골짝서 다투는 듯

놀란 기러기처럼 멀리 가, 안 돌아올 듯싶더니만
성난 매처럼 내려덮쳐 쫓아가지 못하겠네

쨍그렁 칼 던지고 날듯이 돌아오니
예처럼 가는 허리 의연히 한줌일세

서라벌 여악女樂은 우리나라 제일인데
황창무黃昌舞[5] 옛 곡조가 지금까지 전하누나

칼춤 배워 성공하기 백에 하나 어려운 법
살진 몸매 처진 볼에 노둔한 자 많았거늘

너 이제 젊은 나이 그 기예 절묘하니
옛말의 여협女俠[6]을 이제야 보는구나

얼마나 많은 사람 너 때문에 애태웠나
미친 바람 장막 안에 몰아치지 않았던가

舞劍篇贈美人

雞婁一聲絲管起　四筵空闊如秋水
轟城女兒顏如花　裝束戎裝作男子
紫紗褂子靑氈帽　當筵納拜旋擧趾
纖纖細步應疏節　去如怊悵來如喜
翩然下坐若飛仙　脚底閃閃生秋蓮
側身倒挿蹲蹲久　十指翻轉如浮煙
一龍在地一龍躍　繞臂百回靑蛇纏
倏忽雙提人不見　立時雲霧迷中天
左鋋右鋋無相觸　擊刺跳躍紛駭矚
颮風驟雨滿寒山　紫電靑霜鬪空谷
驚鴻遠擧疑不反　怒鶻回搏愁莫逐
鏗然擲地颯然歸　依舊腰支纖似束
斯羅女樂冠東土　黃昌舞譜傳自古
百人學劍僅一成　豐肌厚頰多鈍魯
汝今靑年技絶妙　古稱女俠今乃覯
幾人由汝枉斷腸　已道狂風吹幕府　〔1780, I-1, 11b〕

1 계루고: 중국 고대 북의 한 종류. 둥근 통의 양쪽에 가죽을 댄 양면고(兩面鼓)로서 왼
  쪽 겨드랑이에 끼고 오른손의 채로 친다.
2 촉석루(矗石樓): 경상남도 진주(晉州)에 있는 누각으로 임진왜란 때 기생 논개(論介)
  가 왜장을 끼고 누각 앞 강물에 빠져 죽었다는 이야기로 유명하다.
3 쾌자: 옛날 전투복의 하나로 등솔기를 길게 트고 소매가 없다.
4 청전모: 털로 짠 푸른색 모자.
5 황창무: 우리나라 고대 무악(舞樂)의 일종인 듯하나 분명하지 않다. 민주면(閔周冕)의
  『동경잡기(東京雜記)』에 다음과 같은 기록이 있는 것으로 보아 '황창랑(黃倡郎)의 검
  무(劍舞)'가 아닌가 한다. "황창랑은 신라 사람이다. 전설에 의하면 나이 7세에 백제
  의 시가(市街)로 들어가 칼춤을 추니 구경꾼이 담처럼 둘러섰다. 백제 왕이 그 소문
  을 듣고 불러 당(堂)으로 올라와 칼춤을 추라고 명령하자 황창랑은 칼춤을 추다가 백
  제 왕을 찔러 죽였다. 이에 백제 사람들이 그를 죽였다. 신라 사람들이 그를 가엽게
  여겨 그의 형상을 본뜬 가면을 만들어 칼춤 추는 형상을 하였는데 지금까지 그 칼춤
  이 전해온다고 한다."
6 여협: 여자 협객(俠客).

〔해제〕 예천에 있으면서 진주의 촉석루를 유람하고 쓴 작품으로, 특히 묘사
의 사실성이 주목을 끈다. 푸른 뱀, 겨울 산의 회오리바람과 소나기, 붉은 번개,
푸른 서리 등의 적절한 비유를 빌려 칼날이 번뜩이는 칼춤 장면을 실감나게 그
리고 있다. 다산의 사실적인 시작詩作 태도는 다산시 전반의 공통적인 특징으로
이조후기 농촌사회의 묘사에도 이와 같은 사실주의적인 정신이 그대로 연장된
다. 19세에 쓴 이 작품에서 그가 젊었을 때부터 사물을 보는 눈이 정확하고 날
카로웠음을 알 수 있다.

객지생활에 지쳐[1]

고향에 물러나 처자와 살 만한데
서울에서 또다시 지루한 생활

문장이 세속의 안목과 어긋나니
꽃을 봐도 버들을 봐도 나그네 시름 자아내

먼지 막는 부채를 자주 들고서
고향 가는 그 배를 항상 그리네

사마상여司馬相如 역시도 천박한 사람이니
기둥에 글을 써서[2] 무엇을 구하렸나

倦遊

鄕里堪攜隱　　京城又倦遊
文章違俗眼　　花柳入羈愁
屢擧遮塵扇　　長懷上峽舟
馬卿亦賤子　　題柱欲何求　　〔1781, I-1, 14a〕

1 이때 성균관의 월과(月課)에 세번 낙방하고 회현방에 머물러 있었다(時三屆泮宮之課
  留會賢坊 — 원주).
2 한(漢)나라 사마상여가 벼슬을 구하기 위해 장안으로 가던 중 승선교(昇仙橋)를 지나
  다가 다리 기둥에 "네필의 말이 끄는 높은 수레를 타지 않고는 이 다리를 다시 지나지
  않겠다"라는 글자를 썼는데 이는 반드시 높은 벼슬을 하여 고향으로 돌아가겠다는 결
  의를 드러낸 것이다. 다산은 그것이 부질없는 일이라 말하고 있다.

〔해제〕 다시 서울에 가서 과거시험 준비를 하고 있던 20세 때의 작품이다. 이
해 2월에 암행어사의 탄핵을 받아 부친은 직책을 빼앗겨 고향으로 돌아갔고,
장인 또한 숙천肅川으로 귀양 갔다. 이런 상황에서도 과거시험을 보기 위해 서
울에 머물러야 했던 다산의 내적 갈등이 드러나 있다.

답답한 마음

나이 어려 왕경王京[1]에 노닐 때에는
내 몸 낮춰 친구 교제하지 않았고

속된 기운 벗어난 사람이라면
서로 족히 마음을 털어놓았네

힘을 합해 수사洙泗[2]로 돌아가고자
두번 다시 시의時宜[3]를 묻지 않아서

예의禮義 잠시 새롭긴 하였지마는
허물과 후회가 이에서 생겨났네

굳건한 마음가짐 있지 않다면
이 길 어찌 평탄할 수 있겠으리오

언제나 두려운 건 중도에 길을 바꿔
영원히 뭇사람의 비웃음 사는 일

슬프다 이 나라 사람들이여
주머니 속에 갇힌 듯 궁벽하구나

삼면은 바다에 둘러싸이고
북쪽은 높은 산이 주름져 있어

사지가 언제나 굽어 있으니
큰 뜻인들 무슨 수로 채울 수 있으리오

성현은 만리 밖 먼 데 있으니
누가 있어 이 어둠 헤쳐줄 건가

고개 들어 사방을 둘러보아도
환하게 깨달은 자 보기 드물고

남의 것 모방에만 급급해하니
어느 틈에 정성껏 자기 일 연마하리

어리석은 무리들이 바보 하나 떠받들고
야단스레 다같이 받들게 하니

질박하고 꾸밈없는 단군檀君 세상의
그 시절 옛 풍속만 못하리로다

述志 二首

弱歲游王京	結交不自卑
但有拔俗韻	斯足通心期
戮力返洙泗	不復問時宜
禮義雖暫新	尤悔亦由玆
秉志不堅確	此路寧坦夷
常恐中途改	永爲衆所嗤
嗟哉我邦人	辟如處囊中
三方繞圓海	北方繚高崧
四體常拳曲	氣志何由充
聖賢在萬里	誰能豁此蒙
擧頭望人間	見鮮情曈曨
汲汲爲慕傚	未暇揀精工
衆愚捧一癡	嗜哈令共崇
未若檀君世	質朴有古風　〔1782, I-1, 15b〕

1 왕경: 서울.
2 수사: 수수(洙水)와 사수(泗水). 모두 강의 이름으로 공자가 이 근처에서 제자들에게
　도를 가르쳤다고 한다.
3 시의: 그때그때의 사정에 따라 현실과 타협하는 것.

〔해제〕 서울에서 과시科詩를 익히고 있던 21세 때의 작품인데 다산의 시야가

넓어졌음을 볼 수 있다. 특히 이 시에서 "성현은 만리 밖 먼 데" 있다는 구절의 '성현'이 누구를 가리키는지 궁금하다. 그리고 "어리석은 무리들이 바보 하나 떠받"든다고 할 때의 '바보 하나'도 누구를, 또는 무엇을 가리키는지 역시 궁금하다. 비생산적인 성리학적 풍토에서 내키지 않는 과거시험을 준비하던 그가 서양문물을 접하면서 받은 충격의 소산이 아닐까 조심스럽게 생각해본다. 당시 다산은 이미 이벽李檗을 통해 서양의 학문을 접하고 있었다.

뱃사공

나는 본래 산중에서 약초 캐는 늙은이
우연히 강에 나와 뱃사공 되었다네

서풍 불어 서쪽 길 끊어놓기에
동쪽으로 가려 하니 동풍이 몰아치네

바람이야 제 어찌 고의로 그러리오
내 스스로 바람 따라가지 않은 탓

두어라 이제 그만
나 옳고 바람 그르다 말하지 말고
산중에 돌아가 약초 캠만 못하리라

篙工歎

我本山中採藥翁	偶來江上爲篙工
西風吹斷西江路	却向東江遇東風
豈其風吹故違我	我自不與風西東
已焉哉莫問風非與我是	不如採藥還山中　〔1782, I-1, 16b〕

〔해제〕 역시 21세 때의 작품으로 격심한 심적 갈등을 달래기 위해 잠시 고향
에 들렀을 때 지은 시이다. 산중에서 약초 캐며 사는 것이 본분에 맞는데 쓸데
없이 뱃사공이 되어 바람 때문에 제대로 배를 부리지 못함을 한탄하고 있다. 바
람은 어지러운 정국과 시속을 암시한다. 다산은 "산중에 돌아가 약초 캠만 못
하리라"라고 하여 거의 체념에 가까운 탄식을 하고 있다.

옛 뜻

어진 아내 원치 않고
넓은 집 원치 않네

아내가 어질면 곁에만 있고 싶고
사는 집이 좋으면 안일하게 마련이라

대장부 한 몸을 얽어매고 있는데
멀리까지 내다볼 겨를이 있으리오

잠시라도 떠나기 싫어질 텐데
하물며 여름 겨울 지낼 수 있으리오

옛부터 높고 어진 선비들이란
살림살이 즐거움 생각 안 했네

바랄 것 하나 없는 쓸쓸한 신세
밤중에 한숨을 쉬어보노라

훨훨 나는 남방조南方鳥 고운 날개는
얼마나 아름답게 반짝이는가

저 혼자 사랑하고 어여삐 여겨
푸르른 시냇물에 제 그림자 비쳐 보네

가을 하늘 가득한 독수리들은
치고받고 하면서 마음껏 나는데

사다새는 무엇을 생각하길래
종일토록 턱 밑 살 늘이고 있나

기특한 깃털을 가졌지마는
쑥대풀 속에서 니는 게 고작이니

등과 배의 털이나 정성껏 길러
애오라지 눈 서리 막아볼밖엔

古意

取妻不願賢　　室屋不願寬

妻賢戀好合　　美屋情依安

繫維丈夫身　　未遑慮退觀

莫肯暫刻離　　況敢經燠寒

自古賢達士　　不念居室歡

蕭條無可欲　　乃發中夜歎

翩翩南方鳥　　彩翼何煒煌
自愛復自憐　　顧影綠水旁
鵰鶚滿秋天　　搏擊恣軒昂
鵜鴣亦何意　　終日垂胡囊
雖有羽毛奇　　蓬蒿甘翺翔
善養腹背毳　　聊以禦雪霜　　〔1782, I-1, 16b〕

〔해제〕 두번째 시의 '남방조'와 '사다새'가 같은 새인지 알 수 없지만 모두 다산 자신을 가리키는 듯하다. 1783년 진사進士가 되기 전의 답답한 심정을 우회적으로 술회한 것으로 생각된다.

소과에 급제하고[1]

고운 물가 상스러운 기운 감도는 날
홍도鴻都에서 재주를 시험하는 때

시골까지 임금 은혜 두루 미치어
꽃망울도 봄볕에 아름다움 뽐내는데

마을에선 칭송이 떠들썩하고
아내의 얼굴에는 생기가 도네

조그만 성취가 어찌 대단하랴만
글월 띄워 어버이 즐겁게 하려네

國子監試放榜日志喜

華渚流祥日　鴻都試藝辰
草茅覃雨露　花萼媚陽春
村巷傳呼數　閨門動色新
小鳴那足恃　書發庶怡親　〔1783, I-1, 18a〕

1 계묘(癸卯)년이다. 원자(元子)의 칭호를 정한 일로 인한 증광감시(增廣監試)의 초시(初試)에서 백씨(伯氏)는 초장과 종장에, 중씨(仲氏)는 시로, 나는 경의(經義)로 다함께 합격했다. 이때 체천정사(棣泉精舍)에 함께 있다가 기쁜 소식을 듣고 서신으로 부친에게 알렸다(癸卯 元子定號 增廣監試初試 伯氏中兩場 仲氏以詩 余以經義 俱占解額 時共坐 棣泉精舍 聞喜書報家君 —— 원주).

〔해제〕 22세 때 드디어 소과小科에 합격해 생원이 되었다. 『사암선생연보俟菴先生年譜』는 이날의 일을 이렇게 기록하고 있다. "선정전宣政殿에 들어가 은혜에 감사를 드릴 적에 임금이 특별히 얼굴을 들라 하시고 나이가 몇이냐고 물었다. 이것이 공에게 있어서 최초의 성군聖君과 현신賢臣의 만남이었다."

강마을

지는 해 쓸쓸히 산 넘어가고
맑은 봄 강 유유히 흘러가는데

바람이 잔잔하여 고기들 입질하고
숲이 어두우니 새들 다퉈 돌아오네

강 언덕엔 잠자는 나룻배 하나
보리 이랑 사이로 묵은 길이 열려 있네

사립문 바라고 잠시 서 있노라니
시골 풍경 정말로 맑고 그윽해

宿汀村

落日凄凄盡　　春江泯泯流
風微魚更食　　林黑鳥爭投
宿纜依蒲岸　　荒蹊間麥疇
望門還暫立　　村色信淸幽　〔1783, I-1, 19b〕

기행[1]

1

곧게 뻗은 방죽에 버드나무 사초莎草[2] 풀
두어 집 아낙네들 앞개울에 빨래하네

말고삐 멈추고서 탄정灘亭 길 물었더니
아이보고 일러서 강 서쪽을 가리키네[3]

5

험한 절벽 골짜기에 초목이 울창하여
옛부터 사람들 호랑이와 이웃하네

올려 보니 꼭대기엔 밭 일구는 불길들
사농司農[4]의 적외민籍外民[5]이 이들이로군[6]

6

해협 서쪽 바라보니 구름 안개 쌓여 있고
쓸쓸한 촌마을이 두어 집 서 있네

지난달 해일海溢에 제방이 무너앉아
가래 괭이 가지고 들사람들 고생하네[7]

紀行絶句

1

暗柳晴莎一字堤　　　數家洴澼在前溪

停驂爲問灘亭路　　　還倩兒童指水西

5

峭壁回谿草木蓁　　　舊來人虎與爲鄰

試看絶頂燒畬火　　　猶是司農籍外民

6

海門西望積雲霞　　　蕭瑟村墟或數家

前月潮多堤水破　　　野人辛苦集鉏鎁　　〔1783, I-1, 21a〕

1 동쪽으로 충주(忠州)까지 이르렀고 진천(鎭川)을 지나 서쪽으로 안산(安山)에 이르는
　도중에 지은 것이 12수인데 여기에 6수를 수록한다(東至忠州 歷鎭川 西至安山途中 所得
　十二首 今錄六首──원주).
2 사초: 바닷가 모래땅에 자라는 여러해살이풀.
3 대탄을 지나며 짓다(過大灘作──원주).
4 사농: 원래는 중국 한(漢)나라 때 9경(卿)의 하나로 농사를 맡은 벼슬이다.
5 적외민: 호적에 편입되지 않은 백성, 즉 조세를 내지 않는 백성.
6 진천의 북촌을 지나며(過鎭川北村──원주).
7 안산의 섬촌(剡村)에 도착해서(到安山剡村──원주).

〔해제〕 원래 6수인데 3수만 번역했다.

손무자[1]를 읽고

인생은 먼 길 가는 나그네 같아
평생토록 갈림길서 헤매는 신세

육경六經[2]을 즐김이 옳은 일이나
구류九流[3]도 두루 엿볼 생각에

강개한 마음에 병서兵書를 읽어
만고에 한바탕 휘둘러볼 생각했다가

이 생각 진실로 지나치기에
책 덮고 길게 한번 탄식해보네

호기로운 선비는 가까이 못할레라
나 배운 것 바탕 삼아 이용할까 두려웁고

용렬한 사람은 가까이 못할레라
나보고 스승 삼자 달려들까 두려웁네

초연히 내 갈 길 혼자서 걸어가며
내 생각 저으기 위로한다네

천지는 언제나 변하는 거고
도덕이 언제나 높은 건 아니니

이 세상 조화가 미묘하고 빈틈없어
누가 능히 그 연원을 살필 수 있나

신룡神龍이 머리를 한번 흔들면
연못의 잔고기가 시름에 잠기고

온갖 귀신 거리에 날뛰다가도
푸른 바다 아침 해가 돋는 법인데

때로는 이 이치가 어긋나기도 해
모진 환난 당할까 두렵긴 하나

차분한 마음으로 명교名教[4]를 따르노니
이 즐거움 어찌 말로 다할 수 있으리오

讀孫武子

人生如遠客	終歲在路歧
六經本可樂	九流思偏窺
慷慨讀兵書	萬古期一馳

此意良已淫　　掩卷一長噫

豪士不可近　　恐以我爲資

庸人不可近　　恐以我爲師

超然得孤邁　　庶慰我所思

天地無常設　　道德無常尊

運化微且徐　　誰能察其源

神龍奮其首　　洳澤愁鮞鯤

百鬼騁中逵　　溟渤生朝暾

理然時有詘　　恐汝離蹇屯

安心履名敎　　此樂何可言　　〔1784, I-1, 23a〕

1 손무자(孫武子): 중국 춘추시대 제(齋)나라 사람으로『손자(孫子)』13편을 저술하여 병법가(兵法家)의 비조로 일컬어진다.
2 육경:『역경(易經)』『서경(書經)』『시경(詩經)』『춘추(春秋)』『예기(禮記)』『악기(樂記)』의 여섯가지 경서.
3 구류: 중국 한(漢)나라 때의 9학파, 즉 유가·도가·음양가·법가·명가(名家)·묵가(墨家)·종횡가(縱橫家)·잡가(雜家)·농가(農家)를 이른다.
4 명교(名敎): 인류의 명분을 밝히는 교훈, 즉 유학의 가르침을 이른다.

〔해제〕 모든 것을 알고 싶어 했고 모든 것을 이루려고 했던 청년 다산의 패기와 원대한 야망을 읽을 수 있는 시이다.

정석치鄭石癡[1]의 용 그림에 붙여

요즈음 용 그림은 귀신 그림 같아서
방상씨方相氏[2] 머리에다 뱀 꼬리 붙여놔도

용 본 사람 드문지라 그럴듯이 믿고는
구름 낀 듯 몽롱하게 현혹되어버리네

정공鄭公이 분발하여 실물처럼 그리려고
비늘 하나 눈 하나, 용의 정기精氣 그려내니

솟구치는 기세가 지붕 뚫을 형상이요
꿈틀대는 모습은 사람 칠까 걱정이네

이 그림 얻기가 주옥珠玉보다 더 어려워
남몰래 방 안에서 사람 피해 만졌는데

남에게 보여서는 안 된다는 부탁 받고
나 이제야 세상에 알리는 까닭은
그릇된 습속을 바로잡기 위해서네

題鄭石癡畫龍小障子

時師畫龍如畫鬼	任作魖頭與蛇尾
人稀見龍信其然	茫洋眩惑雲氣靉
鄭公發憤思逼眞	一鱗一鬐皆傳神
夭蟜直愁仰衝屋	奮發常疑橫觸人
此畫難得如珠玉	密室潛描避人目
戒我勿洩我發之	丹靑小數要矯俗　〔1784, I-1, 23a〕

1 이름은 철조며 벼슬은 정언이다(名喆祚 官正言――원주).
2 방상씨: 궁중에서 악귀를 쫓던 의식인 나례(儺禮)에서 쓰던 것으로 눈이 네개 있는
  귀신의 가면.

〔해제〕 다산은 그림에 대해 철저히 사실적인 입장을 취하여 그리려는 대상
과 닮으면 닮을수록 훌륭한 그림이 된다고 생각했다. 그는 「발취우첩拔翠羽帖」
(I-14, 20b)이란 글에서 윤용尹愹의 그림을 평하면서 사실적인 그림과 비사실적인
그림을 다음과 같이 대비하여 말했다. "그의 작품에서는 꽃·나무·새·짐승·벌
레 등 할 것 없이 모두 화법의 묘리에 맞아서 섬세하고도 생동성이 강하다. 저
서투른 화가들이 모지라진 붓에다 먹물만 듬뿍 찍어 기괴하게 되는 대로 휘두
르면서 뜻만 그리고 형形은 그리지 않는다고 자처하는 자들의 작품과는 대비할
바가 아니다. 윤공尹公은 언제나 나비·잠자리 같은 것들도 손에 잡아들고 그 수
염·눈썹·털·고운 맵시 등의 섬세한 부분까지 자세히 살펴보고는 그 모양을 그
리되 꼭 실물을 닮은 뒤라야 붓을 놓았다." 용이 실재하는 동물은 아니지만 용
다운 용을 그리려고 한 정석치의 노력을 높이 산 데서 다산의 사실적인 예술관
을 엿볼 수 있는 시라 하겠다.

호박

장맛비 열흘 만에 모든 길 끊어지고
성안에도 시골에도 밥 짓는 연기 사라졌네

태학太學[1]에서 글 읽다가 집으로 돌아오니
문 안에 들어서자 떠들썩한 소리 들려

들어보니 며칠 전에 끼닛거리 떨어지고
호박으로 죽을 쑤어 근근이 때웠는데

어린 호박 다 따먹고 늦게 핀 꽃 지지 않아
호박 아직 안 맺으니 이 일을 어찌하랴

항아리같이 살진 옆집 마당 호박 보고
계집종이 남몰래 도둑질하여다가

충성을 바쳤으나 도리어 야단맞네
"그 누가 너에게 도둑질하라 가르쳤나"
심하게 볼기 맞고 꾸중 듣는 중

아서라 죄 없는 아이 꾸짖지 말라
이 호박 나 먹을 테니 다시는 두말 말라

옆집 가서 떳떳하게 사실대로 말하라
오릉중자於陵仲子[2] 작은 청렴 달갑지 않다

이 몸도 때 만나면 출세길 열리리라
안 되면 산에 가서 금광이나 파보지

만권 책 읽었다고 아내 어찌 배부르랴
두마지기 논만 있어도 계집종 죄 안 지을 것을

南瓜歎

苦雨一旬徑路滅	城中僻巷煙火絶
我從太學歸視家	入門譁然有饒舌
聞說罌空已數日	南瓜鬻取充哺歠
早瓜摘盡當奈何	晚花未落子未結
鄰圃瓜肥大如瓿	小婢潛窺行鼠竊
歸來效忠反逢怒	孰敎汝竊箠罵切
嗚呼無罪且莫嗔	我喫此瓜休再說
爲我磊落告圃翁	於陵小廉吾不屑
會有長風吹羽翮	不然去鑿生金穴
破書萬卷妻何飽	有田二頃婢乃潔　〔1784, I-1, 23b〕

1 태학: 성균관.
2 오릉중자: 오릉은 중국 산둥성(山東省)에 있는 지명인데 전국시대 제(齊)나라의 귀
  족 진중자(陳仲子)가 지나치게 청렴결백하여 세상과 어울리지 못하고 이곳에 은거하
  면서 몸소 일하며 자급자족하고 살았다고 한다. 맹자는 「등문공장(滕文公章)」 「진심장
  (盡心章)」 등에서 진중자의 행위를 대의(大義)에 어긋난다고 비난했다.

〔해제〕 23세 때 성균관에서 공부하고 있을 당시의 시로, 다산의 현실의식이
잘 나타나 있다. 계집종이 이웃집 호박을 훔친 것은 먹을 것이 없었기 때문이므
로 죄가 성립되지 않는다. 그러므로 계집종은 도둑이 아니다. 다산은 「감사론監
司論」(I-12, 11a)에서 배가 고파 남의 물건을 훔치는 자가 도둑이 아니라, 백성의
피를 빨아먹는 수령과 감사 들이 진짜 큰 도둑이라고 말했다.

이덕조[1] 만사

선학仙鶴이 이 세상에 내려왔는가
드높은 기상과 우뚝한 풍채

깃과 날개 희기가 백설과 같아
따오기, 닭들이 시기하고 미워했네

울음소리 하늘 끝에 울려퍼졌고
맑고 고와 티끌 먼지 벗어났더니

가을 타고 갑자기 날아가버려
남은 사람 마음만 슬프게 하네

友人李德操輓詞

仙鶴下人間　　軒然見風神
羽翮皎如雪　　雞鶩生嫌嗔
鳴聲動九霄　　嘹亮出風塵
乘秋忽飛去　　怊悵空勞人　〔1785, I-1, 25b〕

1 이덕조(李德操): 다산의 큰형 정약현(丁若鉉)의 처남 이벽(李檗). 덕조는 그의 자(字)이
 고 호(號)는 광암(曠菴)이다. 다산은 천주교에 호의적이던 이벽으로부터 처음으로 천
 주교에 관한 서적을 얻어 읽고 천주교에 관심을 가지게 되었다.

〔해제〕 다산은 자신과 천주교의 관계에 대해서 다음과 같이 말했다. "갑진년
(1784, 23세) 4월 보름날 큰형수의 제사를 지내고 우리 형제가 이덕조와 함께 같
은 배를 타고 물결을 따라 내려오다가 배 안에서 천지조화의 시초와 육체와 정
신, 죽음과 삶의 이치에 대해 듣고 황홀하고 놀랐는데 마치 은하수의 끝없음과
같았다. 서울에 온 후 또 덕조로부터 『천주실의天主實義』와 『칠극대전七極大全』
등 여러권의 책을 보고 흔연히 그쪽으로 기울었다." (「선중씨 정약전 묘지명先仲氏墓誌
銘」, I-15, 42a) "정미년(1787) 이후 4, 5년 동안은 서교西敎에 마음을 기울였다. 그러
나 신해년(1791) 이래로 나라에서 서교를 엄중히 금지하자 드디어 마음을 끊었
다." (「자찬묘지명 광중본自撰墓誌銘壙中本」, I-16, 1b)

가을에

내 고향 동쪽은 수운향水雲鄉[1]이라
생각하니 가을이면 즐거운 일 많았어라

밤밭에 바람 불면 붉은 열매 떨어지고
개여울에 달이 뜨면 붉은 게 향기롭네

촌길 잠시 걷는 새도 모두가 시詩의 소재
구태여 돈 들여 술 마실 필요 없네

객지생활 여러해에 돌아가지 못하고
고향 편지 올 때마다 남몰래 가슴 앓네

秋日書懷

吾家東指水雲鄉　　細憶秋來樂事長
風度栗園朱果落　　月臨漁港紫螯香
乍行籬塢皆詩料　　不費銀錢有酒觴
旅泊經年歸未得　　每逢書札暗魂傷　〔1785, I-1, 26a〕

1 수운향: 물이 흐르고 구름이 떠도는 곳, 즉 속기(俗氣)를 떠난 깨끗하고 맑은 곳.

〔해제〕 강렬한 사회의식이 표명된 장편시가 다산시의 특징이지만, 이와 같이 짧은 서정시에도 시인으로서 다산의 면모가 뚜렷이 나타나 있다. 이때 다산은 서울 회현방會賢坊의 누산정사樓山精舍에 살고 있었다.

감흥[1]

전국시대[2]는 오히려 옛날[3]에 가까워
현명한 선비만 골라 뽑았네

유세遊說하는 선비가 경상卿相이 되고[4]
다른 나라 사람도 앞자리에 섰었는데[5]

홍도鴻都[6]의 경쟁 문 열린 이후로
글 짓는 재주만 나날이 번잡해져

영예와 굴욕이 한 글자로 판결나고
일생토록 하늘과 땅 차이가 나고 마니

의기 높은 선비는 굽히는 것 싫어하여
산택山澤에 버려짐을 달게 여기네

한세상 건너기가 술 마시기 같아서
시작할 땐 의례히 한두 잔이나

마시면 갑자기 취하기 쉽고
취하면 본마음 어두워져서

백 잔을 기울이며 정신없이 취하여
거친 숨 몰아쉬며 무진무진 마셔대네

저 넓은 산림에 거처할 곳 많아서
지자智者는 일찌감치 찾아가는데

나는 늘 생각뿐 가지 못하고
헛되이 남산 밑만 지키고 있네

感興 二首

戰國猶近古	選士唯其賢
游談取卿相	客旅多居前
鴻都啓爭門	詞藻日紛然
榮悴判一字	畢世分天淵
伉厲恥屈首	山澤甘棄捐

涉世如飮酒	始飮宜細斟
旣飮便易醉	旣醉迷素心
沈冥倒百壺	豕息常淫淫
山林多曠居	智者能早尋
長懷不能邁	空守南山陰　〔1786, I-1, 26a〕

1 이때 과거시험에 낙방했다(時下第—원주).
2 전국시대(戰國時代): 중국 주(周)나라 위열왕(威烈王) 때부터 진(秦)나라 시황(始皇)이
  천하를 통일한 때까지의 204년간.
3 여기서는 요(堯), 순(舜), 우(禹), 탕(湯), 문(文), 무왕(武王) 등이 통치하던 이상적인
  시대를 가리킨다.
4 전국시대에 범수(范睢), 채택(蔡澤) 등이 유세객으로서 진나라의 재상이 된 일을 말
  한다.
5 이사(李斯)가 초(楚)나라 사람으로 진나라의 객경(客卿)이 된 일 등을 말한다.
6 홍도: 중국 후한(後漢)의 영제(靈帝) 때 설치한 일종의 도서관으로 그곳에서 선비들이
  글 짓는 공부를 하며 시험준비를 했다고 한다.

〔해제〕 소과에 급제한 후 대과를 준비하면서 느낀 마음의 갈등을 노래한 시
인데, 인재 등용방법으로서 과거科擧가 불합리하다는 이야기는 다산의 저작 도
처에서 발견된다. 그는 「오학론4五學論四」(I-11, 22b)에서 이렇게 말했다. "이 세
상을 주관하면서 천하를 거느려 광대놀음을 하는 재주는 과거科擧의 학문이다.
(…) 지금 천하의 총명하고 슬기로운 자들을 모아놓고 한결같이 모두 과거라는
절구에다 던져 넣어 찧고 두드려서 오직 깨어지고 문드러지지 않을까 두려워
하니 어찌 슬프지 않으리오." 그러나 제자들에게는 과거를 통해야만 경세제민
經世濟民하는 길을 얻을 수 있기 때문에 과문科文, 과시科詩를 공부해야 한다고 가
르쳤다. 두번째 시 마지막 연에서 보는 바와 같이 다산 자신도 끝내 과거의 굴
레를 벗어나지 못했다.

문암산장의 가을[1]

2

골 깊고 물 차니 기후가 고르잖아
구월에 분 동풍이 너무도 무정쿠나

올해는 찰벼 심어 후회했으니
내년엔 반드시 메벼를 심으리라

3

산속이 오통 늦가을 풍경인데
온 가족 모두 다 밭머리에 나와 있네

목화는 볕에 말려 아이에게 줍게 하고
서리 맞은 콩깍지는 할멈 사서 거두리

4

서쪽으로 오리쯤 수시水市와 통해
높은 가을 강어귀에 장삿배 들어오네

아침상의 새웃국 웬일인가 하였더니
숯 팔러 가 엊저녁에 돌아왔다네

5

앞산에서 나무하다 노루 잡아 돌아오니
온 동네가 떠들썩 집집마다 술렁이네

파 마늘 곁들여 흙화로에 구워 내니
촌사람 고기맛 모른다고 그 누가 말했던가

6

청제봉青帝峰 북쪽은 칠원漆園에 접해 있어
산과 계곡 마치도 무릉도원武陵桃源 같을시고

금년엔 빈 쌀독 걱정할 것 없겠구나
새로 캔 인삼이 팔구 뿌리 되는지라

7

밤 깊은 울타리에 호랑이 나타나니
고요한 산중에 우레 같은 울음소리

소년 홀로 사립문 밀치고 나가
시내까지 쫓아가서 개 빼앗아 돌아오네

秋日 門巖山莊 雜詩

2

谷邃泉寒氣未平　　東風九月太無情
今年悔種緗毛稉　　來歲須栽坼背秔

3

山裏烟光屬晚秋　　全家都在石田頭
棉花日晒敎兒拾　　豆莢霜凋倩嫗收

4

水市西通五里纔　　高秋穴口賈船來
朝盤怪有紅鰕漿　　聞道前宵賣炭廻

5

樵叟前林打鹿歸　　一村讙賀動山扉
地爐燒炙兼葱蒜　　誰道農家未齧肥

6

青帝峰陰接漆園　　溪山恰是武陵源
今年不患罌無粟　　新採人蔘八九根

7

籬落三更猛虎來　　萬山寥寂一聲雷

少年獨出柴門去　　　　　趕到前溪取狗廻　〔1787, I-1, 29a〕

1 9월이다. 그때 나는 벼 베는 것을 보며 수십일 머물렀다(九月也 時因看刈 留數十日—
　원주).

　〔해제〕 이 무렵 다산은 정조의 총애를 받고 있었음에도 여전히 출사와 은거
사이에서 갈등을 겪고 있었는데, 아마 정조의 총애에 반비례해 노론 벽파辟派의
견제가 심했기 때문인 것으로 생각된다. 이 시는 이러한 심적 갈등을 달래기 위
해 용문산 북쪽에 있는 문암의 산장에 가서 수십일 머물면서 쓴 작품이다. 그는
결국 그해 12월 문암에 산장을 구입했다.

술에 취하여

그대 보지 못했는가, 진펄에서 높이 나는 저 기러기를
굶주리면 내려와 들판 벼를 쪼아 먹네

또한 보지 못했던가, 숲속에서 제멋대로 내달리는 저 말을
우리 속의 콩 생각에 찬바람 속 슬피 우네

태창太倉[1]의 곡식을 얻을 수만 있다면
농사지어 밥 먹기를 그 누가 원할 거며

금화金華 옥당玉堂[2]에 오를 수만 있다면
그 어찌 산림에서 살려고 하겠는가

객지생활 십년에 뜻 이루지 못하고
재주 높아 남의 시기 받을까 두렵다네

유생劉生의 광절교론廣絶交論[3] 통쾌하게 읽고서
한말 술 들이켜 곧장 취해버리니

눈앞의 온갖 것이 가을 털같이 보여
높이 베고 크게 웃으며 아이놈들 바라보네

일어나 저 멀리 용문산에 숨으려니
아이놈들 서글피 마음만 애태우네

醉歌行

君不見澤國高飛鴻	飢來啄稻野田中
又不見長楸逸奔馬	回思棧豆嘶悲風
太倉之米如可得	何人更願畊田食
金華玉堂如可登	肯向林樊取棲息
客游十年不稱意	恐汝才高被物忌
快讀劉生廣絶交	痛飮一斗徑取醉
眼前百物如秋毫	高枕大笑看兒曹
起來遠遯龍門北	兒曹悵望心徒勞　〔1787, I-1, 29b〕

1 태창: 나라의 곡식 창고. 태창의 곡식을 얻는다는 것은 벼슬을 하여 녹봉을 받는다
는 뜻이다.
2 금화 옥당: 대궐을 가리킨다.
3 유생의 광절교론: 유생은 중국 남조(南朝) 제(齊), 양(梁) 시대의 학자인 유준(劉峻)이
고, 광절교론은 이해관계에 따라 변하는 당시의 인정세태를 비판한 글이다.

원진사[1]

아내에게

1

삼농사 반년 동안 가지치기 수고롭고
목화농사 일년 내내 가뭄 장마 걱정인데

누에치기 효과가 빠르기는 제일이라
한달이면 광주리에 고치가 가득하네

2

괄단欵段[2]이 녹이騄駬[3] 난 건 듣지 못했고
반호蟋狐[4]가 오로獒盧[5] 난 것 보지 못했네

올해엔 금쪽 같은 누에종자 골랐으니
내년엔 고치실이 옥병〔玉壺〕[6]과 같으리라

3

묵은 뽕잎 가져다가 새끼 누에 먹이고서
새잎은 남겨두어 누에 늙기 기다리세

오랫동안 배곯아 병들까 걱정이요
너무 먹여 숫놈만 만들지 말아야지

4

층층이 잠박蠶箔[7] 놓아 알맞게 배치하니
칠 층이면 일곱 칸 누에를 칠 만하네

냄새를 멀리하고 덥도 춥도 않게 하여
언제나 햇볕 들게 동남쪽 향해야지

6

기상氣桑[8]이 좋다 해도 지상地桑만 못하지만
한 뙈기만 심어도 열 집 옷은 나온다네

노상魯桑[9]이랑 형상荊桑[10]이랑 심을 만한 뽕나무
붉은 오디 까마귀가 물고 가게 하지 마라

蚖珍詞七首贈內

1

半年麻枲勞耕蓐　　終歲棉花慮雨暘
最是蠶功收效疾　　三旬嬴得繭盈箱

2

駁段未聞生駃騠　　獱狐不見產葵盧
今年擇種如金粒　　來歲纏絲等玉壺

3

須將舊葉哺纖蟻　　留養新芽待老蟲

唯恐久飢深得病　　無令太飽獨成雄

4

層苗安排量所函　　七層能養七間蠶

遠臭兼須齊冷煖　　納陽常要向東南

6

氣桑不似地桑肥　　一畝栽成十室衣

魯沃荆剛俱可種　　莫敎紅甚鳥銜歸　　〔1788, 1-1, 30a〕

1 안사람이 양잠을 몹시 좋아하여 서울에 있으면서도 해마다 고치실을 수확하므로 이
　시를 쓴다(家人癖於蠶 雖在京城 歲收繭絲 故有是作── 원주). 원(蚖)은 여름에 치는 누에.
　원진(蚖珍)은 보배 같은 누에란 뜻인 듯하다.
2 관단: 걸음이 느린 둔마.
3 녹이: 좋은 말의 이름으로, 주(周)나라 목왕(穆王)이 천하를 주유할 때 타던 팔준마
　(八駿馬)의 하나.
4 반호: 꼬리가 짧은 나쁜 개.
5 오로: 오(獒)는 사나운 개, 로(盧)는 색이 검은 전국시대 한(韓)나라의 명견.
6 옥병: 고치가 병 모양으로 생겼으므로 옥으로 만든 병처럼 좋은 고치를 얻으리라는 뜻.
7 잠박: 누에 치는 데 쓰는 채반.
8 기상, 지상: 재배방법에 따른 뽕나무의 분류인 듯하나 확실하지 않다.
9 노상: 오디가 많이 열리는 뽕나무.
10 형상: 오디가 적게 열리는 뽕나무.

〔해제〕 다산은 양잠의 중요성을 여러 차례 강조했다. 강진에서 아들에게 보낸 편지에서도 "생계를 꾸려가는 방법에 대하여 밤낮으로 모색해보아도 뽕나무 심는 일보다 더 좋은 계책이 없을 것 같다. (…) 잠실 세 칸을 만들어놓고 잠상蠶床을 일곱층으로 해놓으면 한꺼번에 스물한 칸의 누에를 칠 수 있어서 부녀자들을 놀고먹게 하지 않을 수 있으니 또한 좋은 방법이다. 금년에는 오디가 잘 익었으니 너도 그 점을 명심하여라"(「示學淵家誡」, I-18, 15b)라 하여 뽕나무를 심어 누에를 치는 것이 농가의 큰 소득이 될 수 있음을 말하고 있다.

문과에 급제하고[1]

임헌시臨軒試[2]에 여러번 응시했다가
마침내 급제하는 영광 얻었네

하늘의 조화는 깊기도 해라
미물에도 낳고 자람 후하게 했도다

둔하고 졸렬하여 임금 보좌 어렵지만
공정과 청렴으로 충성을 바치리

임금님 말씀으로 격려 많이 해주시니
부모님 마음을 그나마 위로할 듯

正月十七日賜第 熙政堂上謁 退而有作

屢應臨軒試　　終紆釋褐榮
上天深造化　　微物厚生成
鈍拙難充使　　公廉願效誠
玉音多激勵　　頗慰老親情　〔1789, I-1, 31b〕

1 이때 반시(泮試)에서 수석을 했다(時泮試居首 —— 원주).
2 임헌시: 임금이 나와서 직접 보이는 시험.

〔해제〕 28세에 문과에 급제한 후 희릉직장禧陵直長에 제수되어 험난한 벼슬
길에 첫발을 내디뎠다.

제2부

굶주리는 백성들

벼슬살이 시절 1789~1800

장호원[1]에서

이정역梨亭驛 가는 길이 용당龍堂에 접해 있고
가는 길이 충주 가까워 고향과 같네

가을 나무 까마귀들 장터는 썰렁하고
석양에 말과 소, 들 다리 길구나

면화는 저 멀리 금산金山[2] 상인 손에 가고
쌀과 벼는 모조리 한강으로 수송되네

내일은 하담荷潭[3]에서 성묘를 하려는데
풀잎에 맺힌 서리, 차마 어찌 바라볼꼬

次長湖院

梨亭驛路接龍堂　　　行近忠州似故鄉
秋樹烏鴉溪市冷　　　夕陽牛馬野橋長
棉花遠致金山賈　　　稻秸全輸洌水航
來日荷潭謀汎掃　　　忍看原艸帶微霜　〔1789, I-1, 33a〕

1 장호원(長湖院): 경기도 이천(利川)의 읍으로 교통의 요충이며 농축산물의 집산지
  이다.
2 금산: 경기도 진위(振威), 경상남도 밀양(密陽), 경상북도 금릉(金陵)의 옛 이름이 모두
  금산이어서 어느 곳을 가리키는지 분명치 않다.
3 하담: 충주에서 서쪽으로 20리 떨어져 있으며 이곳에 다산의 선영(先塋)이 있다.

〔해제〕1789년(28세) 문과에 급제한 후 8월에 울산부사로 부임한 부친을 뵙기
위해 울산으로 가는 도중에 쓴 시이다.

너[1]

생각하면 네가 나를 떠나보낼 때
옷자락 부여잡고 놓지 않았지

돌아와도 네 얼굴엔 기쁜 기색 보이잖고
원망하듯 아쉬워하듯 생각에 잠겼었지

마마로 죽는 건 어쩔 수 없더라도
등창으로 죽다니 억울하지 않으리오

웅황雄黃[2]을 썼더라면 악성종기 다스려
나쁜 균이 남몰래 자랄 수 있었으랴

이제 막 인삼 녹용 먹이려는데
냉약冷藥이 어찌 그리 망할 약인가

지난번 모진 고통 네가 겪고 있었을 때
나는 한창 질탕하게 놀고 있었지

푸른 물결 한가운데 장구 치며 놀았고
홍루紅樓에서 기생 끼고 마음껏 노닐었다

내 마음 빗나가 벌 받아 마땅하리
이러고서 어떻게 징벌을 면할 건가

내 너를 소내〔苕川〕[3]로 데리고 가서
서산 언덕 양지쪽에 묻어주리라

나도 장차 그곳에서 늙을 것이니
이 아비 의지하고 고이 잠들라

憶汝行

憶汝送我時	牽衣不相放
及歸無歡顔	似有怨慕想
死痘不奈何	死瘟豈非枉
雄黃利去惡	陰蝕何由長
方將灌蔘茸	冷藥一何妄
曩汝苦痛楚	我方愉佚宕
摢鼓綠波中	攜妓紅樓上
志荒宜受殃	惡能免懲剏
送汝苕川去	且就西丘葬
吾將老此中	使汝有依仰　〔1791, I-2, 2b〕

1 어린 아들 구장(懼牂)을 곡하여 지었다. 4월 초에 악성종기로 죽었는데 기유년 12월생
  이다(哭幼子懼牂而作也 四月初 以痛癰折 己酉十二月生——원주).
2 웅황: 천연광물의 일종으로 약재로 쓰인다.
3 소내: 다산의 고향 마을 이름. 牛川으로 쓰기도 한다.

〔해제〕 다산은 9남매를 두었는데 그중 6남매가 어려서 죽고 2남 1녀만 살았
다. 이 6남매가 무슨 병으로 죽었는지는 확인되지 않지만 이 시에서 보듯 천연
두로 죽은 경우가 적지 않을 것으로 생각되는바, 이 사실이 후에 그로 하여금
불후의 대작『마과회통麻科會通』을 쓰게 한 간접적인 동기가 되었을 것이다.

배다리를 건너며

해마다 정월이 돌아올 때면
임금 수레 화성華城으로 행차하시지

가을이 지난 뒤에 배를 모아서
눈 내리기 이전에 다리 만드니

날개 같은 붉은 난간 양쪽에 세우고
비늘 같은 흰 판자 가로질렀네

선창가 저 바위는 구르지 않아
천년토록 임금 마음 알고 있으리

過舟橋

歲歲靑陽月　　鑾輿幸華城
船從秋後集　　橋向雪前成
鳥翼紅欄夾　　魚鱗白板橫
艙磯石不轉　　千載識宸情　〔1792, I-2, 4a〕

〔해제〕 정조가 현륭원(顯隆園, 사도세자의 능)이 있는 화성(華城, 수원성)에 행차할 때 한강을 건너는 불편을 덜기 위해 1789년(28세) 겨울에 다산은 배다리〔舟橋〕를 설치하는 규제(規制, 설계안)를 만들어 큰 공을 세웠다. 이 시는 아마도 1792년 정월에 임금을 모시고 배다리를 건너면서 쓴 것으로 보인다. 이해 겨울에 정조는 "기유년 겨울에 배다리를 놓는 일에 아무개가 그 규제를 만들어 공을 이루었으니 그를 불러 집에서 화성의 규제를 만들어 바치게 하라"라는 명을 내렸고, 이에 다산은 규제를 만들어 올린 데 이어 「기중가도설起重架圖說」을 지어 바쳤다. 공사가 끝나자 임금은 "다행히 기중기를 이용하여 경비 4만 꿰미가 절약되었다"라 했다.

7월 8일 밤

평상엔 어지러운 뽕나무 그림자
엷은 구름 초승달이 서쪽 담에 걸려 있네

스물여덟 종소리 끊어진 후에
집집마다 저녁연기 싸늘하구나

삼경이라 담 머리에 달도 이젠 지려 하고
죽란竹欄[1]에 그림자 지고 풀벌레 구슬픈데

밝았다 어두웠다 서로서로 뒤바뀜이
물 건너 오고 가는 구름처럼 빠르구나

七月八日夜

桑影婆娑落臥牀　　薄雲纖月在西墻
二十八鍾聲斷後　　萬家烟火澹滄凉

牆角三更月欲頹　　竹欄收影艸蟲哀
一光一黑常相遞　　條若溪雲度復來　〔1794, I-2, 4b〕

1 죽란: 다산이 서울의 명례방(明禮坊)에 살 때 집의 뜰에 설치한 대나무 난간. 여기서
  그는 후일 친구들과 시회(詩會)를 열고 죽란시사(竹欄詩社)라 이름했다. 죽란시사의
  구성원은 이유수(李儒修)·홍시제(洪時濟)·이석하(李錫夏)·이치훈(李致薰)·이주석(李
  周奭)·한치응(韓致應)·유원명(柳遠鳴)·심규로(沈奎魯)·윤지눌(尹持訥)·신성모(申星
  模)·한백원(韓百源)·이중연(李重蓮)·채홍원(蔡弘遠)과 다산 형제 등 15인이다. 「죽란
  시사첩서(竹欄詩社帖序)」(I-13, 3a) 참조.

국자직강에 제수되어

버려져 게으르게 살아가려 하다가
기대와는 다르게 선발됐지만

거미줄 여기저기 많이 쳐져서
재갈 물린 말 신세 면치 못하네

벗들은 점차로 멀어져가고
세상길 구불구불 위태롭기만

날벌레 닮아서 본성을 따라야지
억지로 노력한들 무얼 할 수 있으랴

除國子直講赴館

放棄從吾懶　　甄收異所期
故多蛛布網　　未免馬銜羈
錯落親交遠　　迂回世道危
肖翹共順性　　黽勉竟何爲　〔1794, I-2, 5b〕

〔해제〕 1792년(31세) 부친상을 당해 홍문관 수찬직에서 물러나 삼년상을 마치고 2년 4개월 만에 성균관 직강에 제수되었을 때의 작품인데, 여전히 반대파들의 시기와 모함이 심했음을 알 수 있다.

추흥 秋興

운길산雲吉山 기슭에 누른 잎 흩날리고
소양강 북쪽에 철 이른 기러기 돌아오네

낮은 땅 무논엔 이제 막 벼가 익고
시내엔 고기 팔딱 하얗게 살이 쪘네

장한張翰은 순채蓴菜생각 정말로 이루었고[1]
전군錢君 어찌 마의麻衣를 저버렸으리[2]

세속에서 물러남이 진실로 좋으나
절반은 남에 의해, 절반 내가 어겼네

秋興八首次杜韻

雲吉山前黃葉飛　　昭陽江北早鴻歸
汪邪水稻紅初熟　　撥剌溪魚白正肥
張翰眞成憶蓴菜　　錢君豈必負麻衣
世間休退誠能事　　半被人牽半自違　〔1794, I-2, 6a〕

1 장한: 중국 진(晉)나라 사람으로, 가을바람이 불자 문득 고향의 순채(蓴菜)국과 농어
  〔鱸〕회가 먹고 싶어서 벼슬을 버리고 고향으로 돌아갔다고 한다. 순갱노회(蓴羹鱸膾)
  란 성어가 여기서 생겼다.
2 전군: 미상. 마의(麻衣)는 평민이 입는 옷으로, 벼슬 하다가도 끝내는 시골로 돌아간
  다는 뜻인 듯하다.

〔해제〕 운길산과 소양강은 다산의 고향 마을 가까운 곳에 있다. 모든 것을 버
리고 고향으로 돌아가고 싶지만 자의 반 타의 반으로 관직을 버리지 못하고 있
는 자신을 돌아보고 있다. 두보杜甫의 유명한 「추흥팔수秋興八首」에 차운한 시로
여기 번역한 것은 제3수이다.

명봉편[1]

한치응[2]에게

울어도 모름지기 조양봉朝陽鳳[3] 되지 말라

우연히 한번 울면 놀란 사람 많아지고

호화로운 누각에 앵무새 둘러앉아

생황笙簧같이 교묘한 말[4] 종일토록 지껄인다

벼슬은 모름지기 간대부諫大夫[5] 되지 말라

아무리 말해봐도 소용없는 일

도리어 그를 일러 오활迂闊[6]하다 여긴다네

말단의 신진관료 샘솟듯 기세 높아

은 안장에 백마 타고 하인들 부리면서

잠깐 사이 회오리가 땅을 쓸고 지나가면

벽제辟除[7] 소리 나던 길에 누런 먼지 자욱하네

鳴鳳篇 贈韓鸁納致應

鳴莫作朝陽鳳　　　偶來一鳴驚者衆

珠簾繡閤坐鸚鵡　　　巧舌如簧終日弄

官莫作諫大夫　　　縱言無補徒爲迂

末僚新進氣泉涌　　　銀鞍白馬紛驕擁

倏若回飇捲地來　　　辟易一路飛黃埃　　〔1794, I-2, 7b〕

1 명봉: 봉황새는 상상의 영조(靈鳥)로서 성인이 출현했을 때 세상에 나타나 운다고
　한다. '우는 봉황〔鳴鳳〕'은 좋은 문장, 현사(賢士), 태자(太子), 성세(盛世) 등의 비유
　로 사용된다.
2 한치응(韓致應, 1760~1824)의 자는 혜보(徯甫), 호는 빙산(甹山), 본관은 청주(淸州).
　벼슬은 대사간(大司諫)에 이르렀다. 시문에 뛰어났으며 다산과 함께 죽란시사의 일
　원이었다. 다산이 이 시를 쓸 당시 한치응은 사간원(司諫院)의 정5품 벼슬인 헌납(獻
　納)으로 있었다.
3 조양봉: 중국 당나라 고종(高宗) 때 감찰어사(監察御使) 이선감(李善感)이 직언으로 왕
　의 잘못을 간하는 것을 보고 세상 사람들이 '봉황새가 조양에서 운다'(鳳鳴朝陽)라고
　한 고사가 있다. 조양(朝陽)은 산의 동쪽을 말함.
4 『시경(詩經)』 「소아(小雅)」 '교언(巧言)'편에 "생황같이 교묘한 말, 낯가죽도 두껍도
　다"(巧言如簧 顔之厚矣)라는 구절에서 따온 말이다. '생황'은 관악기의 일종.
5 간대부: 사간원의 간관(諫官).
6 오활하다: 실정에 어둡다.
7 벽제: 높은 사람이 행차할 때 사람들의 통행을 금하는 일.

물과 돌

샘물 뜻은 언제나 바깥에 있어
돌의 이빨 제아무리 가는 길 막더라도

천 겹 험한 길을 이리저리 헤치고서
깊은 골짝 벗어나 평평히 달려가네

편편한 반석이라 그걸 믿고 달렸는데
갑자기 깎아지른 벼랑을 만났구나

폭포소리 성난 듯 으르렁대니
속았다고 노한 것 아니겠는지

나그네 마음 아무리 맑다 하여도
오히려 맑은 물엔 미치지 못해

서리 맞은 단풍잎 그림자 물에 비쳐
노란 구슬 사이로 붉은 수정 얽혀 있네

골짜기에 낙엽이 겹겹이 쌓여
흘러가지 못하고 목메어 우네

그 누가 낭사囊沙[1]를 한번 터뜨려
가을 골짝 세차게 흐르게 할꼬

검푸른 바위에 매달린 물방울이
방울방울 떨어져 돌문을 적시는데[2]

운근雲根[3]은 천만길 높이 솟아서
끝내는 참근원을 알 수 없어라[4]

詠水石絶句

泉心常在外　　石齒苦遮前
掉脫千重險　　夷然出洞天

只恃盤陀穩　　翻遭絶壑危
瀑聲如勃鬱　　無乃怒相欺

客心雖已淨　　猶未及澄泓
強受霜林影　　黃璃間紫晶

嵂岈堆落葉　　幽咽不能流
誰作囊沙決　　澎湃大壑秋

巖溜縣蒼黝　　淋漓潤石門
雲根千萬丈　　終莫諦眞源　〔1794, I-2, 8b〕

1 낭사: 모래주머니. 옛날 중국의 한신(韓信)이 만여개의 모래주머니를 만들어 유수(濰
   水) 상류를 막고서 적군이 이 강을 건너기를 기다렸다 막은 물을 터서 적군을 크게 깨
   뜨렸다고 한다.
2 옛날 사람들은 산의 돌문〔石門〕이 젖어서 불어나면 여기서 구름이 생긴다고 믿었다.
3 운근: 바위. 구름이 생기는 뿌리라는 뜻이다.
4 참근원: 구름이 생기는 정확한 장소. 바위가 천만길이나 되기 때문에 바위의 어디에
   서 구름이 생기는지 모른다는 뜻이다.

책을 팔며

책상자 정리하고 하얀 먼지 터는데
어린 딸 쓸쓸히 책상머리 앉아 있네

차츰 알겠네, 먹고 입는 일밖에 딴일 없음을
깊이 깨닫네, 문장이 사람에게 이롭지 않음을

늙어 총명 줄어드니 어찌 책을 대하랴
자식들 노둔하니 제 몸 하난 편하겠지

단칼로 끊으려다 아직도 미련 남아
이별함에 매만지며 잠시 또 사랑하네

鬻書有作 奉示貞谷

手整牙籤拂素塵　　蕭條女稚案頭陳
漸知喫著無餘事　　深悟文章不利人
老減聰明那對眼　　子生愚魯定安身
快刀一斷猶牽戀　　臨別摩挲且暫親　〔1794, I-2, 10a〕

성호 선생[1]

박학한 성호 선생
백세사百世師[2]로 모시런다

등림鄧林[3]엔 열매가 많이 열렸고
높은 나무 뻗은 가지 무성도 하다

강講하는 자리에선 풍의風儀가 준엄하고
투호投壺[4]엔 예법이 지극히 밝네

드높은 위의威儀가 속안俗眼 놀래었지만
중인衆人 속에 섞였으니 이 일을 어이할까

博學

博學星湖老　　吾從百世師
鄧林繁結子　　喬木鬱生枝
講席風儀峻　　投壺禮法熙
孤標驚俗眼　　歷落竟何爲　〔1794, I-2, 10b〕

1 성호(星湖): 이조 실학자 중 한 사람인 이익(李瀷, 1681~1763)의 호.
2 백세사: 백대 후까지도 사람들의 사표(師表)로 존경받을 사람.
3 등림: 고대 전설상의 신선세계에 있다는 숲.
4 투호: 고대 중국에서 연회 때 주인과 손님 사이에 행하던 유희. 화살처럼 만든 긴 막
  대기를 두 사람이 나눠 가지고 일정한 거리에 놓인 병 속에 던져서 많이 넣는 사람
  이 이긴다.

〔해제〕 다산은 1777년(16세)에 처음으로 성호의 유고를 읽고 평생을 사숙했
다. 1795년에는 금정金井에서 성호의 유고를 정리하기도 했다.

적성촌[1]에서

시냇가 헌 집 한채 뚝배기 같고
북풍에 이엉 걷혀 서까래만 앙상하네

묵은 재에 눈이 덮여 부엌은 차디차고
체눈처럼 뚫린 벽에 별빛이 비쳐 드네

집 안에 있는 물건 쓸쓸하기 짝이 없어
모조리 팔아도 칠팔푼이 안 되겠네

개꼬리 같은 조이삭 세 줄기와
닭창자같이 비틀어진 고추 한 꿰미

깨진 항아리 새는 곳은 헝겊으로 때웠으며
무너앉은 선반대는 새끼줄로 얽었구나

구리 수저 이정里正에게 빼앗긴 지 오래인데
엊그젠 옆집 부자 무쇠솥 앗아 갔네

닳아 해진 무명이불 오직 한채뿐이라서
부부유별 이 집엔 가당치 않네

어린것 해진 옷은 어깨 팔뚝 다 나왔고
날 때부터 바지 버선 걸쳐보지 못하였네

큰아이 다섯살에 기병騎兵으로 등록되고
세살 난 작은놈도 군적軍籍에 올라 있어

두 아들 세공歲貢[2]으로 오백푼을 물고 나니
빨리 죽기 바라는데 옷이 다 무엇이랴

강아지 세마리가 새로 태어나
아이들과 한방에서 잠을 자는데
호랑이는 밤마다 울 밖에서 울어댄다

남편은 나무하러 산으로 가고
아내는 이웃에 방아품 팔러 가
대낮에도 사립 닫힌 그 모습 참담하다

아침 점심 거르고 밤에 와서 밥을 짓고
여름에는 갖옷 한벌[3] 겨울엔 삼베 적삼

땅이나 녹아야 들 냉이 싹 날 테고
이웃집 술 익어야 찌끼라도 얻어먹지

지난봄에 꾸어 온 환자미還子米[4]가 닷말인데

금년도 이 꼴이니 무슨 수로 산단 말가

나졸놈들 오는 것만 겁날 뿐이지
관가 곤장 맞을 일 두려워 않네

오호라 이런 집이 천지에 가득한데
구중궁궐 깊고 멀어 어찌 다 살펴보랴

한漢나라 벼슬인 직지사자直指使者[5]는
이천석二千石 관리[6]라도 마음대로 처분했네

폐단과 어지러움 많고 많아 손 못 대니
공수龔遂 황패黃覇[7] 다시 온들 바로잡기 어려우리

정협鄭俠[8]의 유민도流民圖를 넌지시 본받아서
시 한편에 그려내어 임금님께 바치리다

奉旨兼察 到積城村舍作

臨溪破屋如甕鉢	北風捲茅榱齾齾
舊灰和雪竈口冷	壞壁透星篩眼豁
室中所有太蕭條	變賣不抵錢七八
尨尾三條山粟穎	雞心一串番椒辣

破罌布糊敝穿漏　　度架索縛防墜脫
銅匙舊遭里正攘　　鐵鍋新被鄰豪奪
靑綿敝衾只一領　　夫婦有別論非達
兒穉穿襦露肩肘　　生來不著袴與襪
大兒五歲騎兵簽　　小兒三歲軍官括
兩兒歲貢錢五百　　願渠速死況衣褐
狗生三子兒共宿　　豹虎夜夜籬邊喝
郞去山樵婦備舂　　白晝掩門氣慘怛
晝闕再食夜還炊　　夏每一裘冬必葛
野薺苗沈待地融　　村篘糟出須酒醱
餉米前春食五斗　　此事今年定未活
只怕邏卒到門扉　　不愁縣閣受笞撻
嗚呼此屋滿天地　　九重如海那盡察
直指使者漢時官　　吏二千石專黜殺
樊源亂本棼未正　　龔黃復起難自拔
遠摹鄭俠流民圖　　聊寫新詩歸紫闥　　〔1794, I-2, 11a〕

1 적성촌(積城村): 경기도 연천(漣川)에 있는 마을.
2 세공: 군포(軍布)를 말한다.
3 갖옷 한벌: 갖옷은 가죽옷인데, 여기서 갖옷은 '맨살가죽'을 가리킨다. 즉 여름엔 맨
　몸으로 지낸다는 뜻이다.
4 환자미: 관청에서 빌려온 곡식. 이 제도는 원래 사창제도(社倉制度)에서 나온 것으로,
　풍년에 곡식을 사들였다가 흉년에 싼 이자로 빌려주어서 빈민을 구제하고 물가 조절
　의 기능도 함께 하는 것이 목적이었다. 그러나 나중엔 제도가 문란해져서 인두세(人
　頭稅)로 변해 백성들에게 끼친 폐해가 극심했다.

5 직지사자: 직접 천자의 지휘를 받아 지방을 순찰하던 관리로 우리나라 암행어사와
  직책이 비슷하다.
6 이천석 관리: 지방장관, 특히 태수(太守)를 말한다. 중국 한(漢)나라 때 그 녹(祿)이
  2,000석이었던 데서 유래했다.
7 공수 황패: 두 사람 모두 중국 한나라 때 백성을 잘 다스린 관리이다.
8 정협: 중국 송(宋)나라 때의 정치가로 백성의 참상을 그린 유민도를 신종(神宗)에게
  바쳤다고 한다.

〔해제〕 1794년(33세) 경기도 암행어사의 명을 받아 연천 지방을 순찰하고 쓴
다산의 대표작 중 하나이다. 다산은 이 순찰길에서 당시 농민들의 비참한 생활
상, 지방관과 아전 들의 횡포를 직접 목격하고 이를 사실적으로 그렸다. 이것은
그의 전생애를 일관하는 민중지향적 사고의 출발점이 된다. 암행어사로 순찰
을 마치고 난 결과를 『사암선생연보』는 다음과 같이 기록하고 있다. "연천의 전
현감 김양직金養直과 삭녕朔寧의 전 군수 강명길康命吉을 논죄하여 법에 따라 처
벌하게 했다. (…) 본래 김양직은 화성으로 원園을 옮길 때 지사地師였고 강명길
은 자궁慈宮의 의원이었다. 모두 임금의 총애를 받고 있던 터라 계啓를 올릴 때
당시의 의논이 그들을 죄주기는 어려울 것이라고 생각했었다."

우화정[1]에 올라

푸른 시내 모래톱을 싸고도는 곳
단청丹靑한 정자 하나 돌머리에 서 있네

왕하王賀[2]의 직책 수행하러 여기 왔으나
사공謝公[3]의 유람도 겸하고 있네

산골 집 지붕엔 눈이 아직 남았는데
쓸쓸한 연기 속에 배를 타고 내려오니

가난한 촌마을엔 수심이 서려
더 오래 머물 생각 나지를 않네

登羽化亭

碧澗銜沙觜　　紅亭枕石頭
聊因王賀職　　兼作謝公游
小雪依山屋　　孤煙下峽舟
窮閭有愁歎　　不敢戀淹留　〔1794, I-2, 11b〕

1 삭녕군에 있다(在朔寧郡 — 원주). 삭녕군은 지금의 경기도 연천과 강원도 철원(鐵原)
  지역이다.
2 왕하: 중국 한(漢)나라 때 수의어사(繡衣御史)를 지낸 사람이며, 따라서 '왕하의 직책'
  은 암행어사의 직책을 말한다.
3 사공: 중국 남조(南朝) 송(宋)나라의 사영운(謝靈運). 그는 나막신을 신고 산수 간을
  유람했다고 한다.

〔해제〕 이 시는 1794년 그가 암행어사로 경기도 지방을 순찰하면서 우화정
에 들러서 쓴 시다. 그의 「우화정기羽化亭記」(I-14, 5a)에 의하면 허목許穆의 「우화
정기」를 읽고 그 아름다움에 매료되어 몽매에도 잊지 못하던 곳이라고 한다.
애초에 유람할 목적으로 왔으면서도 아름다운 경치만 보지 않고 가난한 촌민
들의 수심을 함께 본 데서 다산의 의식을 읽을 수 있다.

대장장이[1]

대장장이야, 쇠 달구어 두드리려 풀무질하지 마라
붉은 불똥 튀기어 머리털 타버린다

옥인玉人[2]아, 모래 잡고 옥덩이 갈지 마라
추위에 손등 트고 소름 돋는다

상방尙方[3]의 소기小妓[4]는 아름다운 향기 속에
붉은 털 짧은 갖옷 푸른 비단치마 입고

곡방曲房[5] 담요 따뜻하여 졸음이 절로 오니
종일토록 바느질에 구슬주머니 하나로다

검은 보 붉은 쟁반에 진수성찬 바치어도
고기만두 꿩구이는 맛보기도 싫어하네

태농太農의 면포棉布가 삼백필이면
소기 차지 둘이요 공인工人 차지 하나인데

공인은 베 팔아 쌀가게로 달려가고
소기는 그 베 찢어 춤출 자리 장식하네

면포는 가난한 집 아낙네가 짰는데도

베틀 북에 넣을 실오라기 하나 없네

鍛人行 奉示都監諸公

鍛人爾莫吹轜鍛鐵條	紅熛黏髮髮盡焦
玉人爾莫搏沙磋璞玉	天寒手龜肌生粟
尙方小妓艾蒳香	紫貂短裘青綃裳
曲房線毯溫欲睡	終日縫成一珮囊
鴉帕朱槃競致餽	魚饅雉炙慵不嘗
太農棉布三百匹	妓獲其二工得一
工家賣布走米廛	妓家裂布裝舞筵
布來遠自寒女屋	再無一絲充杼柚　〔1794, I-2, 12a〕

1 그때 나는 도청랑(都廳郎)이었다(時余爲都廳郎 ── 원주). 도청랑은 도감(都監, 궁중에
  큰일이 있을 때 임시로 설치하는 기관)의 한 직책으로 다산이 이때 도감의 일을 맡
  고 있었던 것 같다.
2 옥인: 옥을 갈아 세공하는 기술자. 이 시에서 대장장이〔鍛人〕와 옥인은 궁중에 소속되
  어 궁중의 기물을 만들어 바치는 장인들이다.
3 상방: 임금의 옷을 만들고 궁중의 기물, 보석 등의 일을 맡은 관아로 처음엔 상의원(尙
  衣院)이었다가 상의사(尙衣司)로 개칭되었고 다시 상방사(尙方司)로 바뀌었다.
4 소기: 상방사에서 주로 바느질을 하는 여자인 듯하다.
5 곡방(曲房): 후미진 방.

굶주리는 백성들

사람의 생명이 초목과 같다면
물과 흙이 사지를 지탱해주련만

힘껏 일하여 땅의 털을 먹고 사니
콩과 조, 바로 이것이지만

콩과 조, 주옥만큼 귀해졌으니
어디서 몸의 힘이 솟아날쏘냐

마른 목은 길쭉하여 따오기 모양이요
병든 살갗 주름져 닭살 같구나

우물은 있다마는 새벽 물 긷지 않고
땔감은 있다마는 저녁밥 짓지 못해

사지는 아직도 움직일 때이련만
걸음걸이 혼자서 옮길 수 없게 됐네

넓은 들엔 슬픈 바람 불어대는데
애처로운 기러기는 이 저녁에 어딜 가나

고을 원님 어진 정사 베푼다면서
사재私財 털어 없는 백성 구한다기에

걷고 또 걸어서 고을 문에 이르러
옹기종기 입만 들고 죽솥으로 모여든다

개 돼지도 버리고 돌아보지 않을 음식
굶주린 사람 입엔 엿처럼 달구나

어진 정사 베푸는 것 원하지 않고
사재 털어 구휼함도 달갑지 않네

관가의 돈궤짝 남이 볼까 쉬쉬하니
우리들 굶게 한 건 이 때문이 아니더냐

관가의 마굿간에 살진 저 말은
진실로 우리들의 피와 살이네

슬피 울며 고을 문 나서고 보니
어지럽고 캄캄하여 앞길이 안 보이네

누런 풀 언덕 위에 잠시 발 멈추어서
무릎을 펴고 앉아 우는 것 달래면서

고개 숙여 어린것 서캐를 잡노라니
두 줄기 눈물이 비오듯 쏟아지네[1]

아득한 천지간의 그 큰 이치를
고금에 그 누가 알 수 있으랴

많고 많은 백성들 태어나서는
여위고 말라서 도탄에 빠졌으니

갈대처럼 마른 몸을 가누지 못해
거리마다 만나느니 유랑민뿐이로세

이고 지고 나섰으나 향할 곳 바이없어
어디로 가야 할지 아득하기만

부모 자식 부양도 제대로 못해
곤궁한 나머지 천륜마저 끊기겠네

상농가上農家도 이제는 거지가 되어
집집마다 문 두드려 서툰 말로 구걸하네

가난한 집에선 도리어 하소연
부잣집엔 일부러 머뭇거리네

나는 새가 아니어서 벌레 쪼지 못하고
물고기가 아니어서 헤엄도 칠 수 없네

얼굴빛 처참하여 누렇게 떴고
흰머리는 흩어져 실낱같이 휘날리네

옛날 성현 어진 정사 베풀던 때는
말마다 홀아비 과부 살피라 했지만

이제는 그들이 오히려 부러워라
자기 한 몸 굶으면 그만이니까

매인 가족 돌볼 걱정 없이 지내면
어찌하여 백가지 근심 생기겠는가

따스한 봄바람이 단비를 몰고 오면
꽃 피고 잎 피어 온갖 초목 자라나

생의 뜻 충만하여 온 천지에 가득하니
가난한 자 구휼함은 바로 이때라

엄숙하고 점잖은 조정의 어진 분네
나라의 안위가 경제에 달려 있네

이 나라 백성들이 도탄에 빠졌는데
이들을 구원할 자 그대들 아닌가[2]

누렇게 뜬 얼굴들 생기라곤 볼 수 없어
가을도 되기 전에 시든 버들가지요

구부러진 허리에 걸음 옮길 힘이 없어
담벼락 부여잡고 간신히 몸 가누네

부모 자식 서로간도 도우지 못하는데
길 가는 나그네야 어찌 다 동정하리

어려운 살림에 착한 본성 잃어버려
굶주려 병든 자를 웃고만 보고 있네

이리저리 떠돌면서 사방을 헤매이나
마을 풍속 본래부터 이러하던가

부러워라 저 들판에 참새떼는
가지 끝에 앉아서 벌레라도 쪼아 먹지

고관대작 집안엔 술과 고기 풍성하고
거문고 피리 소리 예쁜 계집 맞이하네

희희낙락 즐거운 태평세월 모습이여
나라 정치 한답시고 근엄한 체하는 꼴

간사한 아전들은 거짓말만 늘어놓고
답답한 선비들은 걱정이라 하는 말이

"오곡이 풍성하여 산더미 같은데
게으른 놈 굶는 것은 모두 다 제 탓이지

수풀같이 총총한 저 백성들은
요순堯舜도 골고루 살피지 못하리라

하늘에서 곡식이 비처럼 오잖으면
무슨 수로 이 흉년을 구한단 말인가

두어라 또 한잔 마셔나보자
깃발이 봄바람에 춤추는구나

저 언덕엔 묻힐 땅이 아직도 많으리니
태어나서 한번 죽음 면할 수 있나

내 비록 오매초烏昧草[3] 가졌더라도
반드시 대궐에 바칠 필요 없도다

형제간도 서로서로 사랑치 않는데
부모인들 어찌 다 보살필 수 있으리오"

飢民詩

人生若艸木	水土延其支
俛焉食地毛	菽粟乃其宜
菽粟如珠玉	榮衛何由滋
槁項頻鵠形	病肉縐雞皮
有井不晨汲	有薪不夜炊
四肢雖得運	行步不自持
曠野多悲風	哀鴻暮何之
縣官行仁政	賑恤云捐私
行行至縣門	喁喁就湯糜
狗彘棄不顧	乃人甘如飴
亦不願行仁	亦不願捐貲
官篋惡人窺	豈非我所贏
官廐愛馬肥	實爲我膚肌
哀號出縣門	眩旋迷路歧
暫就黃莎岸	舒膝挽啼兒
低頭捕蟣蝨	汪然雙淚垂
悠悠大化理	今古有誰知
林林生蒸民	憔悴含瘡痍

槁莘弱不振　道塗逢流離
負戴靡所聘　不知竟何之
骨肉且莫保　迫厄傷天彝
上農爲丐子　叩門拙言辭
貧家反訴哀　富家故自遲
非鳥莫啄蟲　非魚莫泳池
顔色慘浮黃　鬢髮如亂絲
聖賢施仁政　常言鰥寡悲
鰥寡眞足羨　飢亦是己飢
令無家室累　豈有逢百罹
春風引好雨　艸木發榮滋
生意藹天地　賑貸此其時
肅肅廊廟賢　經濟仗安危
生靈在塗炭　拯拔非公誰
黃馘索無光　枯柳先秋萎
傴僂不成步　循墻強扶持
骨肉不相保　行路那足悲
生理梏天仁　談笑見厄羸
宛轉之四鄰　里俗本如斯
羨彼野田雀　啄蟲坐枯枝
朱門多酒肉　絲管邀名姬
熙熙太平象　儼儼廊廟姿
奸民好詐言　迂儒多憂時
五穀且如土　惰農自乏貲

林葱何其繁　　堯舜病博施

不有天雨粟　　何以救歲飢

且復倒一壺　　曲旃春迷離

溝壑有餘地　　一死人所期

雖有烏昧草　　不必獻丹墀

兄長不相憐　　父母安施慈　〔1795, I-2, 12b〕

1 소릉(少陵)은 평하기를 "찬란하고 찬란한 원도주로세, 말기운 드넓어 거침이 없네"라
 하였다(少陵評曰 粲粲元道州 詞氣浩縱橫 — 원주). 소릉은 이가환(李家煥)인데 정릉(貞陵)
 즉 정동(貞洞)에 살았기 때문에 이렇게 불렸다. 원도주(元道州)는 도주자사(道州刺史)
 를 지낸 당나라의 문장가 원결(元結)이다.
2 소릉은 평하기를 "격렬히디기 가라앉았다가 하여 어양이 종횡무진하다. 겳어(結語)
 는 완곡하면서도 엄숙하여 때리거나 꾸짖는 것보다 더 아프다. 말하는 자는 죄가 없고
 읽는 자는 경계를 삼을 만하다"라 했다(少陵評曰 激昻頓挫 縱橫抑揚 結語婉而嚴 勝打勝罵
 言者無罪 聞者以戒 — 원주). 남고(南皐)가 평하기를 "정협의 유민도와 맞먹을 만하다"
 라 했다(南皐評曰 可抵鄭俠流民圖 — 원주). 남고는 윤지범(尹持範)의 호. 다산의 외육촌
 으로 시를 잘하여 다산과 가까이 지냈다.
3 오매초: 들보리의 일종으로 구황식품의 하나. 중국 송나라 때 범희문(范希文)이 흉년
 에 조정에 바친 일이 있었다고 한다.

〔해제〕 흔히들 다산의 비판의식이 강진 유배 이후에 형성되었을 것이라고
말하는데 이 시에서 보는 바와 같이 정조의 총애를 한 몸에 받던 34세에 이미
그는 강렬한 사회비판 의식을 지니고 있었다. 이 비판의식이 유배 이후 더욱 심
화되었던 것이다.

고향을 그리며[1]

어린 시절 책상자 지고 고향을 떠나
서울에서 교유한 지 이십년이 되었도다

사귄 친구 몇몇은 초야에 머무르고
사들인 천권 책은 책상 옆에 놓여 있네

물안개 자욱한 곳 언제나 찾아가서
꽃나무 그늘 아래 종일토록 잠자보리

일찍이 성 남쪽에 밭 두 뙈기 있었던들
헌옷 입고 제齊와 연燕에 유세하러 나섰겠나[2]

懷江居二首 次杜韻

弱齡負笈辭鄕里　　京國交游二十年
結友數人留野外　　買書千卷置牀邊
煙波滿地何時去　　花木成陰盡日眠
早有郭南田二頃　　弊裘那肯說齊燕　〔1795, I-2, 18a〕

1 원래 2수인데 여기 번역한 것은 제2수이다.

2 중국 전국시대의 유세가(遊說家)인 소진(蘇秦)이 여섯 나라의 왕을 설득하여 진(秦)에 연합해 대항하게 하고 여섯 나라의 재상이 된 후 말하기를 "만약 나에게 낙양성 남쪽에 밭 두 뙈기만 있었다면 여섯 나라의 재상이 될 수 있었겠느냐"라 했다. 다산도 가난하지 않았더라면 벼슬길에 나서지 않았을 것이라는 말이다. 이 시절 다산의 심경을 읽을 수 있는 시이다.

가난

안빈낙도[1]하리라 작정했지만
막상 가난하니 그게 안 되네

마누라 한숨소리에 낯빛을 잃고
굶주리는 자식에게 엄한 교육 못하겠네

꽃과 나무 모두 다 생기를 잃고
책 읽어도 글을 써도 시들하기만

부잣집 담 밑에 쌓인 곡식은
들사람들 보기에 좋을 뿐이네

歎貧

請事安貧語　　貧來却未安
妻咨文采屈　　兒餒敎規寬
花木渾蕭颯　　詩書摠汗漫
陶莊籬下麥　　好付野人看　〔1795, I-2, 18b〕

1 안빈낙도(安貧樂道): 가난하면서도 편안한 마음으로 도(道)를 즐김.

〔해제〕 다산은 이해(1795) 정월에 사간원 사간에, 2월에는 병조참의에 제수되었으나 하찮은 일로 3월에 규영부奎瀛府 교서승校書承으로 좌천되고 4월에는 교서직에서도 물러났다. 이에 대해 『사암선생연보』는 "이는 일종의 악당들이 헛소문을 선동하여 모함하고 헐뜯고 간사한 꾀를 썼기 때문이다. 공이 이때부터 가슴속에 우울한 마음이 있었다. 마침내 다시는 대궐에 들어가 교서를 하지 아니하였다"라 쓰고 있다. 이 시는 교서직에서 물러난 직후의 작품으로 그 시절 다산은 극심한 가난에 시달리고 있었다. 이렇게 실의의 나날을 보내다가 7월 26일에는 금정찰방金井察訪으로 좌천된다.

장마
남고[1]에게

중복 지나자 못의 물이 넘치고
산비탈 천수답天水畓도 무릎까지 물이 차니

쟁기 있어 쓸데없고 모내기 할 수 없어
어차피 틀린 병에 인삼 녹용 써봤댔자

감사監司 공문 날아들자 군郡마다 안절부절
농사일 독려하기 법률처럼 하는구나

사또님 말을 타고 친히 들에 출두하여
집집마다 다니면서 소리치고 꾸짖으니

젊은 사람 달아나고 노인 나와 엎드리며
"생각건대 모내기는 이미 때가 늦었다오

지금 와서 모심는 건 공력만 허비할 뿐
가을에 누가 와도 낫질 구경 못하리라

목화밭 기장밭에 잡초가 우거져서
여덟 식구 호미 매도 하루해가 모자란데

사람 사서 일하려면 새참은 먹여야지
어디 가서 쌀 한말 구할 수 있으리오”

사또님 말을 세워 채찍 찾아 손에 들고
“게으른 놈 어찌 감히 안일을 꾀하는고”

며느리 자식 불러 모아 들일 가기 독촉하여
다섯 발 열 발마다 모 하나씩 심게 하네

사또님 말을 돌려 관아로 가버리자
논두렁에 다리 뻗고 쓴웃음만 날리네

일년 중 농가에서 가장 크게 바라는 건
벼 심어 자라면 그 열매 따먹는 것

때맞춰 일하기를 비호처럼 해왔는데
그 어찌 꾸중 듣고 겁이 나야 일하리오

감사하오 사또님, 굶주릴까 걱정하여
친히 와서 우리들 어리석음 깨우치니

苦雨歎 示南皐

中庚過後水澤溢　　　甌窶高田深沒膝

有犁不耕苗不移　　　如病旣誤方蔘朮

監司飛牒列郡擾　　　急急課農如法律

使君騎馬親出野　　　家家門前逞呵叱

健兒踰垣翁出伏　　　恭惟揷秧時已失

于今但得費服力　　　秋來誰遣觀刈銍

棉田黍田莽柔柔　　　八口荷鋤方惜日

傭人作事須有餼　　　一斗之米從何出

使君立馬索箠楚　　　惰農敢欲偸安佚

傳呼婦子催出田　　　五步十步立苗一

使君回馬入府去　　　隴頭放脚相笑咥

農家一年所大慾　　　種稻成禾食其實

赴幾常如鷙鳥迅　　　豈待威嚴相恐怵

多謝使君念我饑　　　親來敎我牖迷窒　　〔1795, I-2, 21b〕

---

1 남고(南皐): 다산의 외육촌 윤규범(尹奎範)의 호. 윤선도(尹善道)의 후손으로 초명은 지
범(持範). 『여유당전서』에 「남고 윤지범 묘지명(南皐尹參議墓誌銘)」(I-16, 21b)이 있다.

술

긴긴 날 하루종일 한 동이 술에
두 사람 마주앉아 미친 듯 취해 있네

마시면 미치고 미치면 더욱 마셔
돈 모으면 더 많은 돈 탐하는 꼴이라네

그대에게 묻노니 어인 일로 미치는가
"저 푸른 하늘이 열린 걸 보라

서쪽으로 해 지면
동쪽에 달이 뜨고

지고 뜨고 또다시 뜨고 지지만
그 사이 영웅호걸 한번 가고 오지 않아

경선經線 사만 오천리
위선緯線 사만 오천리

이 속에 한바탕 놀음판 벌여
뭇사람들 어지러이 놀다 가건만

한세상에 드날려 신나게 놀다가도
삽시에 자취 감춰 적막하게 사라지네

적막하게 사라지면 다시 못 오고
예쁜 아내 귀여운 자식 잃어버리니

적막하게 사라지면 무슨 소용 있으리오
백말 술 있은들 무슨 소용 있으리오

많은 말 있어도 탈 수 없으며
천금이 있은들 만질 수 있으리오

농부가 소 끌고 와 무덤을 파헤쳐도
벽력 같은 소리 질러 꾸짖지도 못한다네

갑자기 성인聖人이 되지 않으면
마침내 본성을 잃지 않겠나

본성을 잃었다면
너도 역시 미친 거요

네가 만일 미쳤다면 진실로 나의 벗
둘이 함께 십만 잔을 마셔보지 않겠는가"

醉歌行

長日一尊酒　　　　　相對兩狂客

飲酒成狂狂盆飲　　　如財旣富愈貪獲

問君緣何狂　　　　　視彼天宇闊

白日西逝　　　　　　明月東來

西逝東來來復去　　　其間俊傑去不回

經線四萬五千里　　　緯線四萬五千里

設此一戲場　　　　　紛然衆戲子

倏爾現身馳驤驤　　　忽爾匿跡寥寥藏

寥寥藏遂不出　　　　豔妻美子渾相失

寥寥藏可奈何　　　　有酒白斗當奈何

有馬十乘能騎跨　　　有金千鎰能摩挲

有夫挈牛來耕面上土　何不一聲霹靂嚴叱呵

若非猝成聖　　　　　無乃失其性

失其性　　　　　　　汝亦狂

汝若狂眞我友　　　　何不與我二人共飲百千觴　〔1795, I-2, 22a〕

〔해제〕 1795년 4월, 교서직에서 파직당한 후의 우울한 심회가 드러난 시이다.

그림을 보고

1

한 칸 남짓 초가 정자 물가에 서 있는데
그대 집은 어디기에 돌아갈 줄 모르는고

서책을 펴놓고도 읽을 생각 없어 뵈니
시냇가 저 위에 푸른 산이 있어선가

3

긴 바람 몰아치는 서늘한 빈 누각이
수양버들 반 가리고 반은 물에 잠겨 있네

사람이 온 듯하나 보이지 않고
굽은 난간 동편에 술병만 남아 있네

4

늙은 솔뿌리에 한 동이 청주
서늘바람 상쾌하지 시끄럽잖네

이 늙은이 앉은 뜻 묻지 말아라
아무 뜻 없는 곳이 이 늙은이 높은 경지

題畫 五首

1

臨水茅亭只一間　　　君家何在欲無還
攤書不見看書意　　　爲有溪頭數點山

3

冷冷虛閣受長風　　　半入垂楊半水中
若有人來人不見　　　酒壺留在曲欄東

4

一尊淸酒古松根　　　頭上颼飀炎不喧
莫問此翁何意坐　　　絶無意處此翁尊　　〔1795, I-2, 22a〕

〔해제〕 다산은 수많은 제화시題畫詩를 남겼는데 이들 제화시에서 그의 사실적인 묘사의 일단을 엿볼 수 있다. 여기서는 5수 중 3수만 번역했다.

어린이

어린아이 아름다운 맑은 그 얼굴
흐리나 맑으나 도무지 걱정 없어

풀밭이 따스하면 달리는 송아지요
과일이 익으면 나무 타는 원숭이라

언덕 위의 집에서 쑥대 화살[1] 날리고
웅덩이 시냇물에 풀잎 배 띄우네

어지러운 세상일에 얽힌 자들이
너와 함께 더불어 놀 만하구나

穉子

穉子美顏色　　陰晴了不憂
草暄奔似犢　　果熟挂如猴
岸屋流蓬矢　　溪坳汎芥舟
紛紛維世者　　堪與爾同游　〔1795, I-2, 23b〕

1 쑥대 화살〔蓬矢〕: 쑥줄기로 만든 화살.

고시 24수

6

돈 있으면 안 죽는단
옛사람 말 있지만[1]

진실로 돈 때문에 살아날 수 있다면
돈 때문에 죽는 일 어찌 없으랴

다른 놈들 내 재산 노릴 것이니
금꼭金谷 땅 석숭石崇[2]도 끝내는 어찌 됐나

살펴보니 부잣집 늙은이들은
자식 없는 자들이 대부분이라

양식은 있으나 먹어줄 사람 없고
입은 있어도 봉양할 손자 없네

세상에 완전한 복 없는 법인데
어리석은 무리들은 이 이치를 모르네

12

경세經世의 뜻 부지런한 자

반계磻溪 선생[3]뿐이로다

깊숙이 숨어 살며 이관伊管[4] 흠모했지만
그 명성 왕궁에 미치지 못하였네

선생의 큰 강령綱領은 균전均田에 있어
온 백성 눈길이 여기에 집중되네

정성껏 생각하여 새는 구멍 메웠으며[5]
연마하고 단련하여 높은 공부 쌓았으니

재상도 될 만한 훌륭한 재목인데
산림에서 그대로 세상 마쳤네

남긴 글 이 세상에 가득하지만
민생에 혜택 줄 일 못되고 말았도다[6]

　14
하늘이 어진 인재 내려보낼 때
왕후장상 집안만 가리지 않을 텐데

어찌하여 가난한 서민 중에는
뛰어난 인재 있음 보지 못하나

서민 집에 아이 낳아 두어살 됨에
미목이 수려하고 빼어났는데

그 아이 자라서 글 읽기 청하니
애비가 하는 말 "콩이나 심어라

너 따위가 글은 읽어 무엇에 쓰게
좋은 벼슬 너에겐 돌아올 차지 없다"

그 아이 이 말 듣고 기가 꺾여서
이로부터 고루孤陋함에 젖어버리고

애오라지 이잣돈 불려나가서
중간치 부자쯤 되기 바라니

나라에 큰 인재 찾을 수 없고
높은 가문 몇집만 제멋대로 놀아나네

15
지체 높은 집안에 아이가 나면
낳자마자 당장에 귀한 몸 되고

두어살에 아랫사람 꾸짖는 법 가르치니
총각 때 벌써부터 오만하기 짝이 없네

아첨하는 무리들이 구름처럼 모여들어
행전行纏도 채워주고 버선까지 신겨주며

"잠자리서 너무 일찍 일어나지 마십시오
행여나 병이 나면 어쩌시려오

애써서 글 읽는 일 하지 않아도
높은 벼슬 저절로 굴러온다오"

그 아이 자라니 과연 기세 드날려
말 타고 대궐에 들어가는데

달리는 말 마치도 나는 용 같아
네 다리가 하나도 걸리지 않네

   16
인삼이 원래는 산속 풀인데
지금은 사람들이 밭에 기르니

사람 힘에 의지하여 자라나지만
본 성질은 사람 몸을 보양하는 것

닭과 오리가 귀천이 다른 건대

사람과 가까워 업신여김 같이 받네

하늘을 찌를 듯이 높은 산속이라도
산삼을 기르는 건 한 줌 흙일 뿐

대지의 정기가 땅속에 가득한데
어찌 유독 시골 밭만 정기가 없으리오

오곡도 백초百草 속에 섞여 있다가
세월이 흘러서 사람이 재배한 것

대성臺省[7]에선 어진 인재 돌보시 않고
산림 속에 노둔한 자 찾고만 있네[8]

　18
석회는 물을 쥐야 비로소 타고
옻칠은 습한 곳에 두어야 마른다

물성物性이 상식과 다를 수도 있으니
그 단서를 어찌 다 캐낼 수 있으리오

벼슬은 사람들이 그리워하는 건데
지사志士는 오히려 버리고 떠나니

탐욕스런 사람이 이를 보고 의아해
밤새도록 뜻을 몰라 잠 못 이루네

제각기 본성으로 돌아가기 마련이라
옛부터 제물齊物[9]은 어려운 것이네

   19
재주 있는 자 비록 덕이 있어도
덕보다 재주가 앞선다 말하네

재주 덕 두가지 중 하나도 없었다면
이 같은 말 반드시 듣진 않을 걸

재주는 진실로 비방의 근원
사람 몸에 있어선 모적蟊蠈[10]과 같도다

원래 재주 없는 게 제일 편하고
있어도 숨기는 게 그 다음이네

숨기려면 장물[11]같이 깊이 숨겨야
드러나면 당장에 도적이 되니

오호라, 소식蘇軾[12]은 이로 인하여
자식 낳아 우둔하길 바랐던 게지[13]

20

농가엔 보리가 익기도 전에
농사지을 양식을 걱정한다네

본래는 양식 위해 농사를 지었으나
도리어 농사일로 양식 걱정하게 됐네

양식과 농사가 서로 물고 도는 새에
이 짓 하며 요 꼴로 늙어버렸네

농사야 그 어찌 양성養性[14]하기 위해선가
그걸로 배불리면 족한 것이지

사람이 천지간에 태어나서는
이렇다면 너무도 쓸쓸하지 않은가

21

천하에 망할 남자
모기령毛奇齡[15]이로다

당돌하게 저대로의 기치 세우고
활을 당겨 고정考亭[16]을 겨누고 있다가

삳삳이 뒤져서 흠 하나 찾아내면
기뻐서 날뛰기 원숭이 같네

마음을 바로 갖고 말을 삼가면
전들 어찌 경서經書를 말 못할 건가

왕개미가 큰 나무를 흔들어본들
나뭇잎 하나라도 떨어질손가

古詩 二十四首

6

古人亦有言　　千金不死市
固有金以活　　豈無金以死
奴輩利吾財　　金谷竟何似
吾觀富家翁　　抵老多無子
有飯患無腹　　有口患無餌
天下無純嘏　　蓬心懵此理

12

拳拳經世志　　獨見磻溪翁
深居慕伊管　　名聞遠王宮
大綱在均田　　萬目森相通

精思補罅漏　　爐錘累苦工
燁燁王佐才　　老死山林中
遺書雖滿世　　未有澤民功

14

皇天生材賢　　未必揀華冑
云胡華蔕賤　　未見有俊茂
兒生在孩提　　眉目正森秀
兒長請學書　　翁言且種豆
汝學書何用　　好官不汝授
兒聞色沮喪　　自玆安孤陋
聊殖子母錢　　庶幾致中富
邦國少英華　　高門日馳驟

15

兒生在高門　　落地便貴骨
孩提敎罵人　　總角已傲兀
諛客如浮雲　　帋轎親結襪
且臥勿早起　　恐子病患發
母苦讀文史　　自然有簪笏
兒長果登揚　　騎馬入東闕
馬走如飛龍　　四足無一蹶

16

人蔘本山草	今人種園圃
生成雖藉人	天性亦滋補
雞鶩異貴賤	狎暱蓋受侮
崇山摩穹蒼	所養一拳土
大塊蒸精液	詎獨遺村塢
五穀混百草	世降爲人樹
臺省遺材賢	山林訪愚魯

18

石灰澆則焚	漆汁濕乃乾
物性有反常	詎能窮其端
爵祿人所戀	志士猶挂冠
貪夫望之疑	終夜睡不安
亦各還其天	齊物古所難

19

有才雖有德	每云才勝德
才德苟全無	此名未必得
才乃謗之根	於身若蝨蟹
無才爲太上	其次務晦匿
匿才須如贓	贓露便爲賊
生子願愚魯	嗟哉有蘇軾

20

農家麥未登　　農糧費商量
本爲糧作農　　還爲農憂糧
循環互爲根　　攜汝至耄荒
農豈養性者　　諒亦以充腸
人生天地間　　無乃太倀倀

21

天下妄男子　　我見毛奇齡
突兀起壁壘　　關弓對考亭
窮搜摘一疵　　踊躍如猴狌
平心遜其詞　　獨不能談經
蚍蜉撼大樹　　一葉何曾零　〔1795, I-2, 23b〕

1 『사기(史記)』 「월세가(越世家)」에 "천금을 가진 자는 사형당하지 않는다"(千金之子 不
 死於市)라는 말이 있다.
2 석숭: 중국 진(晋)나라 사람으로, 형주자사(荊州刺史)를 거쳐 위위(衛尉)로 있을 때 남
 을 시켜 해상무역을 하여 큰 부자가 되었으나 가밀(賈謐)에게 아첨하여 섬기다가 가
 밀이 사형당하자 그의 일파로 몰려 파면당했다. 집에 미희(美姬) 녹주(綠珠)가 있었는
 데 권력자 손수(孫秀)가 그 여자를 탐내어 석숭에게 달라고 하니 녹주가 누각에서 뛰
 어내려 자살하므로 손수가 크게 노하여 석숭과 그 가족을 몰살했다. 한때 금곡(金谷)
 에 원(園)을 만들어 호화로운 생활을 했다고 한다.
3 반계: 이조 후기의 실학자 유형원(柳馨遠, 1622~73)의 호. 토지제도에 있어 균전제(均
 田制)를 주장했고 저서에 『반계수록(磻溪隨錄)』 26권이 있다.
4 이관: 중국 은(殷)나라의 이윤(伊尹)과 제(齊)나라의 관중(管仲). 두 사람 모두 훌륭
 한 재상이었다.
5 한유(韓愈)의 「진학해(進學解)」에 "유학의 틈난 데와 새는 데를 보충하고, 아득하고 잘

아서 잘 분별할 수 없는 것을 넓히고 크게 하였다"(補苴罅漏 張皇幽眇)라는 말이 있다.

6 균전제도가 채택되어 시행되지 못했기 때문에 백성들에게 혜택을 주지 못했다는 뜻.

7 대성: 내각(內閣)을 뜻함.

8 인삼이나 산삼이나 사람의 몸을 보양하기는 마찬가지인데 깊은 산속에서 자라는 산삼이 밭에서 재배하는 인삼보다 더 좋은 줄로 착각하는 것처럼, 산림 속에서 고고한 체하는 선비를 더 훌륭하게 여기는 세태를 풍자한 것이다.

9 제물: 세상의 시비진위(是非眞僞)를 모두 상대적인 것으로 보고 일체만물을 하나로 망라하는 것. 장자(莊子)의 중심사상이다.

10 모적: 농작물이나 묘목의 뿌리를 잘라 먹는 해충.

11 장물(贓物): 강도, 절도 등 범죄행위로 부당하게 취득한 타인의 물품.

12 소식(蘇軾, 1036~1101): 중국 북송(北宋)의 문인. 호는 동파(東坡). 당송 팔대가의 한 사람이다.

13 자식이 총명하여 화를 당하느니보다 차라리 우둔하여 성명을 보전하기를 원한다는 내용의 시를 소식(蘇軾)이 쓴 일이 있다.

14 양성: 자신의 성품을 닦아서 완전하게 하는 것.

15 모기령(毛奇齡, 1623~1716): 중국 청나라의 고증학자. 기이함을 좋아하고 이설(異說)을 제창하여 자기 이론의 논증을 위해서는 문헌의 날조 개찬(改竄)도 불사했다고 한다.

16 고정: 중국 푸젠성(福建省)에 있는 지명으로 주희(朱熹)가 살던 곳. 여기서 고정은 주희를 가리킨다.

〔해제〕 이 시는 금정 찰방으로 좌천되기 직전의 작품이다. 여기서 다산은 당시의 정치적 세태, 불합리한 신분제도, 조정의 인재 등용 등에 대한 자신의 견해를 광범위하게 피력하고 있는데, 청년 다산의 이상과 좌절이 함께 그려져 있다.

동작나루를 건너며

해 지는 동작나루 물결 꽃 출렁이고
배꼬리의 종남산終南山[1]은 옛 동산이라

수양버들 들 다리에 소나기 쏟아지고
황혼녘 성궐城闕은 안개 속에 잠겨 있네

금문대조金門待詔[2]하는 것만 좋은 일 아니거니
수역水驛에 던져짐도 성은일세라[3]

서쪽 사람, 어둠에서 헤어나지 못했다니[4]
이번 길이 급암汲黯의 회양淮陽길 같네[5]

有嚴旨 出補金井道察訪 晚渡銅雀津作

銅津斜日浪花翻　　　船尾終南是故園
垂柳野橋猶白雨　　　澹烟城闕近黃昏
金門待詔非長策　　　水驛投荒也聖恩
聞說西人迷不悟　　　此行還似出淮藩　　〔1795, I-2, 26a〕

1 종남산: 지금의 남산(南山).
2 금문대조: 금문, 즉 대궐에서 임금의 조칙(詔勅)을 기다린다는 뜻으로 서울에서 벼슬
  살이하는 것.
3 수역에 던져졌다는 것은 금정찰방으로 좌천되었다는 말. 금정이 바닷가의 역참이기
  때문에 수역이라 표현한 것이다.
4 서쪽 사람, 즉 그 지방 사람들이 천주교 신앙에서 벗어나지 못했다는 말.
5 중국 한(漢)나라 때 정치가인 급암(汲黯)이 벽지인 회양(淮陽)의 태수로 좌천되어 그
  곳 풍속을 바로잡고 선정을 베풀었던 일에 비유한 것이다(『史記』「汲黯列傳」참조).

〔해제〕 1795년 청나라 신부 주문모周文謨의 밀입국이 발각되어 체포되고 이
사건에 다산의 형 정약전이 연루되자 7월 26일 다산은 충청도 금정의 찰방으로
좌천된다. 이 시는 금정으로 부임하기 위하여 동작나루를 건너며 쓴 작품이다.

평택에서

금년엔 해안에 비가 덜 내려
논마다 메밀꽃이 하얗게 피었는데

먹는 곡식 같지 않고 들풀과 같아
메밀대 붉은 다리 석양에 처량하다

늦게야 심은 모가 두어치 푸르른데
메밀 대파代播[1]했더라면 저처럼 자랐을걸

메밀 익어 장에 가서 쌀과 바꾸면
올 가을 환자미[2]는 갚을 수 있을 것을

次平澤縣

今年海壩慳雨澤　　水田處處蕎花白
不似嘉穀似野草　　凄涼落日群腓赤
或種晚秧靑數寸　　悔不種蕎如彼碩
蕎成走市換稻米　　秋來豈不充縣糴　〔1795, I-2, 26b〕

1 대파: 모내기를 하지 못한 마른 논에 대신 다른 곡식을 심는 일.
2 환자미(還子米): 109면 주4 참조.

〔해제〕 금정찰방으로 좌천되어 금정으로 가던 도중인 7월 28일에 쓴 작품인
데 민생民生에 대한 그의 관심이 나타나 있다.

반딧불이

쓸쓸히 높이 솟은 오동나무 바깥으로
두어마리 반딧불이 이리저리 날아드네

밝은 해가 고루고루 사방을 비추니
저같이 작은 것도 반짝이며 빛을 내네

반짝반짝 많은 사람 놀라게 하면서도
당당하게 제 모습 숨기지 않네

산림에 사는 선비 그 누가 있어
이 불빛에 잔경殘經을 비춰볼 건가[1]

螢

冷落高梧外	飄零數點螢
大明均布施	微物亦光熒
的的雖驚衆	昭昭恥遁形
不知林下士	誰復照殘經　〔1795, I-2, 27b〕

1 중국 진(晉)나라 때 차윤(車胤)이 가난하여 반딧불을 잡아 그 빛으로 책을 읽었다는
  고사가 있다. 잔경(殘經)은 쇠잔해가는 경서(經書)로, 이 쇠잔해가는 경서를 바로 읽
  어 유학의 대의(大義)를 밝힐 자가 누구인가라는 뜻이다.

스스로를 비웃다

우습구나 내 인생 머리도 희기 전에
태항산太行山[1] 올라가는 수레 신세 되었다니

천권 책 독파하여 금궐金闕[2]에 들었고
푸른 산에 집 한 칸은 장만해두었다네

외로운 몸 혼자서 바닷가로 왔는데
비방은 이름 따라 온 세상에 가득 찼네

비를 만나 누각 위에 높다랗게 누워보니
역부驛夫들 종일토록 한가함과 같을시고

自笑

自笑吾生鬚未班	太行車轍苦間關
破書千卷入金闕	買宅一區留碧山
形與影都來海上	謗隨名至滿人間
小樓值雨成高臥	似是馬曹終日閒　〔1795, I-2, 28b〕

1 태항산: 중국 허난성(河南省)과 산시성(山西省)에 걸쳐 있는 험준하기로 이름난 산.
2 금궐: 대궐.

〔해제〕 금정 시절의 작품이다.

산속 누각에서

피리소리 끊어진 산속 누각에
까마귀떼 황혼을 날아가는데
마당에 홀로 서서 이슬꽃 바라보네

바람 부는 대숲에 달빛이 부서지고
비온 뒤 남은 국화 누운 채로 꽃 피었네

종묘에 떡 올리던 서울 생각 새롭고
탁주 빚어 이웃 찾는 시골집이 부럽구나

엊그제 한양성에 살던 이 몸이
어인 일로 하늘 끝에 밀려왔는지

山樓夕坐

山樓角歇度昏鴉	獨立庭心見露華
風裏疎篁交碎月	雨餘殘菊臥開花
香糕薦廟思京國	濁酒招鄰羨野家
我昔漢陽城裏住	不知何事到天涯　〔1795, I-2, 30a〕

청양에서

청양현靑陽縣 버드나무 길가 먼지 씻어주고
기러기떼 줄을 지어 바닷가에 날아드네

새벽녘 햇살 받아 골짜기 구름 희고
산골에 여린 잎 새봄이 돌아온 듯

산 구경 계획은 점점 멀어지고
서울 떠나 방황하는 신세 되었네

아내는 참깨 털고 남편은 타작하는
이 세상 호걸이 바로 이 농민이라

行次靑陽縣

靑陽官柳拂行塵　　　霜鴈相隨到海濱
澹白溪雲依曉日　　　嫩黃村葉似新春
漸成濩落看山計　　　眞作棲遑去國人
妻打胡麻郞穫稻　　　世間豪傑是農民　〔1795, I-2, 30b〕

〔해제〕"이 세상 호걸이 바로 이 농민이라"라는 표현에서, 벼슬생활에서 느낀 환멸과 좌절 그리고 농민에게서 건강한 삶을 발견한 다산의 심정을 읽을 수 있다.

조룡대[1]

조룡대釣龍臺서 용 낚은 일 황당하기 짝이 없네
최북崔北[2]의 그림에서 처음으로 보았도다

용감한 장군 하나 사나운 모습에다
찢어진 눈초리에 창날같이 성난 수염

오른팔에 쇠줄 감고 휘둘러 내던지니
피 흐르는 백마白馬 미끼 용의 입에 물린다

용의 입 벌어지고 목줄기 움츠리며
꿈틀대는 갈기질에 물결이 부서진다

갑옷이 번쩍이며 황금 비늘에 비치고
검은 구름 가득한 하늘이 비좁은 듯

말하기는 이가 바로 당나라 소정방蘇定方
부소산扶蘇山서 용 죽이고 군사를 건넸다네

부소산 밑 강물이 흐르는 곳에
주먹만 한 바위가 거품처럼 떠 있어

그 당시 천척 배, 강 남쪽에 대었는데
무엇 하러 서북쪽 길 택해 왔으며

구름을 내뿜은 신령한 용이
어찌하여 미련하게 낚싯밥 삼켰으랴

바위가 움푹 패어 발꿈치가 빠질 듯한
신발자국 남았다고 지금까지 전해오니

오천년의 문헌들이 황당하고 허술해
호해壺孩 마란馬卵[3] 모두 다 잘못된 지 오래네

선한 일에 향기 없고 악한 일에 악취 안 나
소인小人은 방자하고 군자君子는 근심하네

釣龍臺

龍臺釣龍事荒怪	我初見之崔北畫
有一猛將貌猙獰	怒髥如戟目裂眥
鐵索蜿蜒繞右肘	白馬流血龍口罥
龍口呿張龍頸戹	鬐鬣擊水波四洒
甲光炫燿照金鱗	黑雲滿天天宇隘
道是大唐蘇定方	屠龍渡師扶山砦

扶山之下江水流　　　蓋有拳石如浮漚

當時千艘泊南岸　　　如何路由西北陬

龍旣嘘雲顯靈詭　　　詎又冥頑仰呑鉤

石面谽谺深沒趾　　　好說靴痕至今留

載籍荒疎五千歲　　　壺孩馬卵都謬悠

爲善無芳惡無臭　　　小人恣睢君子愁　〔1795, I-2, 31b〕

1 시의 이해를 돕기 위해 다산이 쓴 「조룡대기(釣龍臺記)」(I-14, 7a)의 관련 부분을 소개한다. "내가 서울 어느 집에서 이 그림을 보고 무슨 그림이냐고 물으니 '옛날 소정방이 백제를 칠 때 백마강에 이르니 신령스러운 용이 나타나 안개와 바람을 일으키므로 군사가 건널 수 없었다. 이에 소정방이 크게 노하여 백마를 미끼로 하여 용을 낚아 죽이니 안개가 걷히고 바람이 멎었는데 이것이 그 그림이다'라고 말하므로 이상히 여겼는데 금년 가을 내가 금정에 있을 때 부여현감 한원례(韓元禮)가 수차 편지를 보내어 백제 고적ㅌ을 구경하기를 권하므로 드디어 9월 16일 고란사 밑에서 배를 타고 소위 조룡대라는 곳에 올라보았다. 아! 우리나라 사람들의 황당함을 좋아함이 이처럼 심한가! 조룡대는 백마강의 남쪽에 있어 소정방이 이 대에 올랐다면 그때는 이미 군사들이 강을 건넌 후였을 것이니 어찌 눈을 부릅뜨고 용을 낚았겠는가? 또 조룡대는 백제성 북쪽에 있어 소정방이 이 대에 올랐다면 성은 이미 함락된 후였을 것이다. 당나라 군함이 바다로 와서 백제성 남쪽에 상륙했을 터인데 무엇 때문에 강을 수십리나 거슬러올라가 이 조룡대 남쪽에 이르렀겠는가?"
2 최북(崔北): 조선 영조(英祖) 때의 화가로 한 눈이 멀어 항상 반안경(半眼鏡)을 쓰고 그림을 그렸으며 성격이 괴팍하여 세상에서는 미친 사람으로 여겼다고 한다.
3 호해·마란: 병 속에서 나온 아기와, 말이 낳은 알에서 나온 아기의 이야기로 신라 탈해왕(脫解王)과 알지(閼智) 그리고 박혁거세(朴赫居世)의 전설인 듯하다.

〔해제〕 금정찰방으로 있으면서 근처 백마강 가의 조룡대를 방문하고 쓴 작품으로 다산의 과학적이고 합리적인 정신이 반영된 시라 하겠다. 그의 이와 같은 합리적인 사고는 「갑을론甲乙論」 「풍수론風水論」 「맥론脈論」 「상론相論」 「계림옥적변鷄林玉笛辨」 「중동변重瞳辨」 「영석변靈石辨」 등에 여실히 나타나 있다. 또한

162

이 시에는 당나라의 소정방을 대단한 존재로 보지 않으려는 다산의 주체의식
이 깔려 있다.

공주 창곡倉穀의 폐정弊政

창고마다 가득히 곡식 쌓아서
선왕先王 본디 농사를 돈독히 했고

홍수 가뭄 바탕 위에 깊은 계획 세웠으며
외침에 대비하여 성곽 높이 쌓았다네

주례周禮에선 황찰荒札[1]을 가엽게 여겼고
요堯 임금 백성들은 평화를 바랐으니

성군聖君 있는 조정에선 조세가 너그럽고
깨끗한 세상엔 기근이 드물었네

조정의 정략이 암읍巖邑[2]을 중히 여겨
촌사람들 곡식 지고 험한 산 넘게 되니

탐욕스런 놈들이 이익을 취하고자
간교한 구멍이 생겨나게 되었도다

바닷물 모두 다 미려尾閭[3]로 새나가고
천금千金이 용광로서 녹아버리네

관가에서 받을 땐 고봉高捧으로 말질하고
정하게 찧은 쌀로 바쳐야 하네

성화 같은 독촉에 기한 어찌 어길소냐
그때마다 사람 사서 운반해 가니

몸은 마치 낟알 끄는 개미 신세요
마음은 다리 잘린 벌과 같도다

집 안은 텅텅 비어 아무것도 없는데
곡식짐 짊어지고 때맞춰 가야 하네

아전놈들 잔꾀는 어디서나 빈틈없고
백성들 습성은 옛부터 공손할 뿐

쥐새끼들[4] 그 얼마나 사납단 말가
큰 고기[5]는 입만 그저 벌름거린다

칼 있어 내 뼈는 긁을 수 있다지만
내 가슴 적셔줄 술이 없구나

검발檢發[6]이란 도무지 빈말뿐이라
마침내 유랑하여 멀리멀리 떠나네

한나라 조정의 진대법賑貸法[7] 없어졌고
당나라 세금인 조용調庸[8]이 겹쳤더라

도망간 자 잡느라 이웃 마을 시끄럽고
먼 친척에까지 포흠逋欠[9]을 징수하네

감영監營 깃발 휘날려 촌사람들 떨게 하니[10]
굿하는 북소리도 끊어졌구나

이 일은 비장裨將도 맘대로 못하는 일
감사監司가 혼자서 차지한다네

집 안에 남은 거란 송아지 한마리요
쓸쓸한 귀뚜라미만 조문弔問을 하네

텅 빈 집 안엔 여우 토끼 뛰노는데
대감님 댁 문간에는 용 같은 말이 뛰네

백성들 뒤주에는 해 넘길 것 없는데
관가 창고는 겨울나기 수월하네

궁한 백성 부엌에는 바람 서리만 쌓이는데
대감님 밥상에는 고기 생선 갖춰 있네

산놀이 들놀이 어려운 일이고
바지허리 저고리 깃 누가 있어 꿰매주랴

물 안 긷는 우물엔 새벽 얼음 쌓여 있고
황폐한 밭에는 줄풀만 널려 있네

들으니 영천潁川[11] 땅에 도적이 는다는데
오랑캐 침입한단 봉홧불이 이 아니냐

세도집 대문에 검은 칠 못 보았고
사관史官의 붉은 붓대 말만 들었네[12]

구중궁궐 호랑이가 지키고 있어
백성들 두 소매가 눈물에 젖었는데

정협의 유민도[13]를 그 누가 이어가리
주휘朱暉[14]같이 어진 이를 못 만나 애석하다

그리워라 봄날에 보습을 손질하며
하늘에서 단비가 쏟아질 그날이

孟華堯臣(卽吳權二友)盛言 公州倉穀爲獘政 民不聊
生 試述其言 爲長篇三十韻

壘壘倉廒積	先王本厚農
深謀資水旱	外侮備垣墉
周禮哀荒札	堯黎望協雍
聖朝寬賦斂	淸世罕饑凶
廟畧敦巖邑	村輸陟峻峯
貪夫要自利	奸竇得相容
萬水歸閭洩	千金入冶鎔
庭量須溢斛	廚餉勅精舂
督責寧踰限	調移每雇傭
身如輸粒蟻	心似割脾蜂
盡室方懸磬	贏糧各趁鐘
吏謀隨處密	氓俗古來恭
雀鼠何其壯	鴻魚秖自喁
有刀能刮骨	無酒可澆胸
檢發徒虛語	流亡遂遠蹤
漢廷無賑貸	唐稅疊調庸
逮捕騷鄰里	徵逋及遠宗
令旗驚獵獵	賽鼓聞鼕鼕
裨將非專輒	監司乃自封
所餘唯短牘	相弔有寒蛩
白屋狐兼兎	朱門馬以龍

村糈無卒歲　　官廩利經冬

窮蔀風霜重　　珍盤水陸供

樞楡難自詠　　襁褓且誰縫

廢井堆晨凍　　荒田被晚葑

漸聞增嶺盜　　奚異警胡烽

未見豪門漆　　徒聞史管彤

九門嚴虎守　　雙袖但龍鍾

鄭俠嗟誰繼　　朱暉惜未逢

懷哉理春耜　　膏雨上天濃　〔1795, I-2, 33a〕

1 황찰· 흉년에 전염병으로 죽는 것.
2 암읍: 군사전략상의 요지를 말함. 조정에서는 큰 전쟁에 대비해 남한산성 등의 요새
　에 군량미를 비축하게 했는데, 백성들이 100리 또는 200리를 걸어서 납부하러 가야 하
　는 번거로움을 이용하여 이를 대신 방납(防納)해주는 창리(倉吏)가 협잡을 했다고 한
　다.『목민심서』「호전(戶典)」 '곡부(穀簿)'에 자세하다.
3 미려: 큰 바다 밑에 있는, 바닷물이 쉴 사이 없이 샌다는 곳.
4 쥐새끼들: 소인배, 아전 들을 말함.
5 큰 고기: 일반 백성들을 말함.
6 검발: 나쁜 것은 법으로 단속하고, 창고에 있는 곡식을 풀어 빈민을 구휼하는 일.
7 진대법: 농민에게 양곡을 대여하여 기민(飢民)을 구휼하는 제도.
8 조용: 조(調)는 호(戶)를 대상으로 하는 토산물의 부과를 말하고, 용(庸)은 중앙에 대
　한 노동력의 부과를 말한다.
9 포흠: 법에 따라 세금을 낼 사람이 세금을 내지 않고 도망하여 거두어들일 수 없게
　된 것.
10 호서(湖西) 지방에서는 몇년 전부터 군량을 독촉할 때마다 감사가 지휘 깃발을 군졸
　에게 주어 마을 사람들을 위협하였다. 마을 사람들은 마치 난리를 만난 것 같았다고
　하였다(湖西自數年來 每督軍餉時 監司輒以令旗與軍卒 以嚇民村 民村如逢亂離云 —— 원주).
11 영천: 중국의 지명. 황패(黃覇)가 영천 태수가 되자 도적들이 줄었다고 함.
12 세도가는 벌 받는 일이 없으며, 사관은 이를 옳게 기록하지 않는다는 뜻.

13 유민도(流民圖): 110면 주8 참조.
14 주휘: 후한(後漢) 때 선정을 베풀었던 지방관.

〔해제〕 원제는 '맹화·요신, 즉 오·권 두 친구가 공주 창곡의 폐정 때문에 백
성들이 살 수가 없다고 말하므로 그 말을 시험 삼아 기술하여 장편 30운을 지
었다'. 맹화는 오국진吳國鎭, 요신은 권기權夒인데, 이들이 금정찰방으로 있는 다
산을 찾아와 공주 창곡의 폐정을 진술한 것이다. 이 두 사람은 다산이 봉곡사鳳
谷寺에서 이삼환李森煥의 주도로 성호星湖의 유저를 정리할 때 함께 참여했던 그
고을 선비들이다.

의고擬古[1]

서해에는 반도蟠桃[2] 있고
동해엔 화조火棗[3] 있어

따먹으면 허물 벗듯 탈바꿈하여
영원토록 늙어지질 않는다 하니

사람들 흔연히 그걸 가지려
머나먼 길 바라고 문을 나서나

나만 홀로 가지 않고 내 집 지키니
처자식과 더불어 즐거웁도다

밭에는 조 심고
논엔 벼 심어

부지런히 김매고 가꿔주면은
가물든 비가 오든 내버려둬도

가을걷이 얼만큼 바랄 수 있을 테니
그걸로 내 성명性命 보전하리라

찬란한 비단옷에
종로길 말달리다

대궐 앞에 말을 내려
궁중을 걸어가면

그 어찌 통쾌한 일 아니리오만
혹시라도 후환이 따를지 몰라

잠깐 동안 물러나 수양하면서
어리석음 지킴만 못한 일이지

조용히 살면서 하는 일 없고
담박하게 기피할 일 없앤다면은

세상이 아무리 비좁다 해도
썩은 선비 하나야 용납하리라

그래도 서로를 용서하지 못한다면
운명이 그런 걸 즐길 수밖에

擬古 二首

西海有蟠桃　　東海有火棗

食之得蛻化　　永世不得老

衆人爭欣慕　　望望出遠道

我獨守我家　　且與妻子好

山田種黃粱　　水田種紅稻

勤力芸其苗　　不問潦與澳

庶幾望有秋　　使我性命保

燁然衣錦衣　　乘馬馳雲衢

下馬入君門　　冉冉庭中趨

豈不一快意　　或者有後虞

不如且暫退　　養拙守其愚

寧靜無所營　　澹泊無所須

世途雖局促　　庶容一腐儒

若復不相恕　　命也亦樂夫　　〔1795, I-2, 35b〕

1 의고: 옛날 시문(詩文)의 체를 본뜨는 것.
2 반도: 선경(仙境)에 있다는 복숭아로 삼천년 만에 한번씩 열매를 맺는데 이것을 먹으면 불로장생한다고 한다.
3 화조: 신선이 사는 곳에 있다는 대추나무로 이 대추를 먹으면 수명이 천년 연장된다고 한다.

옛집에 들러

아지랑이 끼어 있는 강 언덕 집에
백일홍 늦꽃이 짙게 짙게 피어 있네

전원田園은 아직도 눈에 익은 풍경이고
꽃과 나무 내 마음 즐겁게 하여주네

들보의 제비는 올해도 새끼 낳고
숲속의 꾀꼬리는 속절없이 고운 노래

제철 만난 만물이 부럽기만 하여서
지팡이 짚고 서서 슬피 탄식하노매라

到舊廬述感

水閣煙光內　　黃薇晚色深
田園猶慣眼　　花木舊怡心
樑燕亦新乳　　林鶯空好音
得時堪羨物　　倚杖一悲吟　〔1796, I-2, 37b〕

〔해제〕금정찰방으로 좌천된 지 근 5개월 만인 1795년 12월 20일, 용양위 부사직龍驤衛副司直으로 발령받아 다시 내직內職으로 들어왔지만 실권이 없는 한직이었다. 이 시는 금정에서 돌아온 이듬해 4월 소내의 고향집을 방문하고 지은 작품이다.

난초

곧고 고운 난초가
산비탈에 자라네

아름다운 벗님네
덕을 지켜 반듯하네

좋은 딴 벗 없으련만
그대 생각 많고 많네

곧고 고운 난초가
저 언덕에 자라네

지금 세상 보통 사람
빨리도 변하기에

그대 생각 잊지 못해
속마음 안절부절

곧고 고운 난초가

쑥대밭에 자라네

가라지 우거져도
그 누가 김매주리

그대 생각 잊지 못해
속마음 애가 타네

猗蘭三章 章六句

蘭兮猗兮　　生彼中陂
友兮洵美　　秉德不頗
豈無他好　　念子實多

蘭兮猗兮　　生彼中丘
凡今之人　　不其疾渝
念子不忘　　中心是猶

蘭兮猗兮　　生彼蓬蒿
萎兮翏兮　　誰其薅兮
念子不忘　　中心是勞　〔1796, I-2, 39b〕

〔해제〕 원제는 ‘연약한 난초, 벗을 찬미하다猗蘭美友人也’이다. 분장복구分章複句의 형태를 취하여 『시경』의 체제를 그대로 답습한 사언시인데, 다산이 찬미하는 벗이 누구인지는 알 수 없다. 아마도 난초같이 아름다운 자질을 지니고도 버려졌거나 박해받는 벗일 것이다.

양강의 어부

영감 하나 동자童子 하나 소년이 하나
양근강楊根江[1] 머리에 고깃배 한척

배 길이 세길이요 상앗대 두길
수십벌 그물에 낚싯바늘 삼천개

소년은 노 저으며 배 끝에 앉아 있고
동자는 솥 옆에서 줄풀로 불 지피네

영감은 술에 취해 잠에 한창 무르녹아
뱃전에 다리 뻗고 푸른 하늘 올려 보네

해 지는 강 위에 물결 희게 부서지고
물에 잠긴 산부리, 저녁연기 푸르구나

소년이 동자 불러 영감 깨워 일으키니
고기 새끼 팔딱이고 하늘색은 어두운데

중류에 그물 치고 갔다가 다시 오니
아래위로 다니는 배, 북 놀듯 하는구나

들리노니 삐거덕 노 젓는 소리뿐
아득히 먼 저곳이 물인지 구름인지

황혼녘에 그물 걷어 강 언덕에 배를 대고
고기 털어 쏟아내니 그 냄새 향기롭다

관솔불에 세어서 버들가지로 엮는데
불빛이 물에 비쳐 동룡銅龍[2]이 길다랗네

촌사람 장사꾼들 다투어 와서 보고
쟁그랑 엽전소리 광주리에 돈이 가득

배 안에서 잠을 자도 아무 탈 없이
뜬 배로 집을 삼고 애오라지 떠다니네

인간 부귀 비싼 값에 살 것 못 되니
거짓 즐거움 누리려다 진짜 괴로움 산다네

아침에는 높은 벼슬 성현聖賢 모습 꾸미다가
저녁엔 기세 등등 오랑캐로 대한다네

언제나 기 못 펴는 멍에 멘 망아지요
답답하고 처량하긴 덫에 빠진 호랑이라

갇힌 꿩은 고결하여 콩 그리지 않지만
홰 속 닭은 시끄럽게 화를 낸다네

어찌하여 강 위의 고기잡이 늙은이는
바람 따라 물결 따라 정처없이 떠다니나

유주維洲[3]의 이해利害도 들리지 않고
농님東林[4]의 승패勝敗노 아낭곳없이

갈대꽃 핀 물가를 농장 삼아서
갈대 이불 쑥대집에 휘장 둘렀네

언젠간 두 아들과 소내로 들어가
이와 같은 동자 소년 되게 하리라

楊江遇漁者

一翁一童一少年　　　楊根江頭一釣船
船長三丈竿二丈　　　數罟數十鉤三千

少年搖櫓踞船尾　　　童子炊菰坐鐺邊
翁醉無爲睡方熟　　　兩脚挂舷仰靑天

日落江湖浪痕白　　　山根浸水村煙碧
少年呼童攪翁起　　　魚兒撥剌天將夕
中流布網去復還　　　上下剌船如梭擲
伊軋唯聞柔櫓聲　　　蒼茫不辨雲水色

黃昏收網泊柳浪　　　摘魚落地聞魚香
松鐙細數柳條貫　　　鐙光照水銅龍長
野夫估客爭來看　　　鏗鏗擲錢錢滿筐
水宿風餐了無恙　　　浮家汎宅聊徜徉

人間富貴非善賈　　　盡將僞樂沽眞苦
朝將軒冕飾聖賢　　　暮設刀俎待夷虜
蹢躅常如荷轅駒　　　鬱悒眞同落圈虎
籠雉耿介不戀豆　　　塒雞喁唶生嫌怒

何如江上一漁翁　　　隨風逐水無西東
維州利害漠不聞　　　東林勝敗俱成聾
蘋洲蘆港作園圃　　　葦被蓬屋爲帡幪
會攜二兒入苕水　　　令當一少與一童　〔1796, I-3, 2b〕

1 양근강: 지금의 경기도 양평에 남한강과 북한강이 갈라지는 곳.
2 동룡: 누수 그릇〔漏器〕의 물을 토해내는 용두(龍頭)를 말하는데 여기서는 물에 비친
  관솔불이 물결에 너울거려 마치 용의 모양과 같다는 표현인 듯.
3 유주: 중국 지명인데, 당나라 때 우당(牛黨)과 이당(李黨)이 치열하게 싸우는 가운데
  이곳이 크게 문제된 적이 있었다.
4 동림: 동림당(東林黨)을 말하는데, 동림당은 명말에 고헌성(顧憲成) 등이 결성한 당으
  로 반대파와의 싸움으로 명나라가 망하는 원인의 하나가 되었다.

〔해제〕 1795년 12월 금정에서 돌아와 용양위부사직에 제수되었으나 이름뿐
인 직책이고 반대파는 여전히 그를 몰아붙였다. 이에 울적한 마음을 달래기 위
해 1796년 4월에 충주의 부모님 묘소를 참배하고 귀로에 집안 어른 정범조丁範
祖를 방문한 후 배를 타고 신륵사를 거쳐 돌아왔는데, 이때 본 광경을 읊은 작품
이다. 당시 다산의 착잡한 심경이 나타나 있다.

신승지 광하 만사[1]

텁석부리 수염이 야윈 얼굴 뒤덮은
우객羽客[2]이 수레 타고 이 세상 떨어졌네

외로운 학이 푸른 바다 달을 돌아 날아오고
성난 용이 백두산을 번쩍 들어 흔들었네[3]

티끌 먼지 속에서도 품은 생각 더 넓었고
비바람 치는데도 필력筆力 차분했더니만

큰 못의 구름 파도 잠자듯 고요하고
광릉금廣陵琴[4] 끊어지니 눈물이 쏟아지네

申承旨光河輓詞

鬖鬖須髮繞癯顏　　羽客雲車落世間
寡鶴盤廻滄海月　　怒龍掀動白頭山
塵埃合沓襟懷曠　　風雨交爭筆力閒
大澤雲濤收浩淼　　廣陵琴絶涕潸潸　〔1796, I-3, 7a〕

1 6월 30일에 죽었다(六月三十日卒 ― 원주). 신광하(申光河, 1729~96)는 석북(石北) 신
  광수(申光洙)의 동생으로, 호는 진택(震澤)이다. 전국 각지를 유람하면서 보고 느낀 바
  를 기록한 기행시를 많이 남겼다. 특히 장편고시(長篇古詩)에 능했으며『진택문집(震
  澤文集)』12권이 전한다.
2 우객: 날개가 달린 신선.
3 이 연(聯)은 신광하의 문체를 형용한 말이다.
4 광릉금: 광릉산(廣陵散)을 연주하는 거문고. 광릉산은 죽림칠현의 한 사람인 진(晋)나
  라 혜강(嵇康)이 은자(隱者)로부터 배웠다는 거문고의 곡명으로 절대 다른 사람에게
  전하지 않겠다는 서약을 하고 전수받았다고 한다. 뒤에 혜강이 참소를 받아 형장에서
  죽으면서 마지막으로 이 곡을 연주한 후 세상에는 전하지 않았다.

이주신[1] 댁에 모여

조용한 산골짝 초가집 깊숙한데
느릅나무 버드나무 작은 뜰에 우거졌네

밭에 가득 오이 채소 고향땅을 옮겨 온 듯
붓과 먹이 온화하여 사림士林을 모았구나

구름 사이 터진 햇볕 꽃빛이 새로웁고
가랑비 오려는가 나뭇잎이 먼저 운다

바윗길 울퉁불퉁 나귀 타기 제격이니
거문고 안고서 달밤에 또 오리라

李周臣宅小集

醞藉溪山草閣深	小庭楡柳晚交陰
瓜蔬錯落移鄉井	翰墨雍容聚土林
漏日遠明花更色	輕霏欲度葉先吟
巖蹊犖确宜驢步	且抱幽琴月夜尋　〔1796, I-3, 9a〕

1 이주신(李周臣): 이유수(李儒修, 1758~1822)의 자(字)가 주신이고 호는 금리(錦里)다. 다산의 친구로, 함께 죽란시사 동인으로 활동했다.『여유당전서』에「금리 이유수 묘지명(司憲府掌令錦里李周臣墓誌銘)」(I-16, 28b)이 있다.

통쾌한 일

1

달포 넘어 찌는 장마 퀴퀴한 냄새
아침저녁 사지가 맥없이 노곤터니

초가을 푸른 하늘 맑고 더 넓어
해맑은 하늘에 구름 한 점 없어졌네

이 어찌 통쾌한 일 아니겠는가

2

산골짝 푸른 시내 흙과 돌이 가로막아
가득히 고인 물이 막혀서 돌아들 때

긴 삽 들고 일어나서 모래주머니 터뜨리니
우레처럼 소리치며 쏜살같이 흘러간다

이 어찌 통쾌한 일 아니겠는가

3

푸른 매 날개 묶여 오랫동안 굶주리며
숲속에서 날개 치다 돌아가기 지쳤는데

북풍이 불어와 처음으로 끈을 풀고
바다 같은 푸른 하늘 마음껏 날아가네

이 어찌 통쾌한 일 아니겠는가

　4
나그네 돛단배 갠 강에 둥실 떠서
바라보니 물결 위에 물새 쌍쌍 자맥질

내려쏟는 여울목에 배가 이르니
시원한 바람 불어 뱃전을 씻어 가네

이 어찌 통쾌한 일 아니겠는가

　5
지팡이 지쳤어라 높은 산에 올랐더니
구름 안개 겹겹이 눈 아래 막고 있네

저물녘 서풍 불어 맑은 햇볕 내리쬐니
만 골짜기 천 봉우리 일시에 드러나네

이 어찌 통쾌한 일 아니겠는가

6

지친 말 절름절름 험한 바위 지나가니
돌부리 나뭇가지에 옷자락이 찢어진다

말 내려 배를 타니 앞길이 평탄한데
석양에 순풍 따라 돛을 높이 달았으니

이 어찌 통쾌한 일 아니겠는가

7

낙엽이 소리 없이 강 언덕에 떨어지고
황혼녘 하늘빛이 흰 파도를 걷어찰 때

옷자락 휘날리며 바람 속에 섰노라니
내가 마치 선학仙鶴 되어 흰 날개 씻긴 듯

이 어찌 통쾌한 일 아니겠는가

8

이웃집 처마 끝이 앞마당을 가로막아
가을날도 바람 없고 맑은 날도 그늘지네

백금百金 주고 그 집 사서 당장에 헐어버려
먼 산봉우리가 눈앞에 보인다면

이 어찌 통쾌한 일 아니겠는가

9

기나긴 여름날 무더위에 시달려서
등골에 땀이 흘러 베적삼 축축할 때

상쾌한 바람 불어 소나기 쏟아지니
단번에 얼음발이 벼랑에 걸려 있네

이 어찌 통쾌한 일 아니겠는가

10

맑은 밤 산골짜기 소리 없이 적막한데
산귀신도 잠이 들고 새 짐승 기척 없네

집채만 한 큰 바위를 어깨에 메고
천길 낭떠러지 우르렁쾅쾅 굴린다면

이 어찌 통쾌한 일 아니겠는가

11

서울 땅 성안에서 움츠리고 지내기가
병든 새 조롱 속에 갇힌 것 같더니만

말채찍 울리며 교외로 나아가니
보이느니 산과 들에 야색野色이 깔려 있네

이 어찌 통쾌한 일 아니겠는가

12
펼쳐놓은 큰 종이에 취중시醉中詩가 더디더니
우거진 초목에 후드득 비 오길래

장대같이 큰 붓을 손에 가득 움켜잡고
크게 한번 휘두르니 먹물 뚝뚝 떨어지네

이 어찌 통쾌한 일 아니겠는가

13
장기 바둑 승부를 내 일찍이 모르기에
바보같이 옆에 앉아 구경만 하다가

한 조각 여의철如意鐵[1]을 움켜잡고서
단번에 판 위를 쓸어 없애버린다면

이 어찌 통쾌한 일 아니겠는가

14

대수풀 외로운 달, 맑은 저녁에
고요한 초당에 술병과 마주 앉아

백 잔을 들이켜 싫도록 취한 후에
호기롭게 노래 불러 근심 걱정 씻었노라

이 어찌 통쾌한 일 아니겠는가

15

하늘 가득 눈보라 북풍이 차가운데
여우 토끼 숲속으로 설룩이며 늘어오네

긴 창 큰 화살에 털모자 눌러쓰고
생포한 놈 끌어당겨 말안장에 달아맨다

이 어찌 통쾌한 일 아니겠는가

16

평화롭게 노니는 푸른 물결 고깃배가
바람 이슬 삼경三更인데 취해 아니 돌아가네

기러기 우는 소리 놀래어 잠을 깨니
갈대 이불 싸늘한데 초승달이 걸려 있다

이 어찌 통쾌한 일 아니겠는가

　17
집 안 세간 모두 팔아 행장을 꾸리고서
구름처럼 유유히 타향에서 떠돌다가

뜻 잃은 옛 친구를 길에서 상봉하여
주머니 돈 열냥을 그에게 주었노라

이 어찌 통쾌한 일 아니겠는가

　18
가지 끝에 맴돌면서 어미 까치 급히 운다
비늘 달린 시꺼먼 놈 둥지에 기어드네

어디서 호령하며 목 긴 새 날아들어
범 울듯이 달려들어 머리통을 쪼았네

이 어찌 통쾌한 일 아니겠는가

　19
달 둥글면 거문고 타며 노래하자 하였는데
먹구름이 하늘 가득 어이할까나

옷 여미고 자리에서 뜨려 할 때에
홀연히 숲 끝에 아리따운 달을 보네

이 어찌 통쾌한 일 아니겠는가

  20
타향땅 귀양살이 대궐 생각 그지없어
등잔불 앞에 앉아 혼자 잠 못 이루는데

홀연히 금닭[2] 울어 기쁜 소식 전해오니
집에서 보낸 편시 내 손으로 뜯어보네

이 어찌 통쾌한 일 아니겠는가

不亦快哉行 二十首

  1

跨月蒸淋積穢氛	四肢無力度朝曛
新秋碧落澄寥廓	端軸都無一點雲

不亦快哉

2

疊石橫堤碧澗隈　　盈盈潴水鬱盤迴
長鑱起作囊沙決　　澎湃奔流勢若雷
不亦快哉

3

蒼鷹鎖翮困長饑　　林末铑毦倦却歸
好就朔風初解緤　　碧天如水盡情飛
不亦快哉

4

客舟咿嘎汎晴江　　閒看盤渦浴鳥雙
正到急湍投下處　　涼飂拂拂洒篷牕
不亦快哉

5

岩嶤絕頂倦遊筇　　雲霧重重下界封
向晚西風吹白日　　一時呈露萬千峯
不亦快哉

6

羸驂局促歷巉巖　　石角林梢破客衫
下馬登舟前路穩　　夕陽高揭順風帆
不亦快哉

7

騷騷木葉下江皋　　　黃黑天光蹴素濤
衣帶飄颻風裏立　　　怳疑仙鶴刷霜毛
不亦快哉

8

鄰人屋角障庭心　　　涼日無風晴日陰
請買百金纏毀去　　　眼前無數得遙岑
不亦快哉

9

支離長夏困朱炎　　　濈濈蕉衫背汗沾
洒落風來山雨急　　　一時巖壑掛水簾
不亦快哉

10

淸宵巖壑寂無聲　　　山鬼安棲獸不驚
挑取石頭如屋大　　　斷厓千尺碾砰訇
不亦快哉

11

局促王城百雉中　　　常如病羽鎖雕籠
鳴鞭忽過郊門外　　　極目川原野色通

不亦快哉

12

雲牋闊展醉吟遲　　草樹陰濃雨滴時
起把如椽盈握筆　　沛然揮洒墨淋漓
不亦快哉

13

奕棋曾不解贏輸　　局外旁觀坐似愚
好把一條如意鐵　　砉然揮掃作虛無
不亦快哉

14

篁林孤月夜無痕　　獨坐幽軒對酒樽
飲到百杯泥醉後　　一聲豪唱洗憂煩
不亦快哉

15

飛雪漫空朔吹寒　　入林狐兎脚蹣跚
長槍大箭紅絨帽　　手挈生禽側挂鞍
不亦快哉

16

漁舟容與綠波間　　風露三更醉不還

歸鴈一聲驚破睡　　　蘆花被冷月如彎
不亦快哉

17
落盡家貲結客裝　　　雲游蹤跡轉他鄕
路逢失志平生友　　　交與囊中十錠黃
不亦快哉

18
嘐嘐嗔鵲繞林梢　　　黑質修鱗正入巢
何處憂然長頸鳥　　　啄將珠腦勢如虓
不亦快哉

19
琴歌來趁月初圓　　　無那頑雲黑滿天
到了整衣將散際　　　忽看林末出嬋娟
不亦快哉

20
異方遷謫戀觚稜　　　旅館無眠獨剪燈
忽聽金鷄傳喜報　　　家書手自啓緘縢　　〔1796, I-3, 13a〕

---

1 여의철: 도사가 가지고 다니는 물건으로 이것을 흔들면 바라는 물건이 뜻대로 나온

다고 한다.

2 금닭〔金鷄〕: 옛날 사면령(赦免令)을 반포하는 날에 금계를 장대 끝에 매달았다고 한다.

〔해제〕 금정에서 돌아온 후 노론 벽파들의 끊임없는 공격을 받던 다산은 의욕을 상실한 채 모든 것을 버리고 고향으로 돌아가 농사지으며 살고 싶은 충동을 느낀다. 1796년의 시편들은 이렇게 고향으로 돌아가려는 간절한 염원을 노래한 작품이 많다. 이 시도 이 시기에 씌어진 작품이다. 여기서 다산은 꿈과 이상을 마음껏 펼칠 수 없는 답답한 심경을 달래기 위해 20가지의 통쾌한 일을 설정해 노래하고 있다. 젊은 시절 다산의 고뇌를 살필 수 있는 시이다.

험한 길

아득한 천지는
우리가 사는 곳

높디높은 저 집은
어진 이들 모이는 곳

내 그대 따르려도
그 문을 얻지 못해

집 나가 노닐면서
천지 사방 누볐으나

승냥이 호랑이 이빨을 드러내고
뾰족한 가시나무 곳곳에 숨어 있네

무서워 빈 들판을 뒤돌아봐도
허허벌판 집 하나 보이지 않아

수레 돌려 되돌아가
오두막서 안식하니

책이랑 책상이랑

편안하기 그지없네

자고 일고 하는 사이

세월은 가기 마련

그리고 이웃 있어

들고 나며 서로 돕네

저기 저 사람들아

아직도 방황하나

돌아오라 돌아오라

여기서 편히 쉬게

詩四言

濛濛六合	成是倚盖
巍巍崇宮	衆賢攸粹
願言從子	不得其門
駕言出游	窮彼八垠
豺虎張牙	茨棘伏銛
怔營野顧	曠無閭閻

回車復路　　爰息衡廬
圖書几案　　罔不安舒
載寢載興　　歲月其徂
爰有鄉隣　　出入相扶
彼其之子　　尚或徊遑
歸哉歸哉　　於玆樂康　〔1796, I-3, 14b〕

〔해제〕이 시절에 다산은 극도로 실의에 빠져 벼슬을 버리고 은거하려는 생각이 간절했다. 다산은 사언四言으로 된 시를 많이 남겼다. 그가 사언시를 많이 쓴 것은 『시경』의 정신을 이어받자는 것인데, 실제로 그의 사언시에는 당시 농민들의 애환이 애절하게 그려져 있다.

적기赤驥[1]
최생에게

적기赤驥 원래 뛰어난 기골을 지녀
말갈기 휘날리며 날쌔게 달리는데

사방으로 닫고 싶은 그 뜻이 막혀
험준한 파촉巴蜀[2] 땅에 갇히어 있네

산길은 바위 많아 괴로운데다
험한 바위 잇달아 수풀이 우거져서

슬피 울며 제 그림자 돌아보고는
먼 들판 긴 바람을 그리워하네

궁중의 마굿간엔 반繁·영纓[3]도 많아
갈고 닦은 옥속瑬績[4]이 번쩍번쩍 빛나는데

통하고 막힘이 때 만남에 달렸으니
진실로 운명이 같지 않구나

소금수레 끄는 것이 그 직분 아니지만
애오라지 먹을 것이 없어서인데

도리어 조랑말이 그를 깔보고
동서로 날뛰며 깨물어대네

말아라 다시 또 말하지 말라
슬프게 푸른 하늘 올려다보네

달사達士가 그 마음 넓다고 해도
이 일을 생각하면 근심 걱정 쌓이네

赤驥行 示崔生

赤驥負奇骨　　駿邁颸風驄
鬱鬱四極志　　乃處巴僰中
山蹊苦多石　　犖确連篝叢
悲鳴顧其影　　溱洧懷長風
天廐多繁纓　　滃續光磨礲
所遇有亨否　　寔維命不同
鹽車雖匪職　　聊爲芻豆空
却被果下驚　　啼齕紛西東
已矣勿復道　　悵然仰蒼穹
達士雖放達　　念此憂心忡　　〔1797, I-3, 25a〕

1 적기: 주(周)나라 목왕(穆王)의 팔준마의 하나로 명마(名馬)를 가리킨다.
2 파촉: 지금의 쓰촨성(四川省)으로 땅이 궁벽하고 지세가 험하기로 이름나 있다.
3 반(繁)은 말의 뱃대끈, 영(纓)은 말의 가슴걸이로 모두 말의 장식품이다.
4 옥속: 말의 가슴걸이 끈을 잇는 흰 쇠고리.

〔해제〕 곡산부사谷山府使에 부임한 직후의 작품인 듯한데 최생崔生은 누구인지 알 수 없다. 다산은 1796년 10월에 규영부 교서에 임명되어 정조가 추진하는 각종 편찬사업에 두루 기용되었고 12월에는 병조참지兵曹參知, 우부승지右副承旨, 좌부승지左副承旨에 제수되는 등 임금의 총애가 깊었으나, 임금의 총애가 깊을수록 반대파에서는 서학(西學)을 신봉한다는 트집을 잡아 다산을 더욱 거세게 공격했다. 이에 그는 1797년 6월에 사직소辭職疏를 올렸는데 이것이 이른바 '자명소自明疏'로 불리는 「변방사동부승지소辨謗辭同副承旨疏」이다. 이 유명한 상소문에서 그는 자신과 천주교의 관계를 소상히 밝혔다. 처음에는 천주교를 마음으로 좋아했지만 성균관에 들어온 후에는 관심이 없었으며 특히 신해옥사(辛亥獄事, 1791, 일명 진산사건珍山事件) 이후로는 천주교를 원수처럼 미워했다고 말했다.

이어 다음달인 윤6월 2일 정조는 다산을 곡산부사에 임명했다. 떠나는 날 정조는 말하기를 "지난번 상소문은 문사文詞를 잘 구사했을 뿐만 아니라 심사心事도 빛나고 밝으니 참으로 우연한 일이 아니다. 바로 한번 승진시켜 쓰려고 했는데 의론이 들끓으니 왜들 그러는지 모르겠다. 한두해쯤 늦어진다고 해서 해로울 것은 없으니 떠나거라. 장차 부르리니 너무 슬퍼할 필요는 없다. 먼젓번 사또는 치적이 없으니 잘하도록 하라"라고 당부했다.(『사암선생연보』)

206

오연¹에 배 띄우고

1

오연烏淵의 가을 물 깊고 푸른데
평양에서 오는 배 잣숲에 매여 있네

호숫가 백사장엔 기러기 날아들고
돌기둥 높이 솟아 용음龍吟을 눌렀구나

상인들 성姓, 반 이상이 선우鮮于씨고
시골말엔 아직도 옥저沃沮 음이 남아 있네

바위 아래 고기 잡는 저 늙은이 부러워라
푸른 물결 노 하나로 세월을 보내누나

3

갈대꽃 핀 물가에 노소리 부드럽고
시냇가 장터에 한 줄기 맑은 연기

싸늘한 산봉우리 석양이 깃들었고
젖은 물새 한쌍이 맑은 물결 차고 나네

돛 내리자 바람 불어 취한 술 깨게 하고

나팔소리 처음 울 때 누樓 위에 달이 뜬다

게 잡는 관솔불 물 위에 비치는데
어촌 풍경 사람을 수심케 하네

烏淵汎舟 五首

1

烏淵秋水碧沈沈　　　平壤歸舟繫柏林
傍岸金沙容鴈集　　　中天石柱壓龍吟
商人半是鮮于姓　　　村語猶傳沃沮音
巖下釣翁吾羨汝　　　一篙煙浪度光陰

3

數聲柔櫓荻花洲　　　一抹澹煙溪市頭
冷皺群巒棲晚照　　　濕飛雙翼破澄流
疎帆欲落風醒酒　　　殘角初鳴月上樓
捕蟹數燈遙照水　　　漁村物色使人愁　〔1797, I-3, 25b〕

1 오연: 정확한 위치는 미상이나 다산의 「자하담범주기(紫霞潭汎舟記)」(I-14, 11b)에 다음과 같은 기록이 있다. "곡산부 북쪽 20리에 여울이 있는데 마가탄이라 한다. 마가탄을 지나 위로 몇굽이 올라가면 석벽이 솟아 있고 그 밑에 깊은 못이 있어 깊고 검푸르기가 마치 귀신의 궁부 같으니 오연이라 한다"(谷山府北二十里 有水焉曰摩訶灘 由灘而上 數曲 有石壁崒起 下爲深淵 幽黑若鬼府神宮者 曰烏淵).

홀곡

수안태수遂安太守에게

언진산彦眞山[1] 높은 곳에 홀곡笏谷은 깊어

골짝마다 온 산이 모두 다 황금이네

물 걸고 모래 이니 별같이 총총하게

오이씨 같은 사금沙金이 분분히 반짝이네

돈 나오는 구덩이 한번 파는데

천지가 그때마다 수척해지고

어지러운 도끼질에 산신령도 쪼개지네

아래론 황천黃泉까지 위로는 하늘까지

골짝 구멍 번쩍번쩍 지맥地脈이 끊어졌네

살과 힘줄 찢겨서 골짜기만 더 깊고

해골과 갈비뼈만 앙상하게 드러났네

산정山精은 울어대며 가지 끝에 앉아 있고

낮도깨비 나다니고 까마귀떼 울고 있네

살인자 도적들 구름처럼 모여드니

남몰래 끌어들여 숨겨주고 감춰주네

파헤친 구덩이가 팔구천에 이르러
벌 날듯 개미 모이듯 읍邑이 하나 생기니

노랫가락 피리소리 달밤에 어지럽고
꽃 핀 아침 잔칫상엔 술과 고기 향기롭다

노래하는 예쁜 기생 날마다 모여들어
서관西關[2] 땅 형편은 말씀이 아니라네

농가 일손 모자라도 품 팔 사람 하나 없고
하루에 백전 삯도 즐겨하지 않으니

마을은 피폐하고 밭두둑은 황폐하여
쑥대밭 자갈밭 폐허가 되고 마네

산과 못의 생산물은 마땅히 국가의 것
교활한 자 손아귀에 맡겨서야 되겠는가

신관 사또 처사를 백성들 기다리니
금구덩이 메우고 농사일 독촉하소

笏谷行 呈遂安守

彦眞山高笏谷深	山根谷隧皆黃金
淘沙盨水星釆現	瓜子麩粒紛昭森
利寶一鑿混沌瘠	快斧爭飛巨靈劈
下達黃泉上徹霄	洞穴晱晱絶地脈
筋膚齧蝕交嵞峆	髑髏脊腯森杈枒
山精啾唧著樹杪	鬼魅晝騁多啼鴟
椎埋竊發蔚雲集	藏命匿姦潛引汲
穿窖鑿窨八九千	蜂屯螘聚成遂邑
歌管啁轟弄淸宵	酒肉芬芳宴花朝
名娼妙妓日走萃	西關郡縣邑蕭條
農家募雇無人應	日傭百錢猶不肯
村閭破柝田疇蕪	蒿萊犖确成荒磽
山澤之利本宜権	豈令狡獪恣所專
太守新來民拭目	煩公夷坎塞卄催畊田　〔1797, I-3, 26a〕

1 언진산: 황해도 수안(遂安)의 동쪽에 있는 산.
2 서관(西關): 지금의 평안도.

〔해제〕 다산이 곡산부사 시절에 쓴 시이다. 다산은 당시 사설금점私設金店의 잠채潛採행위가 농민에게 치명적인 타격을 준다고 생각했다. 금 채굴에 관한 다산의 궁극적인 구상은, 채광採鑛을 엄격한 국가관리하에 두어 잠채를 금지하고 채굴 방법과 시기 등을 개선해 농사에 지장을 주지 않게 하려는 것이었다.

노인령

고달산高達山 동쪽 편 영풍永豊 북쪽에
노인령老人嶺 높고 높아 우뚝 솟았네

천만 겹 쌓인 골짝 시냇물 굽이돌고
고목에 엉킨 덩굴 대낮에도 캄캄한데

깊숙한 곳 탐승하려 이 길로 들어
말 내려 지팡이 짚고 온갖 힘 다하였네

왜놈 장군 청정淸正[1]은 일본의 영웅
병사 끌고 이 영 넘어 통째로 삼켰으니

험한 곳에 병사 투입 병가兵家에서 꺼리건만
베틀에 북처럼 제멋대로 왕래하여

저탄猪灘을 건너고 북쪽을 엿봤으니
어리석다 섬 오랑캐 진실로 둔하구나

지금 와서 이 일을 나무란들 무엇하리
미친놈 하는 짓은 귀신도 모르는데

老人嶺

高達山東永豐北　　老人之嶺高嶄屴
疊洞回谿千萬重　　垂蘿古木淸晝黑
我欲探幽入此路　　下馬杖藜殫筋力
倭將淸正日本雄　　提兵過嶺忩蛇食
懸軍絶地兵所忌　　往來不碍如梭織
旣渡豬灘窺北地　　蠢彼島夷誠鈍賊
此事如今不追咎　　狂夫所爲神莫測　　〔1797, I-3, 27a〕

1 청정: 임진왜란에서 활약한 일인 장수 카또오 키요마사(加藤淸正).

천용자

천용자天慵子, 자字는 천용天慵
뭇사람들 어리석다 손가락질하네

평생에 갓 망건 써본 적 없어
마주하면 헝클어진 머리 걱정스럽고

술 마실 땐 입술에서 곧장 배로 집어넣고
달거나 시거나 싱겁거나 진하거나

쌀술이건 보리술이건 가리지 않고
고양이눈 같은 청주거나 고름 같은 탁주거나

가야금 어깨에 둘러메고서
왼손에 피리 하나 오른손엔 지팡이로

봄바람엔 묘향산 삼십육 동부洞府[1]
가을 달엔 금강산 일만 이천 봉

가야금에 피리에 휘파람 불면서
구름 속 노닐다가 노을에 자고
그 발걸음 쉴새없이 그치지 않네

산길엔 숲을 뒤져 잠자는 범 찾아내고
물길엔 돌을 굴려 웅덩이 용 놀래키네

집 떠날 때 무명옷은 거지에게 줘버리고
해진 옷과 바꿔 입어 성한 데 하나 없어

집에 오면 아내의 바가지 소리
땅을 치고 울며불며 가슴을 치건마는

천용자 묵묵부답 고개 숙이고
찡그린 얼굴에 공손하기 짝이 없네

길에서 주워 온 한 주먹 괴석怪石을
자루에서 끄집어내 보석처럼 쓰다듬네

배고프면 이웃집에 곧장 달려가
새로 빚은 막걸리 얻어 서너 잔 들이켜고

얼큰하면 소리 높여 부르는 노래
높은 곡조 이칙夷則에, 느린 곡조 임종林鐘에 맞네[2]

노래 끝엔 종이 찾아 묵화를 치는데
가파른 산봉우리 성난 바윗돌, 급한 여울목 늙은 소나무

뇌성벽력 천둥소리 음산한 풍경이요
눈 녹은 높은 산의 조촐한 모습이네

해묵은 등나무 괴이한 덩굴, 서로 얽힌 모습 그리다가
송골매 보라매가 싸우는 광경 그리기도

구름 쫓고 하늘 나는 신선도 그리는데
빽빽한 수염 눈썹 단정히 곧추설 듯

초라한 중 하나 오똑이 앉아
가려운 듯 등 긁는 모습을 그리는데
상어 뺨에 원숭이 어깨, 비뚤어진 입에다가
속눈썹 눈을 덮은 궁상스런 몰골이네

용 귀신이 불 뿜으며 뱀과 싸우는 모습 그리다가
요사스런 두꺼비가 달을 파먹어
토끼 방아 침노하는 광경도 그리지만

부녀자 모란꽃 작약꽃 홍부용은
두 팔이 잘린대도 그리려 하지 않네

술빚 갚기 위하여 그림 팔기 좋아하나
하루 번 돈 하루 술값에 날려버리네

자기 이름 관가에 알려지길 꺼리어
혹시라도 관가에 고하려는 자 있으면
노기가 충천하여 서릿발 같다네

상산象山³에 부임한 지 이년이 지나
누 세우고 연못 파고 민물民物이 화합한데

천용자 찾아와서 고을 문 두드리며
사또 좀 만나자고 큰소리로 외치더니

놀계단 곧장 올라 숭각重閣⁴으로 드는데
버선 없는 붉은 다리 농부와 같네

읍揖도 절도 하지 않고 다리 뻗고 웃으며
거듭거듭 하는 말이 술 달라는 소리뿐

맑은 바람 사방에서 상쾌하게 부는지라
보통 사람 아닌 줄 첫눈에 알아보고

손잡고 가슴 헤쳐 큰 포부 얘기하며
비 오는 아침이나 달 뜨는 저녁이나
언제나 서로 만나 얼려 지내니

못 배운 미명彌明이 한유韓愈를 굽혔고[5]
지공支公[6]이 대옹戴顒[7]을 방문한 것 같았네

천용자 성姓은 장씨張氏
고향을 물었더니 입을 다무네

天慵子歌

天慵子字天慵　　　　千人競指爲癡憃
生來不用巾網首　　　　對面蓬髮愁鬆鬆
酒不經脣直入肚　　　　不省眊酸與醞醲
稻沈麥仰斯無擇　　　　淸如猫睛濁如膿
肩荷伽倻琴一尾　　　　左手一笛右一笻
春風妙香三十六洞府　　　　秋月金剛一萬二千峰
彈絲吹竹劃長嘯　　　　雲游霞宿無停蹤
山行朴朔搜林覓睡虎　　　　水行砑匐碾石駭湫龍
去時綿裘施行丐　　　　換着敗衣襤褸無完縫
歸來入室妻苦詈嘐嘐　　　　叩地叫天摽其胸
天慵子默不答　　　　俛首摧眉順且恭
道拾一拳怪石至　　　　方且解橐摩弄如璜琮
飢來走鄰屋　　　　乞飮新醅一二三四鍾
酒酣發高唱　　　　激者中夷則徐者中林鍾
歌竟索紙蘸筆爲墨畫　　　　畫出峭峰怒石急泉與古松

震霆霹靂黑陰慘　　　　氷雪淞澌皎寵嵸

或畫壽藤怪蔓相科繞　　或畫快鶻俊鷹相撞搋

或畫游仙躡空放雲氣　　須眉葩髟森欲衝

或畫窮僧兀坐搔背癢　　鯊腮玃肩喝脣盍睫酸態濃

或畫龍鬼噴火鬥蛇怪　　或畫妖蟇蝕月侵兔舂

斷挽不肯畫婦女　　　　與畫牧丹勺藥紅芙蓉

亦肯賣畫當酒債　　　　一日但酬一日傭

常恐姓名到官府　　　　有欲告者怒氣勃勃如劍鋒

我來象山越二歲　　　　建閣穿池民物雍

天㤧子來叩閽　　　　　大聲叫我與官逢

直躡層階入重閤　　　　赤脚不襪如野農

不拜不揖箕踞笑　　　　但道乞酒語重重

清風洒然吹四座　　　　一見斂膝知非庸

握手開襟寫磈磊　　　　雨朝月夕常相從

不學彌明枉韓愈　　　　頗似支公訪戴顒

天㤧子張其姓　　　　　試問鄕里其口封　　〔1798, I-3, 28a〕

1 동부: 신선이 거처하는 곳.

2 이칙·임종: 모두 음악에서 12율(律)의 하나.

3 상산: 황해도 곡산(谷山)의 옛 이름.

4 중각: 이 층 이상으로 된 높은 누각.

5 도사인 미명(彌明)이 한유(韓愈)의 제자들과 '석정(石井)'이란 제목으로 연구(聯句)
  짓기를 해서 한유의 제자들을 굴복시켰다고 한다.

6 지공(支公): 중국 동진(東晋) 때의 고승(高僧) 지둔(支遁).

7 대옹(戴顒): 중국 남조 송(宋)나라 때의 은자로 대규(戴逵)의 아들. 이 시에서 미명과

지공은 장천용에, 한유와 대웅은 다산 자신에 견준 것이다.

〔해제〕 장천용은 다산이 곡산부사로 부임한 이듬해에 만난 괴짜 화가이다. 공소空疎하고 형식적인 사회규범의 구속에서 벗어나 강요된 삶을 살지 않고 자기만의 창조적 공간에서 절대자유를 누리는 이 화가에게 다산은 비상한 흥미를 느낀 듯하다. 장천용은 관청에 들어오는 것을 좋아하지 않았고 규격적인 주문생산을 싫어하며 기존의 인습을 거부했지만 다산은 그러한 장천용을 매력적인 인물로 보았고, 별도로 「장천용전張天慵傳」(I-17, 32a)이라는 전傳도 남겼다.

수안 가는 길

타향의 일기는 도무지 모를레라
처서 날 차갑기가 백로 때 같네

새벽에 현문縣門 나서 몇리를 가노라니
백일홍 붉은 꽃이 들 방죽에 가득하네

시골집은 박덩굴로 온통 뒤덮여
늙은 고목 칡덩굴에 감긴 것 같고

영감 하나 할멈 하나 문간에 앉아
슬픈 일 기쁜 일 이 속에서 보내누나

赴遂安途中作

異鄕天氣最難知　　處暑剛如白露時
曉出縣門行數里　　紫花紅穗滿郊陂
野屋通身是瓠瓜　　恰如枯枒被藤蘿
一翁一媼當門坐　　多少悲歡此裏過　〔1798, I-3, 29b〕

꿩사냥

매잡이 매를 메고 높은 산 올라가고
사냥꾼 개 몰고 숲 속으로 들어가면

꿩들 깍깍 울면서 산굽이로 날아가니
바람처럼 날쌔게 날개 치며 매가 오네

꿩들은 혼비백산 숲 속에 숨는데
매, 아래로 덮치려 공중으로 날아 솟네

번개 번쩍 그 순간을 살필 수 없어
넋 잃고 빈 산중에 홀로 앉아 있었다네

오호라 꿩의 죄 용서하기 어렵도다
매가 꿩 내려친 건 진실로 장한 일

남의 곡식 쪼면서도 곧은 명예 훔치고
길쌈은 하지 않고 고운 옷만 입었으니

들판에 털과 피를 통쾌하게 휘뿌려
봉황이 듣는다면 매의 충성 기리리라

和崔斯文游獵篇

鷹師臂鷹登高崧	佃夫嗾犬行林藪
雉飛角角流山曲	鷹來駛駛如飄風
力盡魂飛雉伏莽	鷹將下擊還騰空
霹火閃爍不可諦	蒼茫獨坐空山中
嗚呼雉罪誠難赦	鷹兮搏擊眞豪雄
啄粒猶竊耿介譽	鮮衣不勞組織工
快向平蕪洒毛血	鳳凰聞之謂鷹忠　〔1798, I-3, 31a〕

〔해제〕 직접 생산에 종사하거나 간접적으로나마 생산을 돕는 사람을 제외하고는 생산물을 분배받을 자격이 없다는 다산의 기본 사상이 명료하게 형상화된 작품이다.

확연폭포

나라 안에 큰 폭포 수십개 있으나
발연鉢淵폭포 박연朴淵폭포 그중에도 뛰어났네

확연폭포鑊淵瀑布 이름은 듣는 게 처음이라
시골 사람 하는 말을 선뜻 믿지 못했는데

지팡이 짚고 들어가 빽빽한 숲 헤쳐 가자
대낮인데 뜻밖에도 바람소리 우레소리

위아래 두 폭포가 나란히 흐르는데
두 머리 나란히 서로 다퉈 쏟아지네

용 두 마리 서로 얽혀 갈기를 휘날리며
세찬 물결 속에서 마음껏 노니는 듯
쌍사자 발 놀리며 공놀이에 취한 듯

웅덩이 검고 깊어 천만길은 될 것 같아
굽어보니 몸이 오싹 혼이 빠져나가는 듯

이 폭포 기절奇絶하여 온 천하에 짝 없건만
천만년 지나도록 그 이름 파묻혔네

알겠도다, 높은 선비 산림에 버려진 걸
큰 갓 쓴 양반들만 어진 것은 아니리

鑊淵瀑布歌

國中名瀑數十處	鉢淵朴淵尤其著
鑊淵之名今始聞	蒼茫未信村夫語
杖藜入林穿蒙密	不圖風雷生白日
上下二瀑各駢流	並頭奔迸爭門出
交龍奮鬣戲狂瀾	雙猊散足耽跳丸
潭心深黑千萬丈	俯視凜冽魂欲蕩
此瀑奇絶將誰爭	寂寥萬古無成名
始知林樊有遺逸	未必賢俊飄長纓　〔1799, I-3, 32b〕

〔해제〕 폭포의 웅장함을 찬미하는 것으로 그치지 않고 이에 빗대어 정치판
의 잘못된 관행도 아울러 비판하고 있다.

갈현동

푸른 시내 외나무다리 오솔길 비꼈는데
동구 밖 푸른 산에 구름 놀 쌓여 있네

샘이 맑아 안을 보니 조약돌 깔려 있고
봄은 이미 지났는데 철쭉꽃 피어 있네

화전火田 연기 골을 덮어 갈 길이 희미한데
시내 건너 초가 한채 누구 집인지

늘그막에 살 곳을 곰곰이 생각하니
산속이 물가보다 나은 줄 알겠도다

入葛玄洞

碧澗橫槎小逕斜　　　洞門蒼翠積雲霞
泉淸曾有坡陀石　　　春盡猶餘躑躅花
入谷畬烟迷去路　　　隔溪茅屋是誰家
晩年卜宅商量熟　　　終覺山間勝水涯　〔1799, I-3, 34a〕

탄핵을 당하고

천지를 배회하다 백발이 되려는데
대각臺閣의 탄핵장이 끝내 오고 말았네

삼년 세월[1] 산에 가서 백성 기쁨 누렸으나
하룻밤에 내려와서 세상 근심 보탰도다

소진蘇秦 장의張儀 벼슬욕심 뉘우친 지 오래여서
초계苕溪 삽계霅溪[2] 찾아가 고깃배 사두었네

푸른 개구리밥 붉은 여뀌 시원한 그곳에는
오리 갈매기 정녕코 날 모략 않겠지

遭臺彈陳疏乞解日書懷

天地徘徊欲白頭	烏臺彈簡竟悠悠
三年去作山氓喜	一夜來添世道憂
久恨蘇張貪相印	已從苕霅買漁舟
綠蘋紅蓼滄涼地	深信鳧鷗不我謀　〔1799, I-3, 34b〕

1 삼년 세월: 곡산부사로 재직했던 때를 말한다.
2 초계·삽계: 중국 저장성(浙江省)에 있는 시내 이름. 『당서(唐書)』 「장지화전(張志和
　傳)」에 "원컨대 물 위에 뜨는 집을 지어서 초계, 삽계 사이를 오가고 싶네"라는 구절
　이 있다.

　〔해제〕다산은 1799년(38세) 4월 병조참지兵曹參知에 제수되어 곡산을 떠난다.
서울로 오는 도중에 동부승지同副承旨에 제수되고 5월에는 형조참의刑曹參議에
임명되었다. 그러나 6월 사간원의 탄핵으로 형조참의직에서 파직되었다. 이 시
는 이때의 작품이다. 시의 원제목은 '대각의 탄핵을 받아 소疏를 올려 해직을
빌며 감회를 쓴다'이다.

평구에서

최가 종[1], 너와 헤어진 십여년 만에
오늘밤 찾아와 네 집에서 자는구나

너 이제 넓고 환한 집을 지어서
단지 그릇 물건들이 모두가 빛이 나네

밭에는 채소 심고 논엔 벼 심고
아내는 주막일 아들놈은 배를 타니

위로는 매질 없고 아래론 빚 없어
한평생 호탕하게 강변에서 사는구나

내 비록 벼슬하나 무슨 보탬 있으리오
나이 사십 오히려 번민만 더해가니

천권 책 읽었어도 가난 면치 못하였고
고을살이 삼년에 조그만 땅도 없네

흘겨보는 백안白眼[2]이 온 세상에 가득하여
젊은 몸이 초췌하여 문 항상 닫고 사네

아무리 재어보고 달아보아도
일백번 싸운대도 너 이기고 내가 지리

가을바람 불어오면 순로薄鱸³의 흥 빌려다가
너와 함께 욕을 씻고 분을 풀어보리라

宿平邱

奴崔與汝別十年	今宵我來汝家眠
汝今築室乃弘敞	瓶罍桁卓皆華鮮
沙田種菜水種稻	敎妾當壚兒騎船
上無笞罵下無債	一生浩蕩江湖邊
我雖簪笏將何補	行年四十猶煩苦
讀書千卷不救飢	佩符三歲無寸土
白眼睢盱滿世間	朱顏憔悴常閉戶
度絜衡秤與汝爭	我眞百輸汝百贏
秋風會借薄鱸興	雪耻酬憤與汝幷 〔1799, I-3, 35b〕

1 최가(崔哥): 다산이 데리고 있던 종으로 면천(免賤)된 듯하다.
2 백안: 흘겨보는 눈길. 중국 진(晋)나라 완적(阮籍)이 청안(靑眼)과 백안(白眼)을 가졌
  는데, 좋은 사람을 볼 때는 청안을 쓰고 싫은 사람을 볼 때는 백안을 썼다고 한다.
3 순로(薄鱸): 97면 주1 참조.

230

〔해제〕 1799년 6월 형조참의에서 물러난 후 고향과 서울을 오가던 중 평구에
서 하룻밤을 묵으면서 쓴 시이다. 당시 다산의 참담한 심정이 나타나 있다.

강가에서

시골집 집집마다 즐거운 소리
하루는 비 오고 이틀은 맑게 개니

강 언덕 늦갈이 모두 다 목화요
숲속의 새 손님은 꾀꼬리로다

좋은 곳 가려서 산 선배들 그리웁고
성세聖世에 명예 버린 농부들이 부럽구나

한양 땅만 벗어나면 모두가 낙토樂土인데
지금 내가 무엇하러 벼슬생각 연연하리

江邊道中作

田家處處有歡聲　　一日陰霏二日晴
江岸晚畊皆吉貝　　林園新物是倉庚
僻區卜築懷先輩　　聖世逃名羨野氓
纔出漢城皆樂土　　吾今何必戀簪纓　〔1800, I-3, 38a〕

〔해제〕 다산을 모함하는 반대파들의 계속되는 참소에 신변의 위협을 느낀
다산은 1800년 봄에 11년간의 벼슬생활을 청산하고 처자와 함께 고향으로 돌아
갔다. 이 시는 그 무렵의 작품이다.

강 언덕에 나와서

꽃 아직 남았으니 봄날이건만
벼슬 버린 이 몸은 농부 신세 되었어라

우연히 삼경三徑[1] 밖을 나가봤더니
다행히 몇사람 동행이 있네

강 언덕에 이삭은 이제 막 파릇하고
물가에 꽃들은 아직 붉지 않았는데

외로운 배, 강 하구로 가지 말아라
한강 어귀에는 서풍이 분다

晚出江皐

花在猶春日　　官休卽野農
偶從三徑出　　幸與數人同
岸穗初抽綠　　沙茸未展紅
孤舟莫下峽　　洌口有西風　〔1800, I-3, 39a〕

1 삼경: 은사(隱士)의 집 마당. 중국 한(漢)나라 은사인 장후(蔣詡)의 정원에 좁은 길이
  셋 있었다는 고사에서 나온 말.

〔해제〕 마지막 구절의 "서풍"은 여러가지 의미를 함축하고 있다. 봄날인데도
"서풍이 분다"고 했으니 이 "서풍"이 서쪽에서 부는 바람이 아님은 분명하다.

바람

시끄럽고 번잡한 곳 잠시 떠나 있으려니
강바람이 다시 또 세차게 불어대네

산에는 나뭇잎 어지러이 나부끼고
들에는 붉은 꽃잎 발길마다 차이는데

농부들은 하늘뜻 의아해하고
어부 초부 햇볕 안 나 안타깝기만

조정엔 섭리燮理[1]하는 재상 있으니
사립문 닫아걸고 기다려볼밖에

苦風

暫欲辭塵雜　　江風復盛威
白翻山葉亂　　紅蹴野花飛
稼穡疑天意　　漁樵惜日暉
巖廊有燮理　　且可掩柴扉　〔1800, I-3, 39b〕

1 섭리: 재상이 나라를 고루 다스리는 일. 『서경(書經)』 「주서(周書)」에 다음과 같은 말
  이 있다. "태사와 태부, 태보를 세웠으니 이들이 바로 삼공이며 도를 논하고 나라를
  다스리며 음양의 조화를 다스리는 것이니……"(立太師太傅太保 玆惟三公 論道經邦 燮
  理陰陽……).

〔해제〕정조 승하 직전 고향에 은거하면서 쓴 시이다. 자연현상을 빌려 당시
의 정치상황을 풍자하고 있다. 『서경』의 옛 뜻에 따르면 재상은 음양의 조화를
다스려야 하는데 일기가 불순하여 농부, 어부, 초부들이 피해를 입고 있음을 들
어 당시의 재상이 음양을 다스리지 못함을 비꼬고 있다.

고향에 돌아와

타관살이 꿈길이 고향 산을 맴돌다가
비바람 치는 낡은 집에 처자 함께 왔습니다

벼슬 일찍 버린 것 애석할 것 없어요
내 재주 원래가 모자란 건데
한세상 건너기가 어려운 줄 알았어요
내 본성 원래가 옹졸한 탓에

마을에 벌인 잔치 백안白眼[1]이 없고
고깃배에 술 취하여 모두가 붉은 얼굴

선인들 남긴 글 차례로 읽어가며
남은 생애 이 속에 의탁하려오

奉和季父韻

羈夢棲棲繞碧山　　敝盧風雨挈家還
才踈敢惜休官早　　性拙深知涉世艱
鄕里開筵無白眼　　釣船沽酒每朱顔
殘書點撿先人跡　　已辦餘生付此間　〔1800, I-3, 39b〕

1 백안: 230면 주2 참조.

〔해제〕 원제는 '막내숙부의 운자에 화답하여 올리다'이다.

서울을 떠나며

한강물 흘러 흘러 그치지 않고
삼각산 높고 높아 끝이 없건만

강과 산은 그래도 변천하는데
무리지어 못된 짓은 끝날 날 없네

한 사람이 간악한 물여우[1] 되면
이 주둥이 저 주둥이 전하여져서

교활한 자 이미 다 득세했으니
정직한 자 발붙일 곳 그 어디메뇨

외로운 난새[2]는 깃털이 연약해
가시밭 험한 길을 견딜 수 없어

애오라지 돛단배 바람을 타고
아득히 서울을 하직한다네

방랑이 바람직한 일 아니긴 하나
더이상 지체함은 진실로 무익하네

범 같은 자들이 대궐 문에 버텨 있어

어떻게 이내 충정 전할 수 있으리오

옛사람 지극한 가르침 있으니

향원郷愿이 바로 덕德의 적賊이라³

古意

洌水流不息	三角高無極
河山有遷變	朋淫破無日
一夫作射工	衆啄遞傳驛
詖邪旣得志	正直安所宅
孤鸞羽毛弱	未堪受枳棘
聊乘一帆風	杳杳辭京國
放浪非敢慕	濡滯諒無益
虎豹守天閽	何繇達衷臆
古人有至訓	郷愿德之賊　〔1800, I-4, 2a〕

1 물여우〔射工〕: 날도랫과에 속하는 곤충의 유충(幼蟲)으로, 독이 있어 모래를 머금었다
가 사람을 쏘면 종기가 생긴다고 한다.
2 난(鸞): 상상 속의 영조(靈鳥). 털은 오채(五彩)를 갖추었고 소리는 오음(五音)에 맞는
다고 한다.
3 이 구절은 『논어』 「양화편(陽貨篇)」에 나오는 말로, 향원은 줏대 없이 이랬다저랬다
하며 사람들의 비위만 맞추는 위선자.

제3부

수심에 싸여

유배시절 1801~18

석우촌의 이별[1]

쓸쓸한 석우촌石隅村
앞에는 세 갈래 길

두 말 서로 희롱하며
저 갈 곳 모르는 듯

한 말은 남으로 가고
또 한 말은 동으로 가려는데

숙부님들 머리엔 백발이 성성하고
큰형님 두 뺨엔 눈물이 줄을 잇네

젊은이는 다시 만날 기약이나 한다지만
노인들 앞일을 누가 알리오

조 금만 조금만 하는 사이에
해는 이미 서산에 기울어졌네

앞만 보고 가야지 뒤돌아보지 말고
앞으로 다시 만날 기약이나 새기면서

石隅別

蕭颯石隅村　　前作三叉歧

二馬鳴相戲　　似不知所之

一馬且南征　　一馬將東馳

諸父皓須髮　　大兄涕交頤

壯者且相待　　耆耋誰得知

斯須復斯須　　白日已西欹

行矣勿復顧　　黽勉留前期　　〔1801, I-4, 4b〕

1 가경(嘉慶) 신유년(辛酉年, 1801) 정월 28일, 나는 소내에 있다가 화가 일어날 것을 알고 서울에 들어가 명례방에 있었다. 2월 8일에 조정에서 의논을 발하여 그 다음날 새벽종이 칠 때 투옥되었다가 27일 밤 이고(二鼓)에 은혜를 입고 출옥하여 장기(長鬐)에 유배되었다. 그 다음날 길을 떠남에 숙부님들과 형님들이 석우촌에 와서 서로 이별했다. 석우촌은 숭례문에서 남으로 3리에 있다(嘉慶辛酉正月二十八日 余在苕川 知有禍機 入京住明禮坊 二月八日 臺參發 厥明日曉鍾入獄 二十七日夜二鼓 蒙恩出獄 配長鬐縣 厥明日就道 諸父諸兄 至石隅村相別 石隅村 在崇禮門南三里— 원주).

〔해제〕1800년 6월 28일 정조가 승하하자 노론 벽파는 대대적인 천주교 탄압에 나섰는데 이것이 이른바 신유옥사辛酉獄事이다. 이 신유년의 옥사로 이가환李家煥과 권철신權哲身은 옥사했고 정약종은 참형당했으며 정약전은 전라도 신지도薪智島로, 이기양李基讓은 함경도 단천端川으로, 오석충吳錫忠은 전라도 임자도荏子島로, 이학규李學逵는 전라도 능주綾州로 유배되었다.

246

사평촌의 이별[1]

동녘 하늘에 샛별이 뜨자
하인들 서로 부르며 떠들썩하네

산바람 불어와 가랑비 뿌리는데
서로가 가기 싫어 망설이듯 하는구나

주저하고 망설인들 무슨 소용 있으리오
끝끝내 이 이별은 없을 수 없는 것을

옷자락 떨치고 길을 떠나서
멀리멀리 들과 내를 넘어가는데

안색은 꿋꿋하고 늠름하지만
마음이야 나만 어찌 다를 수 있으랴

하늘을 우러러 나는 새 바라보니
오르락내리락 쌍쌍이 날아가네

어미 소도 울면서 송아지 돌아보고
닭들도 구구구 병아리 부르는데

沙坪別

明星出東方　　僕夫喧相呼

山風吹小雨　　似欲相踟躕

踟躕復何益　　此別終難無

拂衣前就道　　杳杳川原踰

顏色雖壯厲　　中心寧獨殊

仰天視征鳥　　頡頏飛與俱

牛鳴顧其犢　　雞响呼其雛　　〔1801, I-4, 4b〕

1 처자와 이별하다. 사평촌은 한강 남쪽에 있다(別妻子也 沙坪村 在漢江之南—원주).

〔해제〕 다산의 숙부와 형은 한강을 건너기 전에 작별을 고했고, 아내와 자식들은 다산과 함께 한강을 건너 이곳 사평에서 이별했다.

하담의 이별[1]

아버지 아시나요 모르시나요
어머니 아시나요 모르시나요

우리 가문 갑자기 뒤집어져서
죽고 사는 문제가 이 지경이 되었네요

목숨만은 겨우겨우 부지했지만
이 몸은 슬프게도 무너졌어요

자식 낳아 부모님 기뻐하시며
잡아주고 끌어주고 애써서 길렀는데

부모 은혜 갚으리라 응당 말했지
이같이 꺾이리라 생각인들 했겠어요

이 세상 사람들께 바라는 바는
다시는 자식 낳았다 기뻐 말기를

荷潭別

父兮知不知　　母兮知不知

家門欻傾覆　　死生今如斯

殘喘雖得保　　大質嗟已虧

兒生父母悅　　育鞠勤攜持

謂當報天顯　　豈意招芰夷

幾令世間人　　不復賀生兒　　〔1801, I-4, 4b〕

1 선영을 하직하다. 하담은 충주에서 서쪽으로 20리에 있다(辭塋域也 荷潭在忠州之西二十里——원주).

기성[1] 잡시[2]

3

산마루에 쓸쓸한 민가 마흔채
기울어진 성문에 시든 꽃이 피어 있네

물 마실 샘이라곤 하나도 없어
성에다 줄 매달아 수차水車를 쓴다 하네

4

소해루朝海樓 용마루에 석양이 붉은데
관리가 나를 몰아 성 동쪽에 나왔네

시냇가 자갈밭에 초가집 한채
농사짓는 늙은이가 집주인이네

5

집집마다 나무 울짱 두길이 넘고
마루 끝엔 그물 펴고 긴 창을 꽂아놨네

왜 이다지 방비가 심한가 물었더니
옛부터 기성箕城에는 호랑이가 사납다네

6

여자들 말씨가 성난 듯 어여쁜 듯
손목孫穆[3]의 책에서도 다 그리진 못했어라

한푼 돈 들여서 다리[4] 살 생각 않고
두 가닥 붉은 머리 이마 앞에 꽂아두네

7

새로 짠 생선기름 온 집안에 비린내
청소靑蘇도 안 심는데 참깨가 있을쏘냐

접시 위 돌김에선 머리카락 끌려나오고
가마솥에 삶은 돌벼 모래가 버석버석

8

한 조각 돛단배 구름바다 헤치고서
울릉도 간 남편이 이제 막 돌아왔네

서로 만나 험한 뱃길 안부도 묻지 않고
한 배 가득 대쪽 보고 낯빛이 환해지네

10

동산東山의 뇌록磊碌[5]은 기이하고 진귀하여
파아란 줄무늬가 복신茯神[6]과 같은데

염국染局에 공물로 바쳐진 적 없었기에
영릉零陵의 석종유石鐘乳가 천년토록 그대로네[7]

　15

금화옥당 벼슬길 말하지 마라
어부들 사는 것이 부럽기만 하구나

아내를 맞이할 땐 고래수염 자[尺]를 주고
아들 장가보낼 때는 해갑蟹甲[8]을 나눠주네

　21

초봄에 흰머리 두 가닥 새로 나서
하나는 아직 검고 또 하나는 새하얀데

이곳에 오고 나서 또 하나가 더 생겨
세 가닥 희기가 은빛과 같네

髻城雜詩 二十七首

　3

峯頂蕭條四十家　　　　縣門攲側倚殘花
都無一眼泉供飲　　　　將謂縋城用水車

4

朝海樓頭落日紅　　　官人驅我出城東
石田茅屋春溪上　　　也有佃翁作主翁

5

樹柵家家二丈強　　　欄頭施罟挿長槍
問渠何苦防如許　　　終古鬐城壯虎狼

6

女音如慍復如嬌　　　孫穆書中未盡描
不用一錢思買髢　　　額前紅髮挿雙條

7

新榨魚油腥滿家　　　青蘇不種況芝麻
石苔充豆杴牽髮　　　山穭烹銼飯有沙

8

一片孤帆雲海間　　　藁砧新自鬱陵還
相逢不問風濤險　　　刳竹盈船便解顏

10

東山磊硦亦奇珍　　　石髓青筋似茯神
染局不曾充歲貢　　　零陵乳穴自千春

15

休上金華倚玉堂　　　　魚蠻生理羨漁郎
迎妻好贈鯨鬚尺　　　　析子皆分蟹甲鐺

21

初春兩個白毛新　　　　一個猶玄一個純
此地又來添一個　　　　天然三個白如銀　〔1801, I-4, 5b〕

1 기성(鬐城): 장기현(長鬐縣)으로, 지금의 경상북도 포항(浦項) 지역이다. 다산은 이곳
　에 유배되었다가 다시 강진(康津)으로 이배(移配)되었다.
2 3월 초9일에 장기현에 도착하여 그 다음날 마산리(馬山里) 노교(老校) 성선봉(成善封)
　의 집에 안착했다. 하루종일 하는 일이 없어 때때로 단구(短句)를 지었는데 순서 없
　이 섞어놓았다(三月初九日　到長鬐縣　厥明日安挿于馬山里老校成善封之家　長日無事　時得短
　句 雜而無次 ── 원주).
3 손목: 중국 송나라 때 사람. 그가 쓴 『계림유사(鷄林類事)』는 고려시대의 우리말 361단
　어를 한자로 적어놓은 책으로 한자음 연구의 귀중한 자료이다.
4 다리: 여자의 머리숱을 많아 보이게 하기 위해 덧놓는 딴머리. 지금의 가발 비슷한 것.
5 뇌성산에 초록색 돌이 생산되는데, 염료로 쓸 만하다. 그 지방 사람들은 이를 뇌록이
　라 부른다(磊城山産綠石 可以施采 土人謂之磊碌 ── 원주).
6 복신: 소나무 뿌리에 기생하는 식물로 이뇨제(利尿劑)로 쓰인다.
7 영릉 석종유(零陵石鐘乳): 유종원(柳宗元)의 「영릉복유혈기(零陵復乳穴記)」에 나오는
　이야기. 영릉에 석종유(石鐘乳)가 나서 공물로 바쳤는데 그 채취가 힘들 뿐 아니라 정
　당한 보상도 해주지 않아서 그 지방 사람들이 석종유가 다 없어져버렸다고 거짓 보고
　했다. 그런 지 5년 만에 최군민(崔君敏)이 자사(刺史)가 되어 어진 정사를 베풀자 백성
　들이 석종유가 되살아났다고 아뢰었다고 한다.
8 풍속에 작은 솥을 해갑이라고 한다(俗呼小鐺爲蟹甲 ── 원주).

느릅나무숲을 거닐며

지팡이 짚고 시냇가 사립을 나와
고운 모래 밟으며 천천히 걸어보니

온몸은 병들어 약할 대로 약해지고
옷자락 바람결에 너울거리네

어여쁜 풀 위에 햇빛 비치고
적막한 꽃 위에 봄이 깃드네

시물時物이 변한대도 상관없어라
이내 몸 있는 곳이 내 집인 것을

느릅나무 일제히 잎사귀 토하는데
우거진 녹음 아래 둘러앉은 촌사람들

파리한 꽃술에 벌들 다퉈 날아들고
따뜻한 숲속엔 사슴이 뿔 기르네

임금님 은혜로 목숨은 남았으나
촌 노인들 내 모습 가여워하네

나라 다스리는 방책을 알려거든
마땅히 농부들께 물어야 할 일

楡林晩步 二首

曳杖溪扉外　　徐過的歷沙
筋骸沈瘴弱　　衣帶受風斜
日照娟娟草　　春棲寂寂花
未妨時物變　　身在卽吾家

黃楡齊吐葉　　環坐綠陰濃
花瘦蜂爭蘂　　林暄鹿養茸
主恩餘性命　　村老惜形容
欲識治安策　　端宜問野農　〔1801, I-4, 7a〕

〔해제〕 조정에서 물러나 귀양살이하면서 다산은 농민들과의 접촉을 통해 농민의 힘을 발견하게 된다. 「적성촌에서」 「굶주리는 백성들」 등의 시에서 보이는 바 농민의 참상을 고발하고 농민을 동정하는 시선에서 농민 곁으로 한걸음 다가서서, 농민이 나라의 근본임을 깨닫기 시작한다.

자신을 비웃다

1

취한 듯 깬 듯이 반평생을 보내면서
간 곳마다 이 몸의 이름만 남았다네

온 땅이 진창인데 갈기 늦게 흔들었고
하늘 가득 그물인데 경솔하게 날개 폈네

제산齊山에 지는 해를 누가 잡아맬 것인가[1]
풍파 드센 초수楚水[2]를 마음대로 건너랴

동포라고 운명이 다 같진 않겠지만
스스로 비웃네, 세상 물정 어두운 오활한 선비

3

의로義路와 인거仁居[3] 어디인지 헤매이면서
젊은 시절 그 길 찾아 방황했었지

주제넘게 천하 일을 모두 알고파
이 세상 책들을 다 읽자 생각했네

맑은 세상 괴롭게 활에 다친 새 신세요

남은 목숨 이제는 그물 걸린 고기라네

천년 후에 나를 알 자 있으려는지
마음먹음 잘못 아닌 재주 적은 탓이렸다

　9

여송呂宋[4] 과왜瓜哇[5] 풍속이 동으로 동으로
바람 타고 구르기가 쑥대풀 같네

늘그막의 탕목읍[6]이 장기현이요
온갖 풍상 다 겪은 머리 빠진 영감일세

밥상 가득 고기 새우, 박한 녹봉 아니고
뜰을 두른 송죽松竹엔 맑은 바람 일어난다

읽은 책 천권을 장차 어디 쓸 것인가
고생해도 마음 편함은 너의 공이로구나

自笑

　1

如醉如醒度半生　　　到頭贏得此身名
泥沙滿地掉鬐晚　　　網罟彌天舒翼輕

落日齊山誰繫住　　衝風楚水可橫行

同胞未必皆同命　　自笑迂儒闇世情

3

迷茫義路與仁居　　求道彷徨弱冠初

妄要盡知天下事　　遂思窮覽域中書

淸時苦作傷弓鳥　　殘命仍成掛網魚

千載有人知我否　　立心非枉是才踈

9

呂宋瓜哇東復東　　被風吹轉似飛蓬

晚年湯沐長鬐縣　　小劫滄桑短髮翁

滿案魚蝦非薄祿　　匜園松竹也淸風

破書千卷將何措　　坎窞如夷是汝功　〔1801, I-4, 7b〕

---

1 이 구절은 흐르는 세월을 붙잡을 수 없다는 뜻과 함께 세상 일을 마음대로 할 수 없다는 뜻을 포함하고 있다.

2 초수: 진(秦)나라 말에 상산사호(商山四皓)가 세상을 피해 상산(商山)에 은거했는데, 상산의 별명이 초산(楚山)이고 이 산에서 발원하여 흐르는 강이 초수(楚水)다. 그러므로 초수를 건너간다는 것은 곧 초산에 가서 은거한다는 뜻이다. 여기서는 마음대로 은거할 수도 없이 유배되었다는 뜻으로 쓰였다.

3 의로·인거:『맹자』「이루 상(離婁上)」에 "인(仁)은 사람이 편안히 거처할 집이요, 의(義)는 사람이 걸어갈 바른 길이다"(仁人之安宅也 義人之正路也)라 하였다.

4 여송: 지금의 필리핀.

5 과와: 지금의 인도네시아 자바.

6 탕목읍(湯沐邑): 임금이 공주, 왕자나 신하에게 하사한 땅으로, 이들은 그 땅의 수조권(受租權)을 가진다.

〔해제〕 장기 유배시절 초기의 작품으로 유배객의 착잡한 심경이 토로되어
있다. 너무나 큰 포부를 가졌기 때문에, 그리고 혼탁한 정치판에서 일찍 빠져나
오지 못했기 때문에 화를 자초한 자신을 돌아보며 후회하기도 하고, 그나마 목
숨을 부지할 수 있는 처지에 대해 애써 자신을 위로하며 절망과 사투를 벌이는
다산의 고독한 내면이 드러나 있다.

고시 27수

3

천지는 끝없이 넓고 넓어서
만물로도 능히 다 채우지 못하는데

조그마한 이내 몸 칠척 단신은
사방 한길 작은 방에 용납이 되네

새벽에 일어나면 문설주 이마 치나
저녁에 누우면 무릎을 펼 만한데

웬만큼 궁할 때는 도와주는 벗 있지만
지나치게 궁하면 돌아보는 사람 없네

평화롭게 일하는 저 들판의 농부들
그 동작 진실로 호일豪逸하구나

4

당파싸움 오래도록 그치잖으니
참으로 이 일은 통탄할 일이로다

못 들었네, 낙당洛黨 촉당蜀黨 그 후예들이[1]

지씨智氏다 보씨輔氏다 나뉘었단 말[2]

다투는 기운이 양심을 흐리게 해
티끌만 한 일로도 살육을 일삼으니

고양羔羊[3]은 죽어도 소리 한번 못 치는데
시호豺虎[4]는 오히려 두 눈을 부릅뜬다

높은 자는 활시위 당기고 있는데
낮은 자는 화살촉 갈고 있으니

누가 있어 큰 잔지 베풀어서는
비단 휘장 둘러친 화려한 집에

일천 동이 술을 빚고
일만 마리 소를 잡아

묵은 악폐 씻기를 다 같이 맹세하여
복과 평화 오기를 기약할 건가

　　5
동편 영마루에 흰 구름 일어
처음엔 모란꽃 형상이다가

점차로 산봉우리 모양 되더니
우뚝 솟아 천둥을 속에 감췄네

질펀히 푸른 하늘 가득 채우며
신기한 그 빛이 사방을 비추면

그 모습 한없이 아름답지만
바람이 불어대니 어이할거나

별과 달은 제각기 궤도가 있고
초목은 저마다 뿌리가 있는데

안주할 자리 없는 너 생각하면
기나긴 한숨이 절로 나오네

6

팔딱팔딱 연못 속 물고기 하나
물속을 마음대로 돌아다니다

연꽃 사이 들락날락 헤엄치면서
쪼아 먹고 뛰노는 게 제 적성인데

주제넘게 멀리 한번 가보고 싶어
물길 따라 흘러서 넓은 바다 들어갔네

망망한 바다에서 길 잃고 헤매다가
큰 파도에 놀라기가 몇번이던가

간신히 악어 밥은 면했건마는
끝내는 큰 고래 만나고 말았네

고래 숨 들이쉬자 죽은 몸 되었다가
내뿜을 때 다행히 살아나서는

옛날 놀던 연못이 못내 그리워
괴로운 맘 근심에 싸여 있는데

신룡神龍이 이 고기 불쌍히 여겼던지
때마침 천둥 치고 비가 내리네

        7
온갖 풀이 모두 다 뿌리 있으나
부평초 홀로이 꼭지가 없어

물 위를 두둥실 떠도는 신세
언제나 바람에 불려다니네

살려는 의지가 없으리오만

붙인 목숨 진실로 작고 가늘어

연蓮잎이 너무도 업신여기고
마름은 줄기로 칭칭 감아 덮고 있네

한 연못 속에서 같이 살아가면서도
왜 이다지 몹시도 어긋나는가

     8
제비 한마리 처음 날아와
지지배배 그 소리 그치지 않네

말하는 뜻 분명히 알 수 없지만
집 없는 서러움을 호소하는 듯

"느릅나무 홰나무 묵어 구멍 많은데
어찌하여 그곳에 깃들지 않니?"

제비 다시 지저귀며
사람에게 말하는 듯

"느릅나무 구멍은 황새가 쪼고
홰나무 구멍은 뱀이 와서 뒤진다오."

266

15

얼룩표범 숲속에 엎드려 있으면
까막까치 나무에서 우짖어대고

구렁이가 울타리에 걸려 있으면
참새떼들 시끄럽게 사람에게 알리며

개백정 새끼줄 들고 지나가면은
온 동네 개들이 요란하게 짖어댄다

새 짐승은 분노를 숨기지 못해
아는 깃이 마치도 귀신 같구나

속마음이 잔학하면 드러나는 법
어떻게 백성들을 속일 수 있나

네가지 덕[5] 모두 아름답지만
군자는 언제나 인仁을 앞세워

살아 있는 풀조차 밟지를 않으니
어질도다 저 기린麒麟[6]이여

16

태양이 맑고 밝게 빛나고 있지만

준오踆烏[7]가 별같이 늘어서 있고

밝은 달이 맑기가 저와 같지만
계수나무 언제나 어른거리네

이내 몸 깨끗하려 스스로 힘쓰지만
더러운 흠집을 그 누가 없애주리

난들 어이 씻을 뜻이 없으리오만
힘이 약해 냇물을 끌어오지 못하네

뉘엿뉘엿 하늘색은 저물어가는데
서성이며 방황했자 어이할 건가

　18
솥발이 엎어지나 비색함을 벗어나고[8]
자벌레 구부림은 펴려고 그러는 것[9]

악인도 상제上帝를 섬길 수 있어
우리 도道는 자신自新[10]을 소중히 여긴다네

이름을 들을 땐 태산 같아도
가까이 살펴보면 나쁜 사람 많이 있고

이름을 들을 땐 도올檮杌[11] 같아도
천천히 살펴보면 친할 사람 많이 있네

칭찬은 만 사람 입 기다려야 하지마는
훼방은 한 사람 입술에서 비롯하니

근심했다 기뻐했다 가볍게 굴지 말라
눈 깜빡할 사이에 티끌 먼지 되고 만다

  24
노수魯叟[12]께서 사도斯道[13]를 강론하심에
왕정王政에 관한 말이 절반이었고

회옹晦翁[14]이 상소上疏를 자주 했지만
논한 바는 모두가 나라 일인데

요즈음 선비들은 성리설性理說만 좋아하니
나라 정책하고는 빙탄간氷炭間이라

깊숙이 숨어서 나오지도 못하고
나오면 사람들의 웃음거리 되고 마네

마침내 부박한 사람들로 하여금
나라 일을 마음대로 맡겨버리네

25

과거科擧는 수隋나라 양제煬帝에서 비롯하여
그 독이 대동강 한강까지 흘러왔네

고정림顧亭林[15]의 생원론生員論 빛나고 빛나
통쾌하게 장단 맞출 일이건마는

구름처럼 수많은 저 인재들이
모두가 이 속에서 무너져버려

늘그막까지도 꾀죄죄하게
글 다듬고 꾸미는 일 게을리 않네

27

곤충도 모두가 스스로를 보호하여
손톱 발톱 발굽 뿔 독이 있는데

세월이 태평타고 강병講兵을 하지 않아
적군이 침입하니 속수무책 무너지네

명장名將은 날쌔기 보라매 같아
용맹하여 눈동자가 촛불 같지만

뚱뚱한 자 갑자기 전장에 나서면

지장智將이 복장福將만 못하다 뇌까리네

요즈음 들으니 홍이포紅夷礮[16]라는 건

새로이 만들어 잔혹하다 하는데

그대로 태고풍太古風만 지키고 앉아

활 쏘는 법이나 익히고 있다니

古詩 二十七首

3

二儀廓無際	萬物不能實
眇小七尺軀	可容方丈室
晨興雖打頭	夕偃猶舒膝
小窮有友憐	大窮無人恤
熙熙田野氓	動作何豪逸

4

黨禍久未已	此事堪痛哭
未聞洛蜀裔	遂別智輔族
爭氣翳天良	纖芥忿殺戮
羔羊死不號	豺虎尙怒目

尊者運機牙　卑者礪鋒鏃
誰能辦大宴　帟幕張華屋
千甕釀爲酒　萬牛臠爲肉
同盟革舊染　以徼和平福

5

白雲出東嶺　初如牧丹花
轉作峰巒勢　硨砆藏雷車
溶溶滿碧虛　奇光照邐迤
豈不美可愛　風吹當奈何
星曜有躔絡　草木有根芽
念汝不能住　使我長咨嗟

6

撥剌池中魚　撥剌池中行
游戲蓮葉間　呷唼常適情
矯然思遠游　隨流入滄瀛
望洋迷所向　蕩潏魂屢驚
崎嶇避蛟鱷　至竟值長鯨
倏鯨吸而死　忽鯨歕而生
耿耿思故池　囷囷憂心縈
神龍哀此魚　雷雨會有聲

7

百草皆有根　　浮萍獨無蒂
汎汎水上行　　常爲風所曳
生意雖不泯　　寄命良瑣細
蓮葉太凌藉　　荇帶亦交蔽
同生一池中　　何乃苦相戾

8

鸎子初來時　　喃喃語不休
語意雖未明　　似訴無家愁
楡槐老多穴　　何不此淹留
燕子復喃喃　　似與人語酬
楡穴鸛來啄　　槐穴蛇來搜

15

文豹伏林中　　烏鵲樹頭嗔
長蛇掛籬間　　瓦雀噪報人
狗屠帶索過　　群吠鬧四隣
禽獸不藏怒　　其知乃如神
內虐必外著　　何以欺愚民
四德雖並美　　君子每先仁
生草猶不履　　賢哉彼麒麟

16

太陽赫光晶　　踆烏乃星羅
明月皎如彼　　桂樹長婆娑
潔身雖自勵　　玷汚將誰磨
豈無洗濯志　　弱力莫挽河
冉冉天色暮　　徘徊當奈何

18

鼎顚利出否　　蠖屈本求伸
惡人事上帝　　吾道貴自新
聞名若泰山　　逼視多非眞
聞名若檮杌　　徐察還可親
讚誦待萬口　　毀謗由一脣
憂喜勿輕改　　轉眼成灰塵

24

魯叟講斯道　　王政居其半
晦翁屢抗章　　所論皆廟算
今儒喜談理　　政術若氷炭
深居不敢出　　一出爲人玩
遂令浮薄人　　凌厲任公幹

25

詞科自隋煬　　流毒至洌湁

粲粲生員論　　擊節成一快
才俊如霞雲　　盡向此中敗
龍鍾到白紛　　雕繪猶未懈

27

昆蟲盡自衛　　爪牙蹄角毒
時平不講兵　　寇來任隳觸
名將如蒼鷹　　驍邁眸如燭
胖夫輒登壇　　云智不如福
近聞紅夷礮　　剙制更殘酷
坐守太古風　　弓箭有課督　〔1801, I-4, 9b〕

1 중국 송나라 때 정치적으로 대립한 낙당(洛黨)·촉당(蜀黨)·삭당(朔黨)의 세 당파가
　있었는데 서로 격렬하게 정쟁(政爭)을 했다고 한다. 낙당은 낙양사람 정이(程頤)의 일
　파, 촉당은 촉사람 소식(蘇軾)의 일파, 삭당은 동광(東光)사람 유지(劉摯)의 일파이다.
2 중국 춘추시대 진(晉)나라의 지과(智果)가 지씨 문중의 후사 문제로 지선자(智宣子)와
　의견이 맞지 않아, 성을 보씨(輔氏)로 바꾸었다고 한다. 그후에 지씨는 망하고 보씨만
　남게 되었다. 智는 知로 쓰이기도 한다(『國語』晉語 久 참조). 이 구절은 낙당·촉당·삭
　당이 격렬하게 정쟁을 했지만 그 후예들이 지족·보족처럼 갈라져 서로 싸웠다는 이
　야기를 듣지 못했다는 뜻이다.
3 고양: 새끼양. 청렴하고 결백한 군자의 비유.
4 시호: 승냥이와 호랑이. 사납고 악독한 사람의 비유.
5 인(仁)·의(義)·예(禮)·지(智)의 네가지 덕.
6 기린: 상상 속의 어진 짐승으로 살아 있는 풀과 벌레를 밟지 않는다고 한다.
7 준오: 태양 속에 있다는 세 발 달린 까마귀.
8 『주역(周易)』에 "솥발이 엎어지나 비색(否塞)함을 벗어나는 데 이롭다"(鼎顚趾 利出
　否)라는 말이 있고, "비색함을 벗어나는 데 이롭다는 것은 귀한 것을 따름이다"(利出
　否 以從貴也)라는 말이 있다. 이 구절은 솥 안에 있는 묵은 찌꺼기를 엎어버리고 새로

운 것을 취한다는 뜻이다.

9 『주역』에 "자벌레가 몸을 구부리는 것은 본래 펴는 것을 구하기 때문이다"(尺蠖之屈
  以求信也)라는 말이 있다.

10 자신: 스스로 자신을 새롭게 하는 것.

11 도올: 성질이 사나워서 싸우면 물러서지 않는 악수(惡獸)의 이름. 또는 요임금 시대
  사흉(四凶) 중의 하나인 악인(惡人).

12 노수: 공자(孔子)를 말함.

13 사도: 유교(儒敎).

14 회옹: 주자(朱子)의 호.

15 고정림: 중국 명말 청초의 학자 고염무(顧炎武). 정림은 그의 호. 그의 「생원론(生員
  論)」은 형식적인 과거제도를 비판한 글이다.

16 오랑캐 나라의 병기이다(蠻國之器 ─ 원주).

〔해제〕 시 3에서 농부들이 일하는 모습을 호일하다고 말한 데에서 민중지향
적인 다산의 면모를 읽을 수 있다. 농민을 가엾고 어리석은 존재로 생각하여 동
정하는 것이 아니라 농민에게 내재한 무한한 힘에 대한 신뢰의 외침이다.

시 5에서는 낯선 곳에서 귀양살이하는 자신을, 아름답지만 정처없이 떠도는
구름에 비유하고 있다.

시 6은 장기로 유배당한 직후의 심경을 그린 시이다. 험한 정계에 뛰어들어
몇번이고 죽을 고비를 넘기고 간신히 목숨을 부지해 살면서 고향을 그리워하
는 자신을 작은 물고기를 빌려 얘기한 우화시寓話詩이다. 이 시 이외에도 다산은
우수한 우화시를 많이 남겨놓았다.

다산의 우화시에는 약한 자와 강한 자, 먹는 자와 먹히는 자, 지배하는 자와
지배받는 자 사이의 대립과 갈등이 주제로 되어 있는 경우가 많다. 시 7에서 연
잎과 마름은 강자이고 부평초는 약자인데 이는 지배층의 횡포와 농민의 고통
을 말하기 위한 알레고리이다.

시 8에서 다산은 고향땅에 자리잡지 못하고 바닷가 유배지에서 집 없이 떠도
는 자신의 처지를 제비에 비유한다. 동시에 황새나 뱀에 가탁된 지배층의 가렴
주구로 고통받는 일반 민중의 슬픔을 제비를 빌려 노래하고 있다. 이렇게 개인
적 슬픔을 민중 전체의 슬픔에 용해시켜 표현한 데에서 다산시의 탁월함을 엿

볼 수 있다.

시 24에서 보듯 실학차로서의 다산은 성리학에 대해 일정한 정도로 비판적이었다. 다산의 성리학 비판은 「오학론 1五學論一」(I-11, 19a)에 자세하다.

「고시 27수」는 장기로 유배된 직후의 작품이다. 시의 길이에 구애받지 않고 형식이 비교적 자유로운 고체시古體詩로 자신의 처지와 당시 현실에 대한 비판을 거침없이 표현하고 있다. 특히 이 시기를 기점으로 우화시가 많이 창작되었다.

홀로 앉아서[1]

쓸쓸한 여관방에 홀로 앉아 있노라니
대그늘도 까딱 않고 해는 더디 지는구나

고향생각 나려 하면 눌러 앉히고
시구詩句가 익으면 완성하여 퇴고하네

잠깐 갔다 다시 오는 꾀꼬리는 신의信義 있고
지지배배 지저귀다 갑자기 입 다무는
저 제비는 도대체 무엇을 생각하나

다만 하나 이제껏 후회되는 건
공연히 동파東坡[2] 배워 바둑 둘 줄 모르는 것

가물가물 아지랑이 적막한 속에
봄잠에서 깨어나니 들판이 아득하네

산 구름 멀리 걷혀 너무도 달과 같고
나뭇잎 흔들리나 바람은 불지 않네

눈길은 녹음방초 쏠려 있지만

마음은 마른나무, 죽은 재와 같다네

나를 풀어 고향 집에 돌아가게 하더라도
이와 같은 늙은이 될 뿐이리라

獨坐 二首

旅館蕭寥獨坐時　　　竹陰不動日遲遲
鄕愁欲起須仍壓　　　詩句將圓可遂推
乍去復來鶯有信　　　方言忽噪鷰何思
只饒一事堪追悔　　　枉學東坡不學棋

裊娜烟絲寂歷中　　　春眠起後野濛濛
山雲遠出强如月　　　林葉自搖非有風
眼向綠陰芳草注　　　心將槁木死灰同
縱然放我還家去　　　只作如斯一老翁　〔1801, I-4, 12a〕

1 신유년 3월, 장기에 있었다(辛酉三月在長鬐 ― 원주).
2 동파: 중국 송나라 때의 문인 소식(蘇軾)의 호. 소식은 바둑을 둘 줄 몰랐다고 한다.

담배

육우陸羽[1]의 다경茶經도 좋은 것이고
유령劉伶[2]의 주덕송酒德頌도 기특하지만

담배가 지금 새로 나와서
귀양 온 사람을 가장 잘 알아주네

가늘게 들이쉴 땐 강한 향기 젖어들고
가만히 내뿜을 땐 가녀린 실을 보네

객지의 잠자리가 늘 편치 못하여
봄날이 더디고 더디기만 해

煙

陸羽茶經好　　劉伶酒頌奇
淡婆今始出　　遷客最相知
細吸涵芳烈　　微噴看裊絲
旅眠常不穩　　春日更遲遲　〔1801, I-4, 12b〕

1 육우: 당나라 때의 차(茶) 전문가로 '다신(茶神)'으로 추앙받기도 했다. 『다경(茶經)』
  은 그가 지은 책이다.
2 유령: 중국 서진(西晉) 때의 문인으로 죽림칠현의 한 사람. 술을 무척 좋아해 술의 미
  덕을 찬미한 「주덕송(酒德頌)」을 지었다.

밤

병상에서 일어나자 봄바람도 가버렸고
수심이 가득하니 여름밤이 길구나

잠깐 동안 대자리에 누워 있는 사이에도
문득문득 고향집이 그리워지네

등잔불 그을음이 매캐하길래
문을 여니 대〔竹〕 기운이 서늘하구나

저 멀리 소내에 떠 있는 달은
우리 집 서쪽 담을 비추고 있겠지

夜

病起春風去　　愁多夏夜長
暫時安枕簟　　忽已戀家鄕
敲火松煤暗　　開門竹氣涼
遙知苕上月　　流影照西墻　〔1801, I-4, 12b〕

수심

칡덩굴 푸르고 대추잎 새로 나는
장기성 바깥은 큰 바다로다

수심은 돌로 눌러도 또다시 일어나고
꿈길은 안개같이 희미하기만

늦은 밥 더 먹지만 입맛 있어 그러리오
봄옷이 도착하면 몸이 한결 가벼우리

이 생각 저 생각 모두가 부질없어
하늘이 칠정七情[1] 주어 진실로 괴롭네

愁

山葛靑靑棗葉生　　　長鬐城外卽裨瀛
愁將石壓猶還起　　　夢似烟迷每不明
晚食強加非口悅　　　春衣若到可身輕
極知想念都無賴　　　良苦皇天賦七情　〔1801, I-4, 13a〕

1 칠정: 희(喜)·로(怒)·애(哀)·락(樂)·애(愛)·오(惡)·욕(欲)의 사람이 가진 일곱가
  지 정.

흥을 달래며

아옹다옹 싸움질 제각기 자기 고집
객창客窓에서 생각하니 눈물이 절로 나네

산하는 옹색하여 삼천리인데
서로 얼려 싸우기 이백년이라

수많은 영웅들 길 잃고 슬펐는데
형제들 어느 때나 재산싸움 그칠는지

저 넓은 은하수로 말끔히 씻어내어
밝은 햇빛 온 천하에 비추이게 하고지고

遣興

蠻觸紛紛各一偏　　客窓深念淚汪然
山河擁塞三千里　　風雨交爭二百年
無限英雄悲失路　　幾時兄弟恥爭田
若將萬斛銀潢洗　　瑞日舒光照八埏　〔1801, I-4, 13a〕

〔해제〕 장기에 유배되어 개인적 불행을 겪고 있으면서도 그의 관심은 개인의 차원에 머물지 않고 사회와 국가로 확대된다. 이러한 관심의 확대가 구체화되어 후일 '일표이서—表二書'를 비롯한 방대한 경세론으로 결실을 맺는다.

장마

괴롭고 괴로운 비 자꾸만 내려
밝은 해 나지 않고 구름도 걷히잖네

보리는 싹 나고 밀은 쓰러져
돌배와 산앵두만 살쪄가는데

촌아이들 따 먹으니 뼛속까지 시려온다
쓰러진 보리 그대로인데 누가 이를 알건가

苦雨歎

苦雨苦雨雨故來　　　　白日不出雲不開
大麥生芽小麥臥　　　　只肥鼠梨與雀梅
村童食之酸沁骨　　　　麥臥不起誰知哉　〔1801, I-4, 13b〕

아가[1]

아가 몸에 실오라기 하나도 안 걸치고
짠 바다 들락날락 맑은 연못같이 하네

꽁무니 높이 들고 곧장 물에 뛰어들어
오리처럼 의연히 잔물결에 노닐다가

소용돌이 없어지니 사람은 보이잖고
박 하나만 물 위에 두둥실 떠다니네

홀연히 머리 들어 물쥐처럼 나왔다가
휘파람 한번 부니 몸이 따라 솟구치네

손바닥 크기만 한 아홉 구멍 소라는
귀한 양반 부엌에서 술안주로 오르는데

때때로 바위틈에 방휼蚌鷸[2]이 붙어 있어
헤엄에 능한 자도 여기선 죽고 마니

오호라, 아가 죽음 말할 것 없도다
명도열객名途熱客[3] 모두가 헤엄치는 사람이라

兒哥詞

兒哥身不着一絲　　　兒出沒醎海如淸池

尻高首下驀入水　　　花鴨依然戲漣漪

洞文徐合人不見　　　一壺汎汎行水面

忽擧頭出如水鼠　　　劃然一嘯身隨轉

矸螺九孔大如掌　　　貴人廚下充殽膳

有時蚌鷸黏石齒　　　能者於斯亦抵死

嗚呼兒哥之死何足言　　　名途熱客皆泗水　〔1801, I-4, 13b〕

1 이 지방 사람들은 자기의 며느리를 아가라고 부른다(土人謂其子婦曰兒哥 —— 원주).
2 방휼: 방(蚌)은 조개, 휼(鷸)은 물총새로 조개와 물총새가 서로 물고 놓지 않아서 이것
  을 잡으면 한꺼번에 두마리를 얻는 셈이 된다.
3 명도열객: 벼슬길에 나서서 경쟁하는 사람들. 벼슬살이하는 사람들도 헤엄치는 사람
  과 같아서 언제 죽을지 모른다는 뜻.

〔해제〕 장기 바닷가 해녀의 모습을 보고 쓴 시인 듯한데, 해녀를 보고 벼슬하
는 사람을 연상하는 상상력이 놀랍다. 그 지방의 토속어인 ‘아가’를 한자로 표
기한 점도 특이하다.

솔피[1]

솔피란 놈 이리 몸에 수달의 가죽
가는 곳엔 수백마리 떼지어 다니는데

물속 동작 날쌔기가 나는 것 같아
갑자기 덮쳐 오면 고기들도 알지 못해

큰 고래 한입에 천석 고기 삼키니
한번 스쳐간 곳 고기 씨가 말라버려

솔피 차지 없어지자 고래를 원망하고
고래를 죽이기로 계책을 짜내어

한떼는 달려들어 고래 머리 들이받고
한떼는 뒤로 가서 고래 꼬리 에워싸고

한떼는 고래의 왼쪽을 엿보고
한떼는 고래의 오른쪽 공격하고

한떼는 물속에서 배때기를 올려 치고
한떼는 뛰어올라 고래 등에 올라타서

상하사방 일제히 고함지르며
난폭하게 깨물고 잔인하게 할퀴니

우레처럼 소리치고 물을 내뿜어
바닷물 들끓고 갠 날에 무지개라

무지개 사라지고 파도 점점 가라앉자
아! 슬프도다 고래 죽고 말았구나

혼자서 많은 힘 당하지 못해
작은 꾀가 드디어 큰 미련 해치웠네

어찌하여 너희 혈전血戰 여기까지 이르렀나
원래는 기껏해야 먹이다툼 아니었나

호호탕탕 끝없이 넓은 바다에
지느러미 흔들고 꼬리 치면서
서로 함께 사이 좋게 놀지 못하고

海狼行

海狼狼身而獺皮	行處十百群相隨
水中打圍捷如飛	欻忽揜襲魚不知

長鯨一吸魚千石　　　長鯨一過魚無跡

狼不逢魚恨長鯨　　　擬殺長鯨發謀策

　一羣衝鯨首　　　　　一群繞鯨後

　一群伺鯨左　　　　　一群犯鯨右

　一群沈水仰鯨腹　　　一群騰躍令鯨負

上下四方齊發號　　　抓膚齧肌何殘暴

鯨吼如雷口噴水　　　海波鼎沸晴虹起

虹光漸微波漸平　　　嗚呼哀哉鯨已死

獨夫不遑敵衆力　　　小黠乃能殲巨慝

汝輩血戰胡至此　　　本意不過爭飮食

瀛海漭洋浩無岸　　　汝輩何不揚鬐掉尾相休息　〔1801, I-4, 13b〕

1 해랑을 방언으로는 솔피라고 한다(海狼方言曰率皮——원주).

〔해제〕 고래 때문에 고기 차지가 적어진 데에 원한을 품은 솔피들이 치밀한 작전계획과 집요한 공격 끝에 고래를 죽이고 만다는 이야기인데, 이 시는 선善이 악惡을 이긴다는 통쾌한 이야기도 아니고 선한 자가 악한 자에게 무참히 희생되는 비극적인 이야기도 아니다. 이 점은 솔피를 '소힐小黠'로, 고래를 '거특巨慝'으로 묘사한 데에서 분명해진다. 힐黠이나 특慝이나 정도의 차이가 있을 뿐이지 그 속성은 마찬가지로 악한 것이다.

　고래와 솔피는 바다의 강자이고 작은 물고기를 먹이로 하는 지배세력이다. 이렇게 볼 때 고래와 솔피는 봉건적 특권을 누리고 있는 집권관료층을 가리키고, 물고기는 이들에게 시달리는 일반백성을 지시한다고 볼 수 있다. 이권을 놓고 다투는 지배계층 내부의 정치적 권력투쟁이 이 시의 주제가 된다. 고래가 단수고 솔피가 복수라는 점에서 보면, 또한 고래와 솔피가 다 같이 바다의 강자지

만 고래가 범상치 않은 강자임을 감안한다면 고래는 왕을, 솔피는 봉건관료를
가리킨다고 볼 수도 있다. 정조의 갑작스러운 죽음과 관련지어 해석할 여지도
있다.

가동[1]을 보내고

편지 오니 서로 만나 얘기하듯 했는데
아이놈 가버려 다시 또 적막하네

무료하게 하늘은 아득하기만
길은 옛날같이 멀기도 멀구나

문경 새재 산길은 일천 굽잇길
탄금대彈琴臺 감아 도는 두 갈래 물줄기

한 쌍의 제비만 남아 있어서
하루종일 정답게 지저귀누나

집에서 편지 와 기쁘겠다 이르지만
만가지 수심이 또다시 일어나네

아내는 긴긴 날을 울고 있겠지
어린 자식 어느 때나 다시 보려나

박한 인심 진실로 한스럽구나
뜬소문 아직도 가라앉지 않았다니

슬프다, 이 역시 달갑게 받아야지
한세상 건너기가 본래부터 어려운걸

家僮歸

書到如談笑　　人歸復寂寥
無聊天漠漠　　依舊路迢迢
鳥嶺山千曲　　琴臺水二條
唯留雙燕子　　終日語音嬌

謂得家書好　　新愁又萬端
拙妻長日淚　　稚子幾時看
薄俗眞堪惜　　浮言尙未安
嗟哉亦順受　　度世本艱難　〔1801, I-4, 15a〕

1 가동(家僮): 집에서 부리는 아이 종.

아들에게

두보[1]가 내 처지를 먼저 읊었군[2]
네 편지 받아 보니 너도 사람 되었구나

세상 밖 강산은 이리도 고요한데
천지간에 가까운 건 모자母子 사이라

놀랐으니 병 어찌 면할 수 있겠냐만
살림살이 가난한 것 걱정치 말고

부지런히 힘써서 남새밭 가꾸어
맑고 밝은 세상에 일민逸民[3]이 되어라

別家五十有八日 始得家書 志喜寄兒

杜詩先獲我　　書到汝爲人
物外江山靜　　寰中母子親
驚疑那免疾　　生活莫憂貧
黽勉治蔬圃　　淸時作逸民　〔1801, I-4, 14b〕

1 두보(杜甫, 712~770): 중국 당나라 때의 시인. '시성(詩聖)'으로 불리며, 이백(李白)과
  함께 중국 최고 시인으로 꼽힌다.
2 두보가 안록산(安祿山)의 난리 때 봉상(鳳翔)에 있으면서 부주(鄜州)에 있는 식구들
  소식이 궁금해 서신을 보냈으나 답신이 없어 걱정하다가 늦게야 서찰을 받고는 「득
  가서(得家書)」라는 시를 지어 기쁨을 나타낸 적이 있다.
3 일민: 벼슬하지 않고 숨어 사는 사람.

〔해제〕 원제는 "가족과 헤어진 지 58일만에 비로소 집에서 온 편지를 받고
그 기쁨을 적어 아들에게 부친다"이다.

밤

도연명[1] 아들보다 사뭇 낫구나[2]
애비에게 밤 부쳐 보낸 걸 보니

한 자루 조그마한 이 밤알들이
천리 밖 궁한 나를 위로해주네

내 생각 잊지 않은 그 마음 어여쁘고
봉함한 그 솜씨 생각이 나네

맛보려 생각하니 도리어 맘에 걸려
서글피 먼 하늘만 바라보노라

穉子寄栗至

頗勝淵明子	能將栗寄翁
一囊分瑣細	千里慰飢窮
眷係憐心曲	封緘憶手功
欲嘗還不樂	惆悵視長空　〔1801, I-4, 15a〕

1 도연명(陶淵明, 365~427): 중국 동진의 시인. 이름은 잠(潛), 호는 오류선생(五柳先生), 자는 연명. 자연을 노래한 시가 많으며 당나라 이후 육조(六祖) 최고의 시인이라 불린다.
2 도연명의 「책자(責子)」 시에 "통이는 아홉살이 다 되었는데 배와 밤만 찾고 있다네"(通子垂九齡 但覓梨與栗)란 구절이 있다.

어린 딸이 그리워

어린 딸 단옷날에
새 단장하고

붉은 모시 말라서 치마 해 입고
머리엔 푸른 창포 꽂고 있었지

절하는 법 익히며 단정함 보였고
술잔을 올리면서 기쁜 표정 지었는데

오늘 같은 현애석懸艾夕[1]엔 그 누가 있어
손안의 구슬[2]을 어루만져줄 건가

憶幼女

幼女端陽日　　新粧洗玉膚
裙裁紅苧布　　髻挿綠菖蒲
習拜徵端妙　　傳觴示悅愉
如今懸艾夕　　誰弄掌中珠　〔1801, I-4, 16a〕

1 현애석: 단옷날 저녁. 이날은 쑥으로 호랑이 모양을 만들어 거꾸로 매달아놓는데, 그 해의 액을 물리치기 위한 것이라고 한다.
2 어린 딸을 가리킴.

칡[1]

칡을 캐네
산기슭에서[2]

그 잎사귀 무성하여
숙부님을 우러르네[3]

칡 캐는 게 아니라
숙부님을 우러르네

칡을 캐네
산등성이에서[4]

그 마디 굵어서
형님을 우러르네[5]

칡 캐는 게 아니라
형님을 우러르네

칡을 캐네

산골 물가에서[6]

그 덩굴 무성하여
자식들 바라보네[7]

칡 캐는 게 아니라
자식들 바라보네

답답한 이 마음
근심을 풀 수 없네[8]

우러러도 안 보이니
오래 서 있지 못해[9]

맛 좋은 술 있어도
거를 수 없네[10]

采葛四章 章六句

我采葛兮　　于山之麓
其葉沃兮　　瞻望叔兮
匪采葛也　　瞻望叔兮

我采葛兮　　　于山之岡

其節荒兮　　　瞻望兄兮

匪采葛也　　　瞻望兄兮

我采葛兮　　　于澗之涘

有蕡其藟　　　瞻望子兮

匪采葛也　　　瞻望子兮

心之瘋矣　　　不可紓兮

瞻望不見　　　不可佇兮

雖有旨酒　　　不可醑兮　　〔1801, I-4, 16b〕

1 「칡」은 귀양 온 사람이 스스로를 슬퍼한 것이다. 부자, 형제와 헤어졌다(采葛遷人自傷也 父子兄弟離析焉 —— 원주).

2 녹(麓)은 산기슭이다. 높은 곳에 올라감은 낮은 곳에서 비롯한다(麓山足也 升高由卑 —— 원주).

3 잎이 나니 이른 때이다. 숙(叔)은 숙부다. 잎이 뿌리를 감싸는 것이 마치 아버지가 자식을 보호하는 것과 같다(葉生則時早也 叔叔父也 葉之庇根 如父之廕子 —— 원주).

4 강(岡)은 산등성이다. 이미 높은 곳에 올라갔다(岡山脊也 已升高 —— 원주).

5 황(荒)은 큼을 말한다. 때는 늦은 때이다. 같은 뿌리에 다른 마디이니 형제다(荒大也 時已晚矣 同根異節 兄弟也 —— 원주).

6 높은 곳으로부터 내려와 아랫사람들을 생각하다(自高還降 思卑幼也 —— 원주).

7 유(藟)는 덩굴이다. 덩굴이 뻗은 것이 마치 자손과 같다(藟蔓也 蔓延如子姓 —— 원주).

8 서(瘋)는 근심병이다. 서(紓)는 느슨한 것이다(瘋憂病也 紓緩也 —— 원주).

9 저(佇)는 오래 서 있는 것이다(佇久立也 —— 원주).

10 서(醑)는 술을 거르는 것을 말한다(醑盝也 —— 원주).

304

〔해제〕 사언시四言詩이다. 다산은 『시경』체의 사언시를 높이 평가했는데, 까다로운 형식에 구속되지 않는 사언시야말로 시인의 생각을 가장 잘 표현할 수 있다고 여겼다.

유산[1]

유산酉山 아래에
나의 집 있네[2]

한강물 넘실넘실
고기들 가득하고[3]

정원 있고 밭 있고
거문고와 책도 있네

여산黎山에 올라서
제비쑥 캐네[4]

낙동강 건너고
주흘산主屹山 넘어[5]

한강에 이르면
울분을 쏟아보리

사나운 새 바라보니

빠르기도 하구나

빨리도 날아서
서북으로 가련만

날개 치며 날아도
주살[6]이 겹나네

쳐놓은 그물 속에
토끼가 걸렸구나

넓적다리 허덕이며
암놈을 돌아보네

곁눈질하여 보니
내 마음 쓰라리네

酉山四章 章六句

酉山之下　　爰有我廬
洌之洋洋　　有物其魚
有園有圃　　有琴有書

登彼黎山	言采其蔚
涉彼潢矣	蹄彼屹矣
至彼洌矣	抒我鬱矣

瞻彼摯鳥	有迅其翼
駃其逝矣	至于西北
將翶將翔	畏此矰弋

有羅其張	有兎其離
撲朔其股	爰顧其雌
盻其顧矣	我心傷悲 〔1801, I-4, 16b〕

1 「유산」은 귀양 온 사람의 생각이다. 집안사람들과 헤어져 안주할 수 없다(酉山遷人之
　思也. 離其室家 不能安土焉 — 원주).
2 유자곡이다(酉子谷 — 원주).
3 집 앞에 큰 강이 있으니 곧 한강이다(舍前大江 卽洌水 — 원주).
4 여산(黎山)은 모려령이다. 위(蔚)는 제비쑥인데 캐어도 아무 쓸모가 없다(黎山毛黎嶺
　也 蔚牡蒿也 采之無用 — 원주).
5 황(潢)은 낙동강이다. 주흘산은 곧 조령이다(潢洛東水也 主屹山卽鳥嶺 — 원주).
6 주살: 오늬에 줄을 매어 쏘는 화살.

오징어

오징어 한마리 물가에서 노닐다가
갑자기 백로와 부딪쳤는데

희기는 한 조각 눈결이요
맑고 고요하기 잔물결 같아

머리 들고 백로에 이르는 말이
"그대 뜻은 도대체 알 수 없구나

기왕에 고기 잡아먹으려면서
청절淸節은 지켜서 무얼 하려나?

내 뱃속엔 언제나 검은 먹물 들어 있어
한번 뿜어 먼 데까지 시꺼멓게 할 수 있네

고기들 눈이 흐려 지척 분간 못하고
꼬리 치며 가려 해도 남북을 잃어버려

내 입 벌려 삼켜도 알지 못하니
나는 늘 배 불리고 고긴 늘 속고 있지

자네 날개 너무 희고 털은 또 유별나서
아래위로 흰옷이니 누가 의심 안 하겠나

간 곳마다 네 얼굴 물에 먼저 비쳐서
고기들 먼 데서도 너를 보고 피해 가니

하루종일 서 있은들 장차 무얼 기대하리
다리만 아프고 배는 항상 주릴 뿐

오귀烏鬼[1]를 찾아가 그 날개 빌려다가
본래 모습 감추고 적당히 살아보게

그래야 산더미 같은 고기 잡아서
암놈도 먹이고 새끼들도 먹일 걸세”

백로가 오징어에 답해 가로되
“자네 말도 일리가 없지 않으나

하늘이 나에게 결백함을 내리셨고
스스로 살펴봐도 더러운 곳 없으니

내 어찌 조그마한 이 배를 채우려고
모양까지 바꾸면서 그같이 하겠는가

고기 오면 잡아먹고 달아나면 쫓지 않고
꼿꼿이 서 있다가 천명天命을 기다릴 뿐"

오징어 화를 내고 먹물을 뿜으면서
"어리석다 백로여, 굶어 죽어 마땅하리"

烏鰂魚行

烏鰂水邊行　　　　　忽逢白鷺影
皎然一片雪　　　　　炯與水同靜
擧頭謂白鷺　　　　　子志吾不省
旣欲得魚嗷　　　　　云何淸節秉
我腹常貯一囊墨　　　一吐能令數丈黑
魚目昏昏咫尺迷　　　掉尾欲往忘南北
我開口呑魚不覺　　　我腹常飽魚常惑
子羽太潔毛太奇　　　縞衣素裳誰不疑
行處玉貌先照水　　　魚皆遠望謹避之
子終日立將何待　　　子脛但酸腸常飢
子見烏鬼乞其羽　　　和光合汚從便宜
然後得魚如陵阜　　　啗子之雌與子兒
白鷺謂烏鰂　　　　　汝言亦有理
天旣賦予以潔白　　　予亦自視無塵滓
豈爲充玆一寸嗉　　　變易形貌乃如是

魚來則食去不追　　　　我惟直立天命俟

烏鰂含墨嘆且嗔　　　　愚哉汝鷺當餓死　〔1801, I-4, 17b〕

1 오귀: 바다 가마우지. 몸이 검은 새.

〔해제〕 가난하더라도 부정한 방법으로 살아가지 않겠다고 다짐하며 꼿꼿하
게 처신하는 백로와, 이익을 위해서는 수단 방법을 가리지 않는 오징어를 대조
시켜 당시 세태를 풍자하고 있다.

장기 농가

1

보릿고개[1] 험하기가 태항산太行山 같아
단오절 지나서야 보리 익기 시작하네

어느 누가 풋보리죽 한 사발 떠서
주사籌司[2] 대감[3] 맛보라고 바쳐볼 건가

2

님실대는 논물 위에 보내기 노래 애절한데
저 아가는[4] 유난히도 저렇게 수줍은고

흰 모시 새 적삼에 노란 모시[5] 긴 치마
장롱 속에 겹겹이 싸 추석날만 기다리네

3

새벽 비 부슬부슬 담배 심기 안성마춤
담배 모종 옮겨다가 울 밑에 심어두자

금년 봄엔 영양법英陽法[6]을 따로 배워두었다가
금쪽같은 담배 팔아 일년 동안 살아야지

4

새로 심은 호박에 떡잎 나서 살찌더니
밤사이 덩굴 뻗어 사립문에 얽혔어라

평생에 안 심을 건 맛 좋은 수박이라
관노官奴[7]들 몰려와서 시비 걸까 걱정이네

5

새로 깐 병아리 작기가 주먹만 해
여리고 노란 털이 어여쁘기 짝이 없네

그 누가 어린 딸 공밥 먹는다 말하는고
꼼짝 않고 붙어 앉아 솔개미 쫓는 것을

6

어저귀 먼저 베고 삼밭에 호미질
늙은 할멈 쑥대머리 밤에야 빗질하며

일찍 자는 첨지[8] 영감 발로 차 일으키며
풍로에 불붙이고 물레도 고치라네

7

상춧잎에 보리밥 싸서
파 고추장 섞어 먹세

금년엔 넙치마저 구하기 어렵구나
잡는 족족 말려서 관청에 바쳤으니

　　8
송아지 오이밭에 들어가지 못하도록
서편 뜰 써레 옆에 옮겨 매어두었더니

날샐녘 이정里正이 와서 코 꿰어 몰고 가며
동래東萊 하납下納[9] 화물선에 짐 싣는다 말하네

　　9
마당을 절반 떼어 배추포기 심었더니
벌레가 갉아 먹어 구멍 숭숭 뚫렸네

훈련대訓練臺[10] 옛 법을 어찌하면 배워다가
파초 같은 배춧잎을 볼 수 있으리

　　10
시골집 장독가에 피어 있는 꽃이라곤
고작해야 맨드라미 봉선화뿐이로고

버려진 해류화海榴花가 불꽃같이 붉길래
늦은 봄날 옮겨다가 객창客窓 밑에 심었다네

長鬐農歌 十章

1

麥嶺崎嶇似太行　　　天中過後始登場
誰將一椀熬靑麨　　　分與籌司大監嘗

2

秧歌哀婉水如油　　　嗔怪兒哥別樣羞
白苧新襦黃苧帔　　　籠中十襲待中秋

3

曉雨廉纖合種烟　　　烟苗移挿小籬邊
今春別學英陽法　　　要販金絲度一年

4

新吐南瓜兩葉肥　　　夜來抽蔓絡柴扉
平生不種西瓜子　　　剛怕官奴惹是非

5

鷄子新生小似拳　　　嫩黃毛色絶堪憐
誰言弱女糜虛祿　　　堅坐中庭看嚇鳶

6

蠶麻初剪牡麻鋤　　　公姥蓬頭夜始梳

蹴起僉知休早臥　　　　風爐吹火改繅車

7

蒿葉團包麥飯吞　　　　合同椒醬與葱根
今年比目猶難得　　　　盡作乾鱐入縣門

8

不敎黃犢入瓜田　　　　移繫西庭碌碡邊
里正曉來穿鼻去　　　　東萊下納始裝船

9

菘菜新畦割半庭　　　　苦遭蟲蝕穴星星
那將訓鍊臺前法　　　　恰見芭蕉一樣靑

10

野人花草醬罌邊　　　　不過鷄冠與鳳仙
無用海榴朱似火　　　　晩春移在客窓前　　〔1801, I-4, 17b〕

1 4월에 민간의 식생활이 어려운 때를 보릿고개〔麥嶺〕라 한다(四月 民間艱食 俗謂之麥
　嶺─원주).
2 주사: 비변사(備邊司)의 별칭.
3 방언에 재상(宰相)을 대감(大監)이라고 한다(方言 宰相曰大監─원주).
4 방언에 신부(新婦)를 아가라고 한다(方言 新婦曰兒哥─원주).
5 노란 모시는 경주에서 나는데 치마를 해 입는다(黃紵布出慶州 裙也─원주).
6 영양현에서 좋은 담배가 난다(英陽縣産佳煙─원주).

7 관노: 지방 관아(官衙)에 소속된 노복들. 시노(侍奴), 수노(首奴), 공노(工奴), 구노(廐奴), 방노(房奴), 포노(庖奴), 주노(廚奴), 창노(倉奴) 등을 총칭하는 말.

8 방언에서 집안의 노인어른을 첨지(僉知)라 부른다. 비록 일정한 직첩은 없으나 그렇게 마구 부른다(方言 家翁曰僉知 雖無職牒 亦得濫稱—— 원주).

9. 하납이란 영남지방 세미(稅米)의 반을 일본에 수출한 데서 생긴 이름이다(下納者 嶺南稅米 半下納輸日本 名之曰—— 원주).

10 경성의 배추는 훈련원 밭의 것이 제일 좋다(京城菘葉 唯訓鍊院田最佳—— 원주).

〔해제〕시 1과 2에서 ‘맥령麥嶺’ ‘대감大監’ ‘아가兒哥’ 등 중국어에 없는 한자어를 과감하게 시어로 사용한 것은 농민들의 애환을 생생하게 표현하려는 다산의 민중지향적 의식의 산물이다.

아들에게

서울 소식 올 때마다 내 마음 놀라니
집안 편지 만금萬金이라 그 누가 말했던가[1]

수심은 구름인 양 개었다 다시 일고
비방은 바람인 양 고요하다 다시 우네

말세라서 소곡巢谷[2] 없다 탄식할 것 없도다
쇠한 문門에 채침蔡沈[3] 있어 사뭇 기쁘네

문자는 그만하면 편지 쓸 만하겠으니
경제를 배워서 원림園林에 착수하라

寄兒

京華消息每驚心　　　誰道家書抵萬金

愁似海雲晴復起　　　謗如山籟靜還吟

休嗟世降無巢谷　　　差喜門衰有蔡沈

文字已堪通簡札　　　會敎經濟着園林　〔1801, I-4, 19a〕

1 두보의 시 「춘망(春望)」에 "봉홧불 석달째 연달아 올랐으니 집에서 온 편지 만금 값나 가네"(烽火連三月 家書抵萬金)라는 구절이 있다.
2 소곡: 중국 송나라 때 사람으로, 소식(蘇軾)과 소철(蘇轍)이 유배되자 걸어서 두 사람을 방문했고, 후에 소식이 해남(海南)으로 유배되었을 때 소식을 찾아가다가 신주(新州)에 이르러 병으로 죽었다.
3 채침: 중국 송나라 때 주자의 제자로, 주자가 죽은 후 선생의 뜻을 받들어 『서전(書傳)』의 집주(集註)를 완성했다.

보리타작

새로 거른 막걸리 젖빛처럼 뿌옇고
큰 사발에 보리밥 높기가 한자로세

밥 먹자 도리깨 잡고 마당에 나서니
검게 탄 두 어깨 햇볕 받아 번쩍이네

옹헤야 소리 내며 발맞추어 두드리니
삽시간에 보리낟알 온 사방에 가득하네

주고받는 노랫가락 점점 높아지는데
보이느니 지붕까지 날으는 보리티끌

그 기색 살펴보니 즐겁기 짝이 없어
마음이 몸의 노예 되지 않았네[1]

낙원이 먼 곳에 있는 게 아닌데
무엇하러 고향 떠나 벼슬길에 헤매리오

打麥行

新篘濁酒如湩白　　　大碗麥飯高一尺

飯罷取耞登場立　　　雙肩漆澤飜日赤

呼邪作聲擧趾齊　　　須臾麥穗都狼藉

雜歌互答聲轉高　　　但見屋角紛飛麥

觀其氣色樂莫樂　　　了不以心爲形役

樂園樂郊不遠有　　　何苦去作風塵客　〔1801, I-4, 20b〕

1 도연명의 「귀거래사(歸去來辭)」에 "이미 스스로 마음이 몸의 노예 되었으나 어찌 근심하여 슬퍼하고만 있으리오"(旣自以心爲形役 奚惆悵而獨悲)라는 말이 있다.

〔해제〕 다산은 열심히 일하는 농부들이야말로 "마음이 몸의 노예가 되지 않았다"고 말함으로써 이들에게서 참다운 힘을 발견한다.

가을날 형님을 그리며

4

어느덧 백발이 찾아왔으니
하늘이여, 이 일을 어이하리오

이주二洲[1]엔 좋은 풍속 많이 있으나
외딴 섬[2]엔 홀로서 구슬픈 노랫소리

건너가고 싶어도 배가 없으니
어느 때나 죄의 그불 풀리려는지

부럽구나 저 기러기 물오리들은
푸른 물결 위에서 유유히 놀고 있네

5

신지薪支 섬[3] 아스라이 멀고 멀지만
분명히 이 세상에 있는 섬이라

수평으로 궁복해弓福海[4]에 연접해 있고
비껴서 등룡산鄧龍山[5]을 마주해 있네

달이 져도 소식 한 자 들리지 않고

뜬구름만 저 혼자 갔다가 돌아오네

언젠가 지하에서 다시 만나면
우리 형제 얼굴에 웃음꽃 피리

秋日憶舍兄

4

白髮於焉至　　蒼天奈此何
二洲多善俗　　孤島獨悲歌
欲渡無舟楫　　何時解網羅
優哉彼鳧雁　　游戱足滄波

5

眇眇薪支苫　　分明在世間
平連弓福海　　斜對鄧龍山
落月無消息　　浮雲自往還
他年九京下　　兄弟各歡顔　〔1801, I-4, 23a〕

1 이주: 장기(長鬐)인 듯하지만 분명치 않다.
2 외딴 섬: 둘째형 정약전의 유배지인 신지도.
3 서긍(徐兢)이 고려에 사신 와서 섬〔島〕을 섬(苫)이라 기록했었다(徐兢使高麗 錄島曰
　苫—원주). '薪支'의 현대 표기는 '薪智'이다.

324

4 신라시대에 궁복이 완도(莞島)에 진(鎭)을 쳤는데『당서(唐書)』에 나와 있다(新羅時 弓
  福留鎭莞島 見唐書 — 원주). 궁복은 장보고(張保皐)의 본명이다.
5 만력(萬曆) 정유년(丁酉年)에 등자룡(鄧子龍)이 진린(陳璘)을 따라와서 고금도(古今
  島)에 진을 쳤다(萬曆丁酉 鄧子龍從陳璘來 鎭古今島 — 원주).

〔해제〕 당시 신지도로 유배 가 있던 둘째형 약전을 그리워하며 쓴 시이다. 다
산은 둘째형과 특히 우애가 두터웠다.

흰 구름

가을바람 흰 구름 불어 날리니
푸르른 하늘에 티끌 한점 없어졌네

갑자기 이 몸이 가벼워져서
표연히 이 세상 벗어났으면

白雲

秋風吹白雲　　碧落無纖翳
忽念此身輕　　飄然思出世　〔1801, I-4, 24a〕

동작나루를 건너며

청파역靑坡驛 앞길에 하늘은 깜깜하고
한 조각 눈썹달이 몽롱하게 떠 있는데

차가운 모래 위에 말굽소리 터덕터덕
기러기 날개에 삭풍이 급히 부네

흐르는 얼음덩이 뱃전을 치는데
얼어서 미끄러운 상앗대 잡다가
뱃사공 물러서서 손가락이 곱을세라

큰 파도 출렁출렁 소리 점점 높아가고
교룡蛟龍이 뛰어올라 집어삼킬 듯

삼성參星은 반짝반짝 북두칠성 빛나면서
하늘 가득 별빛이 북극성을 둘렀어라

물기운 싸늘하고 산곽山郭은 막혔는데
종남산終南山 바라보니 가슴에 눈물 젖네

夜過銅雀渡

靑坡驛前天正黑	一眉殘月濛無色
寒沙策策響馬蹄	朔風急急吹雁翼
流澌擊船氷滑篙	篙工却立愁指直
洪波蕩漾聲轉雄	頑蛟踊躍欣欲得
參星煜煜斗柄燦	芒角森昭環北極
水氣凄迷障山郭	回首終南淚沾臆　　〔1801, I-4, 24b〕

〔해제〕다산은 1801년(40세) 2월 27일 장기로 유배되었다가 황사영백서黃嗣永帛書 사건이 일어나자 다시 서울로 압송된다. 심문을 받았으나 혐의가 없어 수렴청정垂簾聽政하던 정순왕후貞純王后의 배려로 그해 11월 5일 출옥하여 그는 강진으로, 정약전은 흑산도로 이배移配되었다. 이 시는 출옥하여 강진으로 가던 중 동작나루를 지나며 쓴 것이다.

기러기[1]

동작나루 서편에 갈고리 같은 초승달
기러기 한 쌍이 사주沙洲를 건너가네

오늘 밤은 갈대숲 눈 속에서 같이 자나
내일은 머리 돌려 제각기 날아가리

驚雁

銅雀津西月似鉤　　　一雙驚雁度沙洲
今宵共宿蘆中雪　　　明日分飛各轉頭　〔1801, I-4, 25a〕

1 과천에 도착해서 짓다(到果川作 ── 원주).

율정의 이별

초가 주막 새벽 등불 꺼지려는데
일어나 샛별 보니, 슬프다 이제는 이별이로고

두 눈만 말똥말똥 두 사람 말을 잃어
애써 목청 다듬지만 울음이 터지네

머나먼 흑산도, 하늘 바다 연했는데
그대는 어찌하여 그 속으로 드시나요?

고래는 이빨이 산과도 같아
배를 삼켰다가 다시 뿜어내고요

지네는 크기가 쥐엄나무만 하고
독사가 등나무 덩굴처럼 엉겼다네

이 몸이 장기현에 있을 때에는
밤낮으로 강진 땅 바라보면서

두 날개 활짝 펴고 푸른 바다 가로질러
바다 가운데서 그 사람 보렸는데

나는 지금 교목喬木에 드높이 올랐으나
진주 없는 빈 상자만 사버린 격이요

마치도 바보 같은 아이 하나가
멍청하게 무지개를 잡으려는데

서쪽 언덕 바로 앞에
아침 무지개 분명히 보고서

아이가 쫓아가면 무지개 더욱 멀어져
다시 또 서쪽 언덕 언제나 서쪽인 양

栗亭別

茅店曉燈靑欲滅	起視明星慘將別
脈脈嘿嘿兩無言	强欲轉喉成嗚咽
黑山超超海連空	君胡爲乎入此中
鯨鯢齒如山	吞舟還復嘆
蜈蚣之大如皁莢	蝮蛇之斜如藤蔓
憶我在鬐邑	日夜望康津
思張六翮截靑海	于水中央見伊人
今我高遷就喬木	如脫明珠買空櫝
又如癡獃兒	妄欲捉虹蜺

西陂一弓地　　　　　分明見朝隮

兒來逐虹虹盆遠　　　又在西陂西復西　　〔1801, I-4, 25a〕

〔해제〕 두 형제는 함께 서울을 출발해 각각 강진과 흑산도로 유배되는데, 나주에 있는 율정의 주막집에서 하룻밤을 자고 11월 22일 마지막 작별을 고하면서 쓴 시이다. 다산은 형제들 중에서도 둘째형 약전과 가장 가까웠고 또 평소에 '선생'이라 부를 만큼 그를 존경했다. 두 형제는 강진과 흑산도에서 귀양살이할 때에도 편지를 주고받으며 각자의 저술에 대해 학문적 토론을 나누었다. 다산은 해배된 후 지은 「선중씨 정약전 묘지명」에서 그를 큰 덕망을 갖춘 큰 그릇이라 했으며, 또한 심오한 학문과 정밀한 지식을 가진 학자로 묘사했다. 이렇게 평소 자기를 가장 잘 알아주는 '지기知己'로 여기던 형과 이별하는 다산의 뜨거운 우애가 드러난 시이다.

강진읍 주막

북풍에 흰 눈처럼 불어 날리어
남으로 강진 땅 주막집에 이르렀네

작은 산이 바다를 가려줘서 다행이고
빽빽한 대나무를 꽃으로 삼으려네

장기瘴氣[1] 있는 땅이라 겨울옷 벗어내고
근심이 많으니 밤술 더욱더 마시네

나그네 수심을 그나마 녹이는 건
설 전에 붉게 핀 동백꽃이라

客中書懷

北風吹我如飛雪　　　　南抵康津賣飯家
幸有殘山遮海色　　　　好將叢竹作年華
衣緣地瘴冬還減　　　　酒爲愁多夜更加
一事纔能消客慮　　　　山茶已吐臘前花　〔1801, I-4, 25b〕

1 장기: 주로 습기가 많고 따뜻한 지방에 많은 악기(惡氣)로 여러가지 풍토병을 유발
  한다.

〔해제〕 강진에 도착해서 동문 밖 주막집에 거처를 정하고 처음 쓴 시이다. 그
는 방의 이름을 '사의재四宜齋'라 명명하고 이곳에서 4년을 살았는데, 그때 상황
을 후일 다음과 같이 기술했다. "신유년(1801) 겨울 내가 영남에서 체포되어 서
울에 올라왔다가 다시 강진으로 귀양 가게 되었다. 강진은 옛날 백제의 남쪽 변
방으로 지역이 비루하고 풍속이 색다르다. 당시에 그곳 백성들은 유배 온 사람
보기를 마치 큰 해독처럼 하여 가는 곳마다 모두 문을 부수고 담장을 무너뜨리
면서 달아나버렸다. 그런데 한 노파가 나를 불쌍히 여기고 자기 집에서 살도록
해주었다. 이윽고 나는 창문을 닫아걸고 밤낮으로 혼자 있게 되었다. 누구와도
함께 이야기할 사람이 없었다."(「喪禮四箋序」, III-1, 1b)

고향 편지[1]

해가 가고 봄이 와도 모르고 있었다가
새소리 날로 변해 웬일인가 하였다네

봄비 오니 고향생각 등나무 덩굴 같고
겨울 지난 야윈 몸은 대나무 가지 같네

세상일 보기 싫어 늦게야 방문 열고
찾는 손님 없으니 이불 개기 늦어지네

고향집 아이가 소한법銷閑法[2]을 알았는지
의서醫書를 가려 뽑아 한 상자 보내왔네

천릿길 하인놈이 편지를 전해
주막집 등잔 아래 홀로 앉아 탄식하네

어린놈 채소 심어 애비 징계할 만하고
병든 아내 옷 부치니 아직 나를 사랑하네

내 식성 알아서 멀리 찰밥 보내면서
굶주림 면하려고 철투호鐵投壺[3]를 팔았다니

그 자리서 쓰는 답장, 달리 할 말 없어서
산뽕나무 수백그루 심으라고 할밖에는

新年得家書

歲去春來漫不知　　鳥聲日變此堪疑
鄕愁値雨如藤蔓　　瘦骨經寒似竹枝
厭與世看開戶晚　　知無客到捲衾遲
兒曹也識銷閒法　　鈔取醫書付一鴟

千里傳書一小奴　　短檠茅店獨長吁
稚兒學圃能懲父　　病婦縫衣尙愛夫
憶嗜遠投紅穤飯　　救飢新賣鐵投壺
旋裁答札無他語　　飭種壓桑數百株　〔1802, I-4, 25b〕

1 임술년 봄 강진에 있었다(壬戌春在康津 ─ 원주).
2 소한(銷閒): 무료한 시간을 메우는 것.
3 철투호: 105면 주4 참조.

탐진[1]촌요耽津村謠

1

누리령樓犁嶺 고개 위에 우뚝한 바위들이
나그네 뿌린 눈물에 언제나 젖어 있네

월남月南[2] 땅 향하여 월출산月出山 보지 말자
봉마다 도봉道峰처럼 모두가 뾰족하네[3]

2

동백나무 잎사귀 싸늘하고 빠박한데
눈 속에 핀 꽃이 학 이마처럼 붉구나

갑인년 어느날 소금비 내린 뒤로
등자나무 유자나무 모조리 말랐다네

3

바닷가 왕대나무 키가 커서 백자더니
요사이 같아선 상앗댓감도 못 되네

원정園丁들 날마다 새 죽순 길러내어
죽력고竹瀝膏[4] 만들어 주문朱門[5]에 바친 까닭

4

쓸쓸한 언덕 위에 허물어진 성벽 하나
황혼녘 징소리만 주춧돌에 메아리치네

해마다 여러 섬에 나무 베어내건만
청조루聽潮樓[6] 다락은 중수하는 사람 없네

5

무논에 바람 일어 보리이삭 물결치고
보리타작 하고 나면 모내기철이라

눈 내리는 하늘 아래 배추 새잎 파랗고
섣달에 깐 병아리는 노란 털이 어여쁘네

6

석제원石梯院 북쪽엔 갈림길도 많아라
옛부터 아가씨들 이곳에서 이별했네

한 서린 문전에 수양버들은
일년 내내 다 꺾이고 남은 가지 몇이더뇨

7

새로 짜낸 무명이 눈결같이 고왔는데
이방吏房[7]에 낼 돈이라고 황두黃頭[8]가 뺏어 가네

누전漏田 세금[9] 독촉이 성화같이 급하구나
삼월이라 중순엔 세곡선稅穀船이 떠난다고

8

완주莞洲산 황옻칠은 빛나기가 유리 같아
이 나무 진기하다 천하에 소문났네

지난해 임금께서 옻칠 공납 풀어준 뒤
베어낸 밑둥치에 새싹 나고 가지 뻗네

9

살빛 검은 오랑캐총각 구름 같은 더벅머리
써내는 글씨는 삼창필법三倉筆法[10] 밖의 글자

과왜瓜哇에서 안 왔으면 여송呂宋[11]에서 왔으렷다
장미빛 옥합 속엔 야릇한 향내 나네[12]

10

백련사白蓮寺 다락 앞에 둥그런 바다 물결
눈 같은 봄 물결이 문중방에 올라오네

이름난 절 모조리 두륜사頭輪寺[13]가 거느리니
서산대사西山大師 공적 기린 어제비御製碑가 있기 때문

11

촌아이들 서법書法이 너무도 엉망이라
점點·획畫·과戈·파波[14] 모두가 비뚤어졌네

지난날 이광사李匡師[15]가 신지도에 글방 열어
아전들 모두가 그로써 스승 삼네

12

어느 해나 가시밭에 길이 열리나
누런 잔디 참대가 주뢰珠雷[16]와 같네

형방刑房[17]의 아전들 떠드는 걸 보아하니
서울서 또 한 사람 귀양 온 모양이군

13

삼월달 송지松池읍에 마시장 열렸구나
한필에 오백푼이면 천재마天才馬[18]를 골라잡네

검은 말총 갓이랑 흰 말총 광주리는
모두가 한라산 목장에서 온 거라네

14

옛부터 점대漸臺[19]에선 전복을 즐기고

동백기름으로 포脯 씻는단 말, 빈말이 아니구나

고을 아전 방마다
규영학사奎瀛學士 글이 있네

15
도독부都督府 창설한 지 이백년이 지나도록
부두엔 왜놈 배가 다시 오지 못하였네

봄풀 우거진 진린陳璘[20]의 사당 안에
때때로 어촌 부녀 아들 빌며 돈 던지네

耽津村謠 二十首

1
樓犁嶺上石漸漸	長得行人淚洒沾
莫向月南瞻月出	峰峰都似道峰尖

2
山茶接葉冷童童	雪裡花開鶴頂紅
一自甲寅鹽雨後	朱變黃樏盡枯叢

3

海岸箽簹百尺高　　如今不中釣船篙
園丁日日培新笋　　留作朱門竹瀝膏

4

崩城敗壁枕寒丘　　鐃吹黃昏古礎頭
諸島年年空斫木　　無人重建聽潮樓

5

水田風起麥波長　　麥上場時稻挿秧
菘菜雪天新葉綠　　鷄雛蜡月嫩毛黃

6

石梯院北路多岐　　終古娘娘此別離
恨殺門前楊柳樹　　炎霜摧折少餘枝

7

棉布新治雪樣鮮　　黃頭來博吏房錢
漏田督稅如星火　　三月中旬道發船

8

莞洲黃漆瀅琉璃　　天下皆聞此樹奇
聖旨前年蠲貢額　　春風髠枿又生枝

9

烏蠻總角髮如雲　　寫出三倉法外文
不是瓜哇應呂宋　　薔薇玉盒潑奇芬

10

蓮寺樓前水一規　　春潮如雪上門楣
名藍總隷頭輪寺　　爲有西山御製碑

11

村童書法苦支離　　點畫戈波箇箇欹
筆苑舊開薪智島　　掾房皆祖李匡師

12

荊棘何年一路開　　黃茅苦竹似珠雷
刑房小吏傳呼急　　知是京城謫客來

13

三月松池馬市開　　一駒五百揀天才
白駿籠子烏駿帽　　都自拏山牧裏來

14

自古漸臺嗜鰒魚　　山茶濯腫語非虛
城中小吏房櫳內　　徧挿奎瀛學士書

15

都督開營二百年　　　　皇夷不復繫倭船

陳璘廟裡生春草　　　　漁女時投乞子錢　〔1802, I-4, 26a〕

1 탐진: 전라남도 강진(康津)의 옛이름. 이 시의 제목은 '탐진촌요 20수'로 되어 있으나 현『여유당전서』에는 15수만 수록되어 있다.

2 월남: 강진 남쪽에 있는 마을 이름. 이곳에서 월출산의 전경이 잘 보인다.

3 월출산은 강진에 있고 도봉산은 양주에 있다(月出山在康津 道峰在楊州 ─ 원주). 월출산을 바라보면 도봉산이 연상되어 서울 생각이 난다는 뜻.

4 죽력고: 푸른 대쪽을 불에 구워서 받은 진액으로 만든 약제.

5 주문: 지위가 높은 관리들의 집.

6 청조루: 강진현 객관(客館) 남쪽에 있는 누대.

7 이방: 지방 군아(郡衙)의 수령 밑에서 인사(人事)·비서(秘書) 등의 사무를 맡아 보는 부서.

8 황두: 중국 한나라 때 선박을 관장하는 벼슬 이름인데 여기서는 지방의 하급관리인 듯함.

9 국가의 토지대장에서 빠진 민전(民田)이 600여 결(結)이나 되는데 이것을 재결(災結)로 거짓 보고한 것이다. 이것이 실은 국가의 세금이니 이러한 것이 얼마나 많겠는가(民田之漏於王籍者 六百餘結 其僞災稱 是公室之賦 幾何 ─ 원주). 누전(漏田)은 토지대장에서 누락된 전토, 재결은 재해를 입은 전토인데, 재결에 대해서는 일정액의 세금을 면제해주었다.

10 삼창: 중국 자서(字書)의 총칭으로 한자를 말한다.

11 여송(呂宋): 필리핀 군도의 루손섬.

12 이때 표류한 배 한척이 제주도에 정박했는데 어느 나라 사람인지 알 수 없다(時有漂船 泊濟州 不知何國人 ─ 원주).

13 두륜사: 전라남도 해남군 두륜산에 있는 절로 지금의 대흥사(大興寺)이다. 서산대사의 의발(衣鉢)을 간직한 절이라 하여 표충사(表忠寺)라 불리기도 한다.

14 점·획·과·파: 모두 한자 서예의 기본 필법.

15 이광사(李匡師, 1705~77): 호는 원교(圓嶠). 1755년 나주 벽서(壁書)사건으로 회령(會寧)에 유배되었다가 다시 진도(珍島)에 이배되어 그곳에서 죽었다. 글씨에 능해서 독특한 원교체(圓嶠體)를 이루었다.

16 주뢰: 형구(刑具)의 일종인 주릿대.

17 형방: 지방관아 6방의 하나로 형벌을 관장함.
18 방언에, 좋은 말을 천재마라고 한다(方言 良馬謂之天才馬 — 원주).
19 점대: 중국 한나라 무제(武帝)가 건장궁(建章宮) 안의 태액지(太液池) 속에 세운 대인
   데, 여기서는 강진이 바닷가 고을이므로 물가에 세워진 대를 말하는 듯하다.
20 진린: 정유재란(丁酉再亂) 때 우리나라에 파견된 명나라의 수사제독(水師提督).

〔해제〕 공납을 둘러싼 지방관들의 행패가 너무 심해서 황옻칠·유자·귤 등
특산물이 생산되는 지방의 백성들은 유자나무 등에 구멍을 뚫어 호초를 넣어
말라 죽게 하기도 하고 밤중에 몰래 나무를 도끼로 베어버리기도 했다는 기록
이 『목민심서』 권11 산림편山林篇에 나와 있다. 시 8에서도 베어서 죽어버린 황
옻나무가 공납을 면제해준 후에 다시 살아났다는 이야기이다.(364면의 「황옻칠(黃
漆)」 참조)

탐진 농가

1

납일臘日¹에 훈풍 불어 눈이 맑게 개었는데
울 밖엔 이랴 쯔쯔 쟁기 끄는 소리로다

주인영감 막대로 게으른 머슴 호통치네
"금년에는 어쩌자고 두벌갈이 이제 하노"

2

무논에 물 뺀 후에 보리를 심고
보리 베면 곧이어 모내기하세

지력地力을 하루라도 놀릴 수 있으리오
푸른색 누런색 철따라 아름답네

3

한강변에 쓰는 가래 두길이 넘어
장정이 힘 다해도 허리 아픈데

남쪽에선 아이들도 한 손에 짧은 가래
논 갈고 물 대기 수월히 하네

4

김매고 북돋우기 호미를 쓰지 않고
잡초도 두 손으로 잠깐 동안 뽑아내네

어찌하면 맨다리에 방게 물려 흐르는 피를
은대銀臺[2]에 올리는 상소문에 그려볼까[3]

5

집집마다 모 품팔이 아낙네들 정신없어
보리 베는 반상盤床[4] 일도 도울 생각 않는다네

이씨李氏 약속 어기고 장씨張氏에게 가는 깃은
원래부터 돈모〔錢秧〕가 밥모〔飯秧〕보다 낫기 때문[5]

6

부자집 만 꿰미 돈 아끼지 않고
썰물 때 돌을 쌓아 바닷물 막아놓네

조개 줍던 옛 땅에 지금은 벼를 심어
어제의 개펄이 기름진 논이 됐네

7

게으른 습관은 기름진 땅에서 나오기에
상농가上農家는 해 높도록 잠만 잔다네

나무 그늘 밑 술주정에 한참을 쉬다가
천천히 소 한마리 끌고 마른 밭을 간다네[6]

8

넓고 넓은 연못 속에 물고기도 안 기르고
아이들도 연꽃일랑 안 심는 게 좋다 하네

연밥 열면 관가에 바쳐야 할 것이고
관인官人들 일 없는 날 낚시할까 두려웁네

9

대통에 쇠꼬챙이로 가닥 만들어
이삭 하나 훑으려면 손 한번 꼭 간다네

북쪽의 타작법은 모두가 볏단째로
호쾌하게 너희들께 자랑할 만하다네

10

곳곳마다 모래밭 목화 심기 알맞아
봄에 짠 옥천玉川 실이 가장 좋다 말하네

어찌하면 고무래로 가볍게 흙을 퍼서
고루고루 씨뿌리기 바둑 두듯 하리요

耽津農歌

1

藕日風薰雪正晴　　籬邊札札曳犂聲

主翁擲杖嗔傭懶　　今歲纔翻第二畊

2

稻田洩水須種麥　　刈麥卽時還揷秧

不肯一日休地力　　四時嬗變色靑黃

3

洌水之間丈二鍫　　健夫齊力苦酸腰

南童隻手持短鍤　　容易治畦引灌遙

4

穮蓘從來不用鋤　　手挐稂莠亦須除

那將赤脚蜞鍼血　　添繪銀臺遞奏書

5

秧雇家家婦女狂　　不曾刈麥助盤床

輕違李約趂張召　　自是錢秧勝飯秧

6

豪家不惜萬緡錢　　　　疊石防潮趁月弦
舊拾蜂贏今穫稻　　　　由來瀉鹵是腴田

7

懶習眞從沃壤然　　　　上農猶復日高眠
楡陰醉罵移時歇　　　　徐取一牛耕旱田

8

陂澤漫漫不養魚　　　　兒童愼莫種芙蕖
豈惟蓮子輸官裡　　　　兼怕官人暇日漁

9

竹管鐵箸夾成丫　　　　一穗須經一手爬
北方打稻皆全稷　　　　豪快眞堪向汝誇

10

處處沙田吉貝宜　　　　玉川春織最稱奇
那將碌磚輕輕展　　　　落子調勻似置棋　　〔1802, I-4, 27b〕

1 납일: 동지 후 세번째 술일(戌日). 이조시대에는 동지 후 세번째 미일(未日)로 정했음.
2 은대: 중국 송나라 때 문하성 소속의 관서로, 전국에서 올라오는 상소문을 관장하는 기관
3 은대는 정협의 고사를 원용한 것이다(銀臺用鄭俠事――원주). 정협은 110면 주8 참조.

4 이 지방 사람들은 남편을 반상(盤床)이라 부른다(土人謂夫曰盤床 ─ 원주).
5 순전히 돈으로 품삯을 주는 것을 돈모라 하고 식사를 제공하여 품삯을 감하는 것을
  밥모라 한다(純以錢防雇者 謂之錢秧 與之飯而減雇曰飯秧 ─ 원주).
6 경기 지방의 마른 밭은 대개 소 두마리로 밭을 간다(京畿旱田 皆用兩牛耕 ─ 원주).

   〔해제〕 다산의 「발탐진농가跋耽津農歌」(I-14, 34a)를 여기에 옮겨둔다. "이 「탐
진농가첩」은 내가 유배생활 할 때에 지은 것이다. 첫머리의 제목 넉자는 오징
어먹물로 쓴 것인데 일반적으로 말하기를 오징어먹물은 오래되면 색이 날아가
버린다고 한다. 하기야 진한 먹물이 반질반질하고 매끄러운 종이에 붙어서 오
래되면 말라서 떨어질 것이다. 그러나 금방 뽑은 좋은 먹물로 깔끄러운 종이에
쓰면 오랫동안 전할 수 있다. 그 다음의 시 2수는 읍내 사람 황생黃生이 쓴 것인
데 황생은 이도보李道甫에게서 글씨를 배웠기 때문에 그가 쓴 해서楷書를 보면
진실로 이도보의 필법을 터득하고 있다. 나머지 10수는 내가 쓴 것이다. 내가
이 지방 사람들의 농사짓는 것을 살펴보니 북쪽에 비해서 사뭇 쉽게 한다 남쪽
과 북쪽이 각각 옛날 습속에 눌러앉아 서로 배우려 하지 않으니 심히 한탄할 만
한 일이다. 사가私家에서 조세 바치는 일 같은 것은, 의당 조정에서 북쪽의 습속
대로 하게 한다면 강한 자를 억누르고 약한 자를 도와주는 데 하나의 도움이 될
것이다. 은령恩齡 4세四歲 갑자甲子 4월 2일에 쓰다"(右耽津農歌帖 余謫中作也 其首題四
大字 則用烏鯽墨寫之者 俗稱鯽墨久成白文 盖其稠黏者 値光滑紙 久當乾落耳 苟用新好者 寫之澁紙
亦可壽傳 次詩二首 係邑人黃生筆 黃生學書於李道甫 見其楷書 洵得李法也 餘詩十首 余所自書也 余
見土人作農 視北方頗亦簡易 南北各安故俗 不相倣法 甚可歎也 若其私門賦租之法 宜自朝廷 飭用北
俗 庶亦抑豪扶羸之一助云爾 恩齡四歲 甲子四月二日書).

탐진 어가

1

계랑桂浪 봄바다에 뱀장어도 많을시고
푸른 물결 헤치며 활선〔弓船〕[1]이 떠나간다

높새바람[2] 드높을 때 일제히 출항해서
마파람[3] 급히 불 때 가득 싣고 돌아오네

2

세물〔三汛〕겨우 잦아들면 네물〔四汛〕이 밀려와서[4]
까치파도[5] 옛 어대漁臺를 휘덮어버리네

어촌에선 복어[6]만 좋다 말하고
농어는 모조리 술과 바꿔 마신다네

3

관솔불 물에 비쳐 아침노을 흡사한데
긴 통들이 즐비하게 모래톱에 꽂혀 있네

물속에 사람그림자 비쳐들게 하지 말자
그것이 신적호新赤胡[7] 불러올까 두렵구나

4

추자도楸子島 장삿배가 고달도高獺島[8]에 머무는데
제주도산 죽모첨竹帽簷[9]을 가득히 싣고 왔네

돈 잘 버는 장사라고 말들 하지만
곳곳에 큰 파도라 마음 어찌 편할 건가

5

아녀자들 옹기종기 물가에 모여 있네
오늘은 어미가 헤엄 연습 시키는 날

그중에도 물오리 같은 저 아가씨는
남포의 새신랑이 혼수감 보낸다네

6

가죽신 신은 관리 부두에 가득한데
선첩船帖은 금년부터 선혜청宣惠廳서 받는다네[10]

어부들 살기 좋다 말하지 말라
종다래끼 하나도 상공桑公[11]이 그냥 두랴

7

종선艐船[12] 처음 떠날 때 북소리 둥둥둥
들리노니 지국총 노랫소리뿐이로다

수신사水神祠에 당도하여 일제히 엎드리며
칠산 바다 순풍 불라 맘속으로 기도하네

8
어촌에선 모두들 낙짓국[13] 많이 먹고
붉은 새우 푸른 맛살 쳐주지 않네

담채澹菜가 연밥같이 작은 게 싫어서
돛 달고 동쪽으로 울릉도로 떠난다네

9
육방관속 기세 높아 동헌 대청 눌러보고
주패朱牌[14] 든 아전들 매일같이 어촌 찾네

그 선첩 진짜 가짜 따진들 무엇하리
예부터 관청문은 호랑이가 지키는걸

10
궁복포弓福浦 앞바다에[15] 나무 가득 실은 배
황장목黃腸木[16] 한그루면 천금 값이 나간다네

수영水營[17]의 방자놈은 두둑히 인정人情[18] 받아
연못가 버들 아래 취하여 누워 있네

354

耽津漁歌 十章

1

桂浪春水足鰻鱺　　　樺取弓船漾碧漪
高鳥風高齊出港　　　馬兒風緊足歸時

2

三汎繾綣四汎來　　　鵲瀿波沒舊漁臺
漁家只道江豚好　　　盡放鱸魚博酒杯

3

松燈照水似朝霞　　　鱗次筒兒植淺沙
莫遣波心人影墮　　　怕他句引赤胡鯊

4

楸洲船到獺洲淹　　　滿載耽羅竹帽簷
縱道錢多能善賈　　　鯨波無處得安恬

5

兒女脂脂簇水頭　　　阿孃今日試新泅
就中那箇花鳧沒　　　南浦新郎納綵紬

6

| 瓜皮革履滿回汀 | 船帖今年受惠廳 |
| 莫道魚蠻生理好 | 桑公不赦小笭箵 |

7

| 鯮船初發鼓鼕鼕 | 歌曲唯聞指掬蔥 |
| 齊到水神祠下伏 | 默祈吹順七山風 |

8

| 漁家都喫絡蹄羹 | 不數紅鰕與綠蟶 |
| 澹菜憎如蓮子小 | 治帆東向鬱陵行 |

9

| 椽閣嵯峨壓政軒 | 朱牌日日到漁村 |
| 休將帖子分眞贗 | 官裏由來虎守門 |

10

| 弓福浦前柴滿船 | 黃腸一樹直千錢 |
| 水營房子人情厚 | 醉臥南塘垂柳邊　〔1802, I-4, 28a〕 |

1 배 위에 그물을 편 배를 방언으로 활선〔弓船〕이라 한다(船上張罟者 方言 謂之弓船 — 원주).

2 새〔鳥〕는 을(乙)이고 을은 동쪽이다. 그러므로 동북풍을 높새바람〔高鳥風〕이라 한다 (鳥者乙也 乙者東方 東北風曰高鳥風 — 원주).

356

3 말은 오(午)이다. 그러므로 남풍을 마파람〔馬兒風〕이라 한다(馬者午也 南風曰馬兒風——원주). '午'는 12간지 중 하나로 방위로는 정남(正南)이며 띠로는 말이다.

4 가령 첫째날〔甲日〕이 초승이면 셋째날〔丙日〕이 제1수(第一水)요, 다섯째날〔戊日〕은 제3수가 된다(假令甲日弦 丙日曰第一水 戊日曰第三水——원주).

5 '㶁'는 큰 파도이다. 파도가 흰 것이 마치 까치가 일어난 것 같으므로 까치파도라 말한다(㶁者大波也 波白如鵲起曰鵲㶁——원주).

6 복어를 먹고 죽는 사람이 많다(食江豚頻有死者——원주).

7 큰 상어를 신적호라 하는데 사람의 그림자를 보면 뛰어올라 삼켜버린다(沙魚大者曰新赤胡 見人影躍而唅之——원주).

8 추자·고달은 모두 섬 이름이다(楸子古㺚皆島名——원주).

9 죽모첨(竹帽簷): 대로 만든 모자의 차양.

10 균역법 이래로 아무리 작은 첩(牒)이라도 모두 선혜청에서 표첩(標帖)을 받았다(均役以來 雖小牒 皆受標帖於宣惠廳——원주).

11 상공: 중국 한나라의 경제정책가인 상홍양(桑弘羊). 국가수입 위주의 정책을 폈다. 여기서는 감독관을 가리킨다.

12 자서(字書)에는 종(艁)이란 글자가 없으나, 주교사(舟橋司)가 척씨(戚氏)의 제도를 따온 것에 보면 종선(艁船)이란 이름이 나온다. 오늘날의 조선(漕船)은 모두 주교사의 배이기 때문에 종선이라고 한다(字書無艁字 舟橋司取戚氏之制 有艁船之名 今漕船皆舟橋之船故 曰艁船——원주). 주교사는 왕의 거둥 때 한강에 부교를 놓는 일과 전국의 조운(漕運)을 관장한 관청. 조선(漕船)은 지방에서 거둔 세미를 조창(漕倉)에서 서울로 운반하던 배.

13 낙지〔絡蹄〕란 장거(章擧)다.『여지승람』에 보인다(絡蹄者章擧也 見輿地勝覽——원주).

14 주패: 관인(官印)이 찍힌 고지서.

15 즉 완도다(卽莞島——원주).

16 임금의 관을 만드는 데 소용되는 소나무를 황장(黃腸)이라 한다(梓宮所用之松曰黃腸——원주).

17 수영: 수군절도사(水軍節度使)의 군영.

18 우리나라 풍속에 뇌물을 인정(人情)이라고 한다(東俗賄賂曰人情——원주).

애절양哀絶陽[1]

갈밭마을 젊은 여인 울음도 서러워라
현문縣門 향해 울부짖다 하늘 보고 호소하네

군인 남편 못 돌아옴은 있을 법도 한 일이나
예부터 남절양男絶陽[2]은 들어보지 못했노라

시아버지 죽어서 이미 상복 입었고
갓난아인 배냇물도 안 말랐는데
삼대三代의 이름이 군적에 실리다니

달려가서 호소하나 동헌 문엔 호랑이요
이정里正이 호통하여 단벌 소만 끌려갔네

칼을 갈아 방에 들자 자리에 피가 가득
스스로 한탄하네, 아이 낳아 닥친 곤액

잠실음형蠶室淫刑[3] 그 어찌 죄가 있어서리오
민閩[4] 땅 자식 거세함도 가엾은 일이거늘

자식 낳고 사는 건 하늘이 정한 이치
건도乾道는 아들 되고 곤도坤道는 딸 되는 법[5]

말 돼지 거세함도 가엾다 이르는데
하물며 대를 잇는 사람에 있어서랴

부자들은 한평생 풍악이나 즐기면서
한알 쌀, 한치 베도 바치는 일 없으니

다 같은 백성인데 이다지 불공한고
객창에서 거듭거듭 시구편鳲鳩篇[6]을 읊노라

哀絶陽

蘆田少婦哭聲長	哭向縣門號穹蒼
夫征不復尙可有	自古未聞男絶陽
舅喪已縞兒未澡	三代名簽在軍保
薄言往愬虎守閽	里正咆哮牛去皁
磨刀入房血滿席	自恨生兒遭窘厄
蠶室淫刑豈有辜	閩囝去勢良亦慽
生生之理天所予	乾道成男坤道女
騸馬豶豕猶云悲	況乃生民思繼序
豪家終歲奏管弦	粒米寸帛無所捐
均吾赤子何厚薄	客窓重誦鳲鳩篇 〔1803, I-4, 29b〕

1 애절양: 양경(陽莖, 남자의 생식기)을 자른 것을 슬퍼하다. 이 시를 쓰게 된 동기에 대하여 다산은 다음과 같이 말했다. "이것은 가경(嘉慶) 계해년(癸亥年) 가을 내가 강진에 있으면서 지은 시이다. 노전(蘆田)에 사는 한 백성이 아이를 낳은 지 사흘 만에 군보(軍保)에 등록되고 이정이 소를 빼앗아 가니 그 사람이 칼을 뽑아 자기의 생식기를 스스로 베면서 하는 말이 "내가 이것 때문에 곤액을 당한다" 하였다. 그 아내가 생식기를 관가에 가지고 가니 피가 아직 뚝뚝 떨어지는데 울며 하소연하였으나 문지기가 막아버렸다. 내가 듣고 이 시를 지었다."(V-23, 14b~15a,『목민심서』 권8 簽正)
2 남절양: 남자의 생식기를 자르는 일.
3 잠실음형: 궁형(宮刑, 남성을 거세하는 형벌)을 집행하는 방에는 불을 계속 지펴 높은 온도를 유지하여 마치 누에치는 방〔蠶室〕과 같았다고 한다. '잠실음형'은 잠실과 같은 방에서 궁형에 처하는 것이 지나친 형벌〔淫刑〕이란 뜻이다.
4 민: 고대 중국의 나라 이름으로 민나라 사람들은 자식을 건(囝)이라 불렀는데, 이 나라에서는 자식을 낳으면 거세하여 조정에 환관(宦官)으로 바쳤다고 한다.
5 건도는 강건한 하늘의 도, 곤도는 유순한 땅의 도.
6 시구편: 통치자가 백성을 고루 사랑해야 한다는 것을 뻐꾸기에 비유해서 읊은『시경』의 편명.

〔해제〕 당시 군정의 문란을 집약적으로 표현한 소위 황구첨정黃口簽丁, 백골징포白骨徵布의 실상이 생생하게 형상화된 시라고 하겠다. 군포를 둘러싼 지방관들의 횡포가 얼마나 심했던가는『목민심서』의 다음과 같은 기록을 보면 알 수 있다. "심하게는 배가 불룩한 것만 보고도 이름을 지으며, 여자를 남자로 바꾸기도 하고, 또 그보다 더 심한 것은 강아지 이름을 혹 군안軍案에 기록하니 이는 사람의 이름이 아니라 정말 개이며, 절굿공이의 이름이 혹 관첩官帖에 나오니 이는 사람의 이름이 아니라 정말 절굿공이이다."(V-23, 13b~14a)

송충이

그대 아니 보았더냐, 천관산天冠山[1] 가득 찬 솔
천그루 만그루 봉마다 뒤덮었네

푸르고 울창한 노송뿐만 아니라
어여쁜 어린 솔도 총총히 돋았는데

하룻밤 새 모진 벌레 천지를 가득 메워
뭇 주둥이 솔잎 갉기 떡 먹듯 하는구나

어릴 때도 살빛 검어 추하고 미웁더니
노란 털 붉은 반점 자랄수록 흉하도다

바늘 같은 잎을 갉아 진액을 말리더니
살갗까지 씹어서 부스럼 상처 냈네

소나무 날로 마르나 까딱도 하지 않고
곧추서서 죽는 모습 엄전하기 짝이 없네

연주창連珠瘡에 문둥병에 가지 줄기 처량하니
상쾌한 바람 울창한 숲 어디 가서 찾으리오

하늘이 솔을 낼 때 깊은 생각 있었기에
일년 사철 곱게 키워 한겨울도 몰랐었지

사랑 받고 은혜 입어 나무 중에 뛰어나니
복사꽃 오얏꽃과 화려함을 다툴손가

대궐 명당 낡아서 무너질 때엔
들보 되고 기둥 되어 조정에 들어왔고

왜놈과 유구[2]가 덮쳐올 때엔
큰 배를 만들어 적의 예봉 꺾었지

너 이제 욕심 부려 솔 모두 죽여
말하려니 내 기가 받쳐 오르네

어찌하면 뇌공雷公의 벼락도끼 얻어내어
네놈의 족속들을 모조리 잡아다가
이글대는 화독 속에 넣어버릴고

蟲食松

君不見天冠山中滿山松　　千樹萬樹被衆峯
豈惟老大鬱蒼勁　　每憐穉小羅丰茸

一夜沴蟲塞天地　　　衆喙食松如饕餮

初生醜惡肌肉黑　　　漸出金毛赤斑滋頑兇

始师葉針竭津液　　　轉齧膚革成瘡癤

松日枯槁不敢一枝動　　直立而死何其恭

癭柯癩幹淒相向　　　爽籟茂樾嗟何從

天之生松深心在　　　四時護育無大冬

寵光隆渥出衆木　　　況與桃李爭華穠

太室明堂若傾圮　　　與作脩梁矗棟來朝宗

漆齒流求若隳突　　　與作艨艟巨艦摧前鋒

汝今私慾恣殄瘁　　　我欲言之氣上衝

安得雷公霹靂斧　　　盡將汝族秉畀炎火洪鑪鎔　〔1803, I-4, 30a〕

1 천관산: 전라남도 장흥(長興)에 있는 산.
2 유구(流求): 현대의 표기는 '琉球'로 오끼나와이다.

〔해제〕 이 시를 단순히 소나무를 갉아 먹는 송충이에 대한 증오심으로 이해
해도 좋고, 우의적寓意的으로 해석할 수도 있다. 후자의 입장을 취한다면 송충이
는 선량한 백성들의 피를 빨아먹는 봉건관료를 상징한다고 볼 수 있을 것이다.

황옻칠

그대 아니 보았더냐, 궁복산弓福山 가득한 황黃
금빛 액 맑고 고와 반짝반짝 빛이 나네

껍질 벗겨 즙을 받기 옻칠 받듯 하는데
아름드리 나무에서 겨우 한 잔 넘칠 정도

상자에 칠을 하면 붉고 푸른 색을 뺏어
잘 익은 치자물감 어찌 이와 견줄쏘냐

서예가의 경황지硬黃紙[1] 이로 하여 더 좋으니
납지蠟紙[2] 양각羊角[3] 모두 다 무색해서 물러나네

이 나무 명성이 천하에 자자해서
박물지博物誌에 왕왕 그 이름 올라 있네

공납으로 해마다 공장工匠에게 옮기는데
징수하는 아전 농간 막을 길 없어

지방민이 이 나무 악목惡木이라 여기고서
밤마다 도끼 들고 몰래 와서 찍었다네

지난봄 임금님이 공납 면제해준 후로

영릉복유零陵復乳[4] 되었다니 참으로 상서로세

바람 불어 비가 오니 죽은 등걸 싹이 나고

나뭇가지 무성하여 푸른 하늘에 어울리네

黃漆

君不見弓福山中滿山黃　　金泥瀅潔生葵光

割皮取汁如取漆　　拱把榴殘纔濫觴

甌箱潤色奪髹碧　　卮子腐腸那得方

書家硬黃尤絶妙　　蠟紙羊角皆退藏

此樹名聲達天下　　博物往往收遺芳

貢苞年年輸匠作　　胥吏徵求奸莫防

土人指樹爲惡木　　每夜村斧潛來戕

聖旨前春許蠲免　　零陵復乳眞奇祥

風吹雨潤長髠枿　　杈椏擢秀交靑蒼　　〔1803, I-4, 30a〕

1 경황지: 당지(唐紙)의 이름으로 노란 물감을 먹인 종이.
2 납지: 밀이나 백랍(白蠟) 또는 파라핀을 먹인 종이.
3 양각: 양각등(羊角燈)으로, 염소 뿔을 고아 얇고 투명한 껍질을 만들어서 씌운 등.
4 영릉복유(零陵復乳): 255면 주7 참조.

농가의 늦봄

비 갠 방죽에 서늘한 기운 몰려오고
연화풍棟花風¹ 멎고 나니 해가 처음 길어지네

보리이삭 밤사이에 모두 패어서
들판엔 초록빛이 엷어졌다네

괸 물에 잔물결 푸른 신에 아롱지고
두레박 한가하게 샘가에 누워 있네

서쪽 마을 송아지가 봄 들자 건장해져
넓은 들에 새로이 써레를 끄네

형상荊桑은 새싹 나고 노상魯桑잎 커지는데²
누에새끼 고물고물 껍질 벗고 나오누나

지금부터 아낙네들 밤낮으로 길쌈하여
작은아씬 아침에 분단장도 할 새 없네

田家晚春

雨歇陂池勒小凉　　棟花風定日初長
麥芒一夜都抽了　　減却平原草綠光

泥水漪紋漾碧靴　　樸樕閒臥井邊莎
西鄰黃犢春來健　　新服平畦入齒耙

荊桑芽吐魯桑舒　　蠶子纖纖出殼初
從此女紅爭日夜　　小姑朝起廢粧梳　〔1803, I-4, 30b〕

1 연화풍: 연화는 멀구슬나무의 꽃. 연화풍은 24번(番) 화신풍(花信風)의 하나로서 멀구
  슬나무 꽃이 피는 4월에 부는 바람.
2 형상·노상: 모두 뽕나무의 종류.

낮술

낮고 습한 땅이라 항상 병에 시달려
낮술로 얼큰히 취하여보네

조수가 밀려와 바닷물 불어나고
장기瘴氣 구름 띠어서 그늘이 짙네

촌닭은 저물녘에 새끼들 몰고 가고
나락 논엔 이제 막 애벌김매는구나

머나먼 고향땅의 궁금한 소식
가을이면 혹시나 들을 수 있을는지

午酌

湫卑常苦病	午酌取微醺
小漲添潮水	重陰帶瘴雲
村雞將暮子	浦稻受初芸
迢遞鄕園事	秋來倘有聞 〔1804, I-4, 32a〕

모기

사나운 범 울 밑에서 울부짖어도
나는 코골며 잠잘 수 있었고

구렁이 꿈틀대며 처마 끝에 걸렸어도
드러누워 그 모양 볼 수 있지만

한마리 모기소리 귓가에 들릴 때는
기 질리고 간 떨어져 속이 탄다네

부리 박아 피를 빨면 그로 족하지
어이하여 뼛속까지 독기 불어넣는고

베이불 덮어쓰고 이마만 내놓는데
어느새 울퉁불퉁 혹이 돋아서 마치도 부처님 머리 같다네

내 뺨을 때려봐도 헛치기 일쑤이고
넓적다리 때려봐도 모기 이미 달아난 뒤

힘든 싸움 공은 없고 잠만 못 들어
지루한 여름밤이 일년과 같네

지극히 작은 몸에 그렇게도 천한 것이
어이하여 사람 보면 침을 질질 흘리는고

밤에만 다니는 건 도적을 배운 거고
혈식血食[1]은 한다지만 성현聖賢이라 그렇겠나

지난날 대유사大酉舍[2]서 교서校書할 적에
푸른 솔 하얀 학이 마당 앞에 벌여 있고

유월에도 파리 얼어 날지 못할 때
대자리 깔고 앉아 매미소리 들었는데

지금은 흙바닥에 볏짚 깔고 사는 신세
내가 모기 부른 거지 네 탓이 아니로다

憎蚊

猛虎咆籬根	我能齁齁眠
脩蛇掛屋角	且臥看蜿蜒
一蚊譻然聲到耳	氣怯膽落腸內煎
揷觜吮血斯足矣	吹毒次骨又胡然
布衾密包但露頂	須臾瘣癗萬顆如佛巓
頰雖自批亦虛發	髀將急拊先已遷

力戰無功不成寐　　　漫漫夏夜長如年

汝質至眇族至賤　　　何爲逢人輒流涎

夜行眞學盜　　　　　血食豈由賢

憶曾校書大酉舍　　　蒼松白鶴羅堂前

六月飛蠅凍不起　　　偃息綠簟聞寒蟬

如今土床薦藁鞾　　　蚊由我召非汝愆　〔1804, I-4, 33a〕

1 혈식: 옛날 성균관이나 향교에서 제사 지낼 때 날고기를 제물로 쓰던 풍속이 있었다.
  그 제사의 대상은 성현으로 이에 따라 이를 혈식군자(血食君子)라 이른다. 모기가 날
  고기(사람의 피)를 먹지만 성현이기 때문에 그런 것이 아니라는 뜻.
2 대유사: 규장각의 사무를 관장하는 이문원(摛文院)의 부속건물.

〔해제〕 이 시 역시 「송충이」와 같은 의미의 우화시로 볼 수도 있다.

여름날 술을 마시며[1]

1

나라의 임금이 토지를 소유함은
비유컨대 부잣집 영감마님 같은 것

영감마님 가진 땅 일백경頃이고
열 아들이 제각기 분가하여 산다면

한 집이 열경씩 나누어 가져
먹고 사는 형편을 같게 해야 마땅한데

약은 놈이 팔구십경 삼켜버리니
못난 놈 곳간은 언제나 비어 있네

약은 놈 비단옷 찬란히 빛나는데
못난 놈은 가난을 괴로워하네

영감마님 눈을 들어 이 지경 보자 하니
슬프고 괴로워 속마음이 쓰리지만

그대로 맡기고 정리를 하지 않아
동서로 뿔뿔이 굴러다니네

부모 밑에 뼈와 살, 받은 바는 꼭 같은데
부모의 자애가 왜 이다지 불공不公한고

커다란 강령이 이미 무너졌으니
만사가 막혀서 통하지 않네

한밤중에 책상 치고 벌떡 일어나
탄식하며 하늘을 우러러보네

　2
많고 많은 저 백성늘
모두 같은 나라 사람

마땅히 세금을 거둬야 한다면
부자들에게나 거둘 일이지

어찌하여 힘없는 백성들께만
가혹한 정사가 베풀어지나

군보軍保[2]란 이름이 무엇이길래
이다지 모질게도 법률을 만들었나

일년 내내 힘들여 일을 해봐도

제 몸 하나도 가릴 수 없고

어린아이 뱃속에서 나오자마자
죽어서 먼지 되고 티끌 되어도

아직도 그 몸에 요역傜役이 따라
가을 하늘 곳곳마다 울부짖는 그 소리

원통하고 혹독해 절양絶陽[3]에까지 이르니
참으로 슬프고 쓰라린 일이로다

호포법戶布法[4] 논의가 있은 지 오래되어
그 뜻이 균등하고 타당했는데

지난해 평양감사 이 법 시행해봤지만[5]
수십일도 되지 않아 그만두었네

만인이 산에 올라 통곡하거니
어떻게 왕의 뜻을 펼 수 있으리

먼 곳에 이르려면 가까이서 시작하고
낯선 사람 다스림은 친척부터 하는 법

어찌하여 굴레와 다리줄[6] 가지고서

야생마부터 먼저 길들이려 하는가

손을 빨리 빼는 것은 물이 끓기 때문이니[7]
어떻게 계모計謀를 펼 수 있으리

서민西民[8]들 오랫동안 억눌려 지내
십세十世 동안 벼슬길 막혀버려서

겉모양 비록 공손하지만
가슴속엔 언제나 사무친 원한

지난번 일본놈늘 쳐늘어왔을 때
의병들 곳곳에서 일어났지만

서민 유독 팔짱 끼고 방관한 것은
진실로 그럴 만한 이유 있었지

생각하면 가슴속이 끓어오르네
술이나 들이켜고 진眞으로 돌아가리

　　3
농가엔 반드시 양식을 비축하여
삼년 농사지으면 일년치 비축하고

구년 농사지으면 삼년치 비축하여

검발檢發[9]하여 하늘을 도우는 건데

사창법社倉法[10] 한번 시작된 후로

만 목숨이 뒹굴며 구슬피 우네

빌려주고 빌리는 건 양쪽 다 원해야지

억지로 강제하면 불편해져서

온 땅을 통틀어도 고개만 저을 뿐

군침 흘리는 자 한명도 없네

봄철에 좀먹은 쌀 한말 받고서

가을엔 온전한 쌀 두말을 바치고

게다가 좀먹은 쌀값 돈으로 내라 하니

온전한 쌀 판 돈을 바칠 수밖에

이익으로 남는 것은 간활한 자 살을 찌워

한번 벼슬길에 천경千頃 논이 생긴다네

쓰라린 고초는 가난한 자에게 돌아가니

휘두르는 채찍질에 살점이 떨어진다

큰 가마 작은 솥 모두 다 가져가고
자식은 팔려가고 송아지마저 끌려가네

군량미 비축한단 말도 말아라
이것은 오로지 둘러대는 말

섣달그믐 임박해서 창고 문 닫아걸고
새봄도 되기 전에 창고 곡식 다 비우니

곡식 쌓인 기간은 몇달밖에 되지 않고
일년 내내 창고 속은 텅텅 비어 있는 걸

군량미 조달할 일 불시에 생기는데
어찌하여 그때만 탈 없으리오

농가 양식 대준단 말도 말아라
너무도 자애로워 오히려 지나치네

자식들 이미 분가를 하면
부모도 자식들에게 맡겨두는 법

사치와 절약은 자기들 맘인데
죽 먹어라 밥 먹어라 어이할 건가

모든 일 부부가 의논해서 결정하지
지나친 부모 간섭 원하지 않네[11]

본래는 아름다운 상평常平의 법이
까닭없이 버려지고 버림받았네

두어라 말아라, 술이나 마시자
백병 술이 장차는 샘물같이 되리라

    4
춘당春塘[12]에서 해마다 선비들 과거시험
만인이 한곳에서 서로 다투어

이루離婁[13]같이 눈 밝은 자 백명 있어도
낱낱이 감시하지 못하는 일이요

되는 대로 적당히 채점해버려
당락當落은 오로지 시관試官 마음에 달려 있네

높고 높은 하늘에서 별똥 하나 떨어지니
만명의 눈길이 똑같이 쳐다보네

법을 무너뜨리고 요행심만 길러주니
온 세상 모두 다 미친 것 같네[14]

식자識者들 지금까지 따져 말하길
변계량卞季良[15] 허물을 아직도 탓하네

과시科詩의 품격이 원래 비루해
끼친 해독 크고 넓어 엄청나구나

촌마다 마을마다 선생이 앉아
가르치는 내용은 한漢 당唐이 아니고

어디서 온 백련구百聯句[16]인지
읊는 소리 방 안에 가득하구나

항우項羽[17]와 패공沛公[18]의 옛날 고사만
장章마다 편篇마다 지리하게 연해 있네[19]

강백姜栢[20]은 큰 주둥이 맘대로 놀리고
노긍盧兢[21]은 창자에서 묘한 말만 뽑아낸다

한평생 공부하여 성인聖人을 닮자 하나
소동파蘇東坡,[22] 황정견黃庭堅[23]도 엿보지 못해

한 마을의 우두머린 될지 몰라도
시체문時體文도 어두워 캄캄하다네

대대로 이름 한번 날리지 못하건만
그래도 농사일은 하지를 않네

과거에 뽑히는 건 고사하고도
문자도 아직까지 천황天荒[24]의 상태

어떡하면 일만개 대나무 묶어다가
천길 되는 빗자루 만들어내어

쭉정이 티끌 먼지 싹싹 쓸어서
바람에 한꺼번에 날려버릴고

　　5
산악이 영재英才를 뭉쳐낼 때에
본래가 씨족을 가릴 리 없어

반드시 한 가닥 좋은 기운이
최씨 노씨 뱃속에만[25] 이르진 않을 것

보정寶鼎은 엎어짐을 귀히 여기고[26]
방란芳蘭은 깊은 골에 자라난다네

위공魏公[27]도 빈천한 집 출신이었고

범희문范希文[28]도 의붓아비 밑에서 자랐네

중심仲深[29]도 경해瓊海의 출신이지만
재주와 지모가 남보다 빼어났거늘

어찌하여 현로賢路[30]가 그렇게 좁아
뭇사람이 움츠려 기를 못펴나

오로지 제일골第一骨만 발탁해 쓰니
나머진 노예와 꼭같은 신세[31]

서북西北 사람 언제나 씽그린 얼굴
서얼들은 원통해 통곡소리 드높네

위세도 당당한 수십가數十家에서
대대로 국록國祿을 먹어치우니

그들끼리 붕당이 나누어져서
엎치락뒤치락 죽이고 물고 뜯어

약한 놈 몸뚱인 강한 놈 밥이라
대여섯 호문豪門이 살아남아서

이들만이 경상卿相[32]되고

이들만이 악목岳牧[33] 되고

이들만이 후설喉舌[34] 되고
이들만이 이목耳目[35] 되고

이들만이 백관百官 되고
이들만이 옥사獄事를 감독하네

먼 시골 백성이 아들 하나 낳았는데
빼어난 기품이 난곡鸞鵠[36]과 같고

그 아이 자라서 팔구세 되니
의지와 기상이 가을 대 같아

무릎 꿇고 아버지께 여쭙는 말이
"제가 이제 구경九經[37] 읽어

천명千名에 으뜸가는 경술經術을 지녔으니
혹시라도 홍문록弘文錄[38]에 오를 수 있나요?"

그 애비 하는 말 "너는 낮은 족속이라
너에게 계옥啓沃[39]자리 주지 않으리"

"제가 이제 오석궁五石弓[40] 당길 만하고

무예 익히기를 극곡郤縠[41] 같이 하였으니

바라건대 오영五營의 대장이 되어
말 앞에 대장 기旗 꽂으렵니다"

그 애비 하는 말 "너는 낮은 족속이라
대장 수레 타는 걸 허락지 않으리"

"제가 이제 관리 일을 공부했으니
위로는 공수龔遂 황패黃覇[42] 이어받아서

마땅히 군부郡符를 허리에 차고
종신토록 고량진미 실컷 먹으렵니다"

그 애비 하는 말 "너는 낮은 족속이라
순리循吏[43] 혹리酷吏[44] 너에겐 상관없는 일"

이 말 듣고 그 아이 발끈 노하여
책이랑 활이랑 던져버리고

저포樗蒲놀이[45] 강패江牌놀이[46]
마조馬弔놀이[47] 축국蹴毱놀이[48]에

허랑하고 방탕해 재목 되지 못하고

늙어선 촌구석에 묻혀버리네

권세 있는 가문에서 아들 하나 낳았는데
사납고 교만하기 기록驥騄[49]과 같아

그 아이 자라서 팔구세 되니
찬란하다, 입고 있는 아름다운 옷

객이 말하길 "걱정하지 말아라
너의 집은 하늘이 복 내린 집이고

너의 관직 하늘이 정해놓아서
청관淸官 요직要職 맘대로 할 수 있는데

부질없이 힘들여 애를 써가며
매일같이 글 읽는 일 할 필요 없네

때가 되면 저절로 좋은 벼슬 생기는데
편지 한장 쓸 줄 알면 그로 족하리"

그 아이 이 말 듣고 뛸 듯이 기뻐하며
다시는 서책을 보지도 않고

마조놀이 강패놀이

장기두기 쌍륙_{雙陸}치기에

허랑하고 방탕하여 재목 되지 못하건만
높은 벼슬 차례로 밟아 오르네

일찌기 먹줄 한번 퉁기지 않았는데
어찌하여 큰 집 지을 재목이 될까보냐

두 집 자식 모두 다 자포자기하고 말아
온 세상에 현숙_{賢淑}한 자 없어졌다네

깊이깊이 생각하니 애간장이 타들어
부어라 다시 또 술이나 마시자

夏日對酒

1

后王有土田	譬如富家翁
翁有田百頃	十男各異宮
應須家十頃	飢飽使之同
黠男呑八九	痴男庫常空
黠男粲錦服	癡男苦尪羸
翁眼苟一盼	惻怛酸其衷

任之不整理　宛轉流西東
骨肉均所受　慈惠何不公
大綱旣隳圮　萬事窒不通
中夜拍案起　歎息瞻高穹

2

芸芸首黔者　均爲邦之民
苟宜有徵斂　胥矣是富人
胡爲剝割政　偏於傭丏倫
軍保是何名　作法殊不仁
終年力作苦　曾莫庇其身
黃口出胚胎　白骨成灰塵
猶然身有徭　處處號秋旻
寃酷至絶陽　此事良悲辛
戶布久有議　立意差停勻
往歲平壤司　薄試纔數旬
萬人登山哭　何得布絲綸
格遠必自邇　制疏必自親
如何羈羈具　先就野馬馴
探湯乃由沸　計謀那得伸
西民久掩抑　十世閼簪紳
外貌雖愿恭　腹中常輪困
漆齒昔食國　義兵起踆踆
西民獨袖手　得反諒有因

拊念腸內沸　　痛飮求反眞

3

耕者必蓄食　　三年蓄一年
九年蓄三年　　檢發以相天
社倉一濫觴　　萬命哀顚連
債貸須兩願　　强之斯不便
率土皆掉頭　　一夫無流涎
春盡受一斗　　秋糶二斗全
況以錢代蠱　　豈非賣糶錢
贏餘肥奸猾　　一宦千頃田
楚毒歸圭蓽　　割剝紛箠鞭
鉎鍋旣盡出　　孥粥犢亦牽
休言備軍儲　　此語徒謾諓
封庫逼歲除　　傾困在春前
庤稸僅數月　　通歲常枵然
軍興本無時　　何必巧無愆
休言給農饟　　慈念太勤宣
兒女旣析產　　父母許自專
靡嗇各任性　　何得察粥饘
願從夫婦議　　不願父母憐
常平法本美　　無故遭棄捐
已矣且飮酒　　百壺將如泉

4

春塘歲試士　萬人爭一場
縱有百離婁　鑒視諒未詳
任施紅勒帛　取準朱衣郎
奔趵落九天　萬目同瞻昂
敗法啓倖心　舉世皆若狂
于今識者論　追咎卞季良
詩格本卑陋　流害浩茫洋
村村坐夫子　教授非漢唐
何來百聯句　吟誦方滿堂
項羽與沛公　支離連篇章
姜柏放豪嘴　盧兢抽巧腸
終身學如聖　逝不窺蘇黃
縱爲閭里雄　又昧時世粧
世世不成名　猶未歸農桑
選舉且未論　文字尙天荒
那將萬箇竹　束箒千丈長
盡掃秕穅塵　臨風一飛颺

5

山嶽鍾英華　本不揀氏族
未必一道氣　常抵崔盧腹
寶鼎貴顚趾　芳蘭生幽谷
魏公起吒嗟　希文河葛育

388

仲深出瓊海　　才猷拔流俗
如何賢路隘　　萬夫受局促
唯收第一骨　　餘骨同隷僕
西北常摧眉　　庶孼多痛哭
落落數十家　　世世吞國祿
就中析邦朋　　殺伐互翻覆
弱肉強之食　　豪門餘五六
以玆爲卿相　　以玆爲岳牧
以玆司喉舌　　以玆寄耳目
以玆爲庶官　　以玆監庶獄
遲氓産一兒　　俊邁停鸞鵠
兒生八九歲　　氣志如秋竹
長跪問家翁　　兒今九經讀
經術冠千人　　倘入弘文錄
翁云汝族卑　　不令資啓沃
兒今挽五石　　習戎如郤縠
庶爲五營帥　　馬前樹旗纛
翁云汝族卑　　不許乘笠轂
兒今學吏事　　上可襲黃續
應須佩郡符　　終身厭粱肉
翁云汝族卑　　不管循與酷
兒乃勃發怒　　投書毀弓韣
搰蒲與江牌　　馬弔將蹴毬
荒嬉不成材　　老悖沈鄕曲

豪門産一兒　　　桀驁如驥騄

兒生八九歲　　　粲粲被姣服

客云汝勿憂　　　汝家天所福

汝爵天所定　　　淸要唯所欲

不須枉勞苦　　　績文如課督

時來自好官　　　札翰斯爲足

兒乃躍然喜　　　不復窺書籯

馬弔將江牌　　　象棋與雙陸

荒嬉不成材　　　節次躋金玉

繩墨未曾施　　　寧爲大厦木

兩兒俱自暴　　　擧世無賢淑

深念焦肺肝　　　且飮杯中醁　〔1804, I-5, 1a〕

1 갑자년 여름, 강진에 있었다(甲子夏 在康津 —— 원주).

2 군보(軍保): 군역 의무자로서 현역에 나가는 대신 정군(正軍)을 지원하기 위해 편성한 신역(身役)의 한 단위. 한 사람의 현역병의 농작(農作)을 두 사람이 대신해주었다. 후에는 역(役) 대신 군포(軍布)를 바치게 해서 여러가지 폐단이 많았다.

3 절양은 거세하는 것이다(絶陽去勢也 —— 원주).

4 호포법: 이조 때 신역을 지는 대신 국가에 납부하던 군포(軍布)의 수납을 둘러싸고 여러가지 폐단이 생기자 효종(孝宗) 때부터 이 법의 개편을 논의하면서 나온 시안(試案)으로, 종래에 양인들에게만 부과하던 것을 신분의 귀천 없이 1~3필을 징수하자는 법안. 여러가지 사정으로 시행이 되지 않다가 고종(高宗) 때에 비로소 실시되었다. 황구첨정(黃口簽丁), 백골징포(白骨徵布), 족징(族徵), 동징(洞徵) 등의 폐단이 모두 여기서 생겼다.

5 평양감사는 이병모(李秉模)를 가리키는 듯하다. 다산의 「전론(田論)」(I-11, 7a)에 다음과 같은 글이 있다. "근래에 이 상국(相國) 병모(秉模)가 평안도 관찰사로 있을 때 중화부(中和府)에 시험 삼아 호포법을 시행하였더니 부(府)의 백성들이 모여서 울부짖음으로 그 일을 그만두었다. 대저 나라에서 법을 시행하려면 귀한 사람이 많은 서울

390

가까운 곳에서부터 시작할 것이다. 비천한 사람이 많은 먼 지방부터 하면, 서로 모여서 울부짖지 않는 자가 없을 것이니 시행될 수 있겠는가."

6 굴레와 다리줄: 말 머리를 묶는 가죽끈과 말의 앞발을 가지 못하게 묶는 줄로, 『장자(莊子)』에는 백락(伯樂)이 야생마를 길들이는 도구 중 하나로 나와 있다.

7 이 구절의 원문은 "探湯乃由沸"인데 탐탕(探湯)은 끓는 물에 손을 넣다가 빨리 빼내는 것을 말한다. 『논어』「계씨(季氏)」편에 "착하지 못한 것을 보기를 탐탕처럼 한다"는 말이 있다. 여기서는 호포법 시행의 방법이 옳지 않기 때문에 백성들이 탐탕하듯 외면한다는 말이다.

8 서민: 서도(西道), 즉 평안남북도와 황해도 지방의 사람들.

9 검발: 법으로 단속하고 흉년에 창고에 있는 곡식을 풀어 내는 것. 『맹자』「양혜왕 상(梁惠王 上)」에 "개나 돼지가 사람 먹는 것을 먹어도 법으로 단속할 줄 모르고, 들에 굶어 죽은 자가 있어도 창고의 곡식을 풀어 낼 줄 모른다"(狗彘食人食 而不知檢 塗有餓莩 而不知發)라는 구절이 있다.

10 사창: 이조 때 지방의 각 촌락에 설치된 일종의 곡물 대여기관으로 빈민들의 구제를 주목적으로 했으나, 이조후기에 이르러 제도가 문란해지고 아전들의 농간이 극심했다. 원래는 중국 송나라의 주자가 제창한 것.

11 이 부분에 대하여는 「환자론(還上論)」(I-12, 9a)에 자세하다.

12 춘당: 춘당대(春塘臺)로 창덕궁(昌德宮) 안에 있는 대.

13 이루: 중국의 전설상의 제왕인 황제(黃帝) 때 살았다는 눈이 비상히 밝은 사람.

14 이상은 대과(大科)를 논했고 이하는 소과(小科)를 논한다(以上論大科 下論小科 ─ 원주).

15 변계량(卞季良, 1369~1430): 호는 춘정(春亭). 세종 때 대제학(大提學)을 지냈으며 과시(科詩)의 체(體)를 처음으로 정비했다고 한다.

16 백련구(百聯句): 백련초해(百聯抄解). 옛날 시골 서당에서 시를 가르치는 초보 교과서.

17 항우: 중국 진(秦)나라 말기 초(楚)나라의 패왕(覇王). 패공(沛公)과 천하를 다투었으나 해하(垓下)의 싸움에서 패하여 자살했다.

18 패공: 중국 한나라 고조(高祖)인 유방(劉邦).

19 시골 서당에서 출제하는 내용이 모두 초나라·한나라 때 일들이다(村塾出題皆楚漢時事 ─ 원주).

20 강백: 이조 때의 시인. 과시(科詩)에 있어서 신광수(申光洙) 이전에는 가장 이름이 높았던 사람이다.

21 노긍(盧兢, 1738~90): 호는 한원(漢源). 특히 과시(科詩)로 이름을 떨쳤다.

22 소동파: 중국 송나라 때의 문장가인 소식(蘇軾)의 호. 아버지인 소순(蘇洵), 동생 소철(蘇轍)과 함께 당송팔대가(唐宋八大家)의 한 사람.

23 황정견: 중국 송나라 때의 시인. 호는 산곡(山谷).

24 천황: 미개한 상태

25 최씨·노씨(崔氏·盧氏): 두 집안은 육조(六朝)시대부터 당나라에 이르기까지 명문이
   었다.

26 보정(寶鼎): 275면 주8 참조.

27 위공: 중국 송나라 때 범중엄(范仲淹)과 쌍벽을 이룬 현상(賢相)인 한기(韓琦). 후에
   위국공(魏國公)에 봉해졌다.

28 범희문: 중국 송나라 때 현상(賢相)인 범중엄의 자(字).

29 중심: 중국 명나라 구준(丘濬)의 자(字). 중국 최남단에 있는 경산(瓊山) 출신임.

30 현로: 어진 사람을 등용하는 길.

31 신라 귀족을 제일골(第一骨)이라 한 것이 『당서(唐書)』에 보인다(新羅貴族曰第一骨見
   唐書——원주).

32 경상: 재상(宰相)

33 악목: 판서(判書)·감사(監司) 등에 해당함.

34 후설: 승정원(承政院)의 관원.

35 이목: 감찰(監察)을 맡은 벼슬.

36 난곡: 난과 곡 두 새인데 훌륭한 인재에 비유된다.

37 구경: 역경(易經)·시경(詩經)·서경(書經)·예기(禮記)·효경(孝經)·춘추(春秋)·논어(論
   語)·맹자(孟子)·주례(周禮).

38 홍문록: 홍문관(弘文館)의 교리(校理)·수찬(修撰)을 천거 임명하는 기록.

39 계옥: 정승 등의 높은 벼슬.

40 오석궁: 큰 활.

41 극곡: 중국 춘추시대 진(晉)나라 사람으로 문공(文公)에게 발탁되어 대장이 되었음.

42 공수·황패: 중국 한나라 때의 훌륭한 지방관들.

43 순리: 법을 잘 지켜 백성들을 부드럽게 다스리는 수령.

44 혹리: 엄하게 백성을 다스리는 수령.

45 저포: 일종의 주사위 놀이.

46, 47 강패·마조: 놀이의 일종이나 미상.

48 축국(蹴毱): 발로 공을 차는 놀이.

49 기록(驥騄): 훌륭한 말의 이름.

〔해제〕1,060자에 달하는 방대한 장편 고시로 다산의 대표작이라 할 만하다.
이 시에는 전정田政·군정軍政·환곡還穀·과거·신분 제도 등 이조후기의 사회적
모순이 남김없이 묘사되어 있다. 자기 시대를 철저히 고민했고 이 고민을 바탕
으로 좀더 나은 사회로 개혁하고자 했던 경세가經世家 다산의 번민과 울분이 유
감없이 발휘된 시라 하겠다.

392

새벽에 앉아서

새벽에 뜬 저 조각달
그 맑은 빛 얼마나 가리

간신히 작은 봉우린 올랐지마는
긴 강을 건너갈 힘이 없다네

온갖 집이 단잠에 빠진 이 새벽에
외로운 나그네 혼자서 노래하네

曉坐

缺月生殘夜　　淸光能幾何
艱難躋小嶂　　無力度長河
萬戶方酣睡　　孤羈獨浩歌　〔1804, I-5, 2b〕

혼자서 웃다

양식이 있어도 먹을 사람 없기도 하고
아들이 많으면 주릴까 근심하네

높은 벼슬한 사람은 반드시 어리석고
재주있는 사람은 그 재주 펼 데 없네

한집에 완전한 복 드문 법이고
지극한 도道, 언제나 무너져버리네

애비가 검소하면 자식이 방탕하고
아내가 영리하면 남편이 어리석고

달이 차면 구름을 자주 만나며
꽃이 피면 바람이 불어 날리네

모든 사물 이치가 이와 같은데
혼자서 웃는 걸 아는 사람 없다네

獨笑

有粟無人食　　多男必患飢

達官必憃愚　　才者無所施

家室少完福　　至道常陵遲

翁嗇子每蕩　　婦慧郞必癡

月滿頻値雲　　花開風誤之

物物盡如此　　獨笑無人知　〔1804, I-5, 3a〕

나방이[1]

나방이 종이 위에 붙어 있을 땐
곰실곰실 정이 깊어 서로 친한데

바야흐로 나방이 누에였을 땐
혼인이 무엇인지 알지 못하고

한자리에 서로 베고 누워 있어도
길 가는 사람처럼 서로 멀기만

새들도 한 둥지에 함께 살 때엔
다정한 사랑이 끝없이 곡진하여

나란히 날면서 깊은 정 나타내고
머리 서로 맞대고 은근한 정 품다가도

바다로 들어가 조개가 되면[2]
다시는 전신前身을 기억 못하네

몸 한번 변하면 세상도 바뀌는데
어찌하여 옛정을 돌이킬 수 있으리오

알겠도다, 나와 그대도
내생來生의 인연이 없을 것임을

눈 한번 감으면 영원토록 캄캄하여
뼈와 살 먼지 되고 티끌 되나니

한 무덤에 둘이 같이 묻힌다 한들
다시 또 생시生時와 같을 수 있으리오

내 생각 진실로 깊고 넓어도
생각하면 남몰래 가슴 쓰린데

하물며 당신 같은 아녀자로서
마음과 정신 어찌 꺾이지 않겠는가

비단 같은 은하수 빗긴 저녁에
총총한 별들은 반짝반짝 빛나고

풀벌레 울어울어 서로 화답하는 때에
대숲에 이슬방울 하얗게 맺혔는데

옷깃을 부여잡고 잠 못 이루며
이리저리 서성이다 새벽을 맞겠지

흐르는 세월이 이 마음 흔들어
떨어지는 눈물이 옷깃을 적시네

구름 위로 날아가는 저 학이 부러워라
두 날개가 마치도 수레바퀴 같구나

蛾生

蛾生在紙面	翕翕情相親
方其爲蠶時	未嘗知婚姻
枕藉一席中	漠若行路人
燕雀同窠巢	昵昵恩愛純
比翼表繾綣	交頸含殷勤
赴海爲蚍蛤	不復憶前身
身化世則幻	豈得重因循
因知吾與若	亦無來生因
一瞑萬世黑	骨肉成灰塵
縱然同穴埋	豈復如生辰
我懷誠曠達	每念潛悲辛
況汝兒女情	能不摧心神
明河夕如練	列宿光磷磷
候蟲互鳴答	白露流庭筠
攬衣不成寐	栖栖達淸晨

流年感孤衷　　淚落沾衣巾

羨彼雲中鶴　　兩翼如車輪　〔1804, I-5, 3a〕

1 갑자년 칠석날(甲子七夕—원주).
2 새들은 살다가 나중에 바다로 들어가서 조개 종류로 변한다는 옛말이 있다.

〔해제〕 강진 유배시절 지은 시로, 칠월 칠석날 저녁에 고향에 두고 온 아내를 그리워하는 애절함이 가득하다.

수심에 싸여

1

어렸을 땐 성인聖人 배울 생각했었고
중년엔 점차로 현인賢人 되기 바랐었네

늙어가니 우하愚下[1]도 달게 여기나
근심 걱정 때문에 잠 못 이루네

2

복희씨宓犧氏[2] 시절에 살지 못해서
복희씨께 물어볼 방도가 없고

중니仲尼[3] 살던 세상에 나지 못해서
중니께 물어볼 방도가 없네[4]

3

한 알의 야광주夜光珠가
외국상인 배에 실렸다가

한바다서 바람 만나 가라앉으니
만고에 그 빛을 다시는 볼 수 없네

4

입술은 타들고 입안은 바싹 말라
혓바닥 해지고 목까지 쉬었는데

이내 뜻 알아줄 이 아무도 없고
날은 빨리 저물어 벌써 밤이 되려 하네

5

취하여 산에 올라 목메어 우니
울음소리 푸른 하늘 울려퍼지네

옆사람 내 뜻을 알지 못하고
내 한 몸 구차해서 운다고 하네

6

술 취해 정신없는 사람들 속에
몸가짐 단정한 선비 있으니

사람들 그에게 손가락질하며
이 사람이 미친 자라 쑤군댄다네

7

늙음을 어찌하리
죽음을 어찌하리

죽으면 다시는 살지 못하는
인간세상을 천상天上으로 여기다니

8
실낱같이 어지러운 눈앞의 일들
바르게 되는 일 하나 없지만

바르게 정돈할 길이 없기에
생각하면 가슴만 쓰릴 뿐이네

9
마음이 몸의 노예 되었노라고
도연명도 스스로 말한 바 있지만

백번을 싸워서 백번 다 지니
스스로 생각해도 너무나 어리석네

11
호랑이가 어린 양을 잡아먹고는
입술에 붉은 피 낭자하건만

호랑이 위세가 이미 세워졌는지라
여우 토끼, 호랑이를 어질다 찬양하네

憂來 十二章

1

弱齡思學聖　　中歲漸希賢

老去甘愚下　　憂來不得眠

2

不生宓犧時　　無由問宓犧

不生仲尼世　　無由問仲尼

3

一顆夜光珠　　偶載賈胡舶

中洋遇風沈　　萬古光不白

4

唇焦口旣乾　　舌敝喉亦嗄

無人解余意　　駸駸天欲夜

5

醉登北山哭　　哭聲干蒼穹

傍人不解意　　謂我悲身窮

6

酗詻千夫裏　　端然一士莊
千夫萬手指　　謂此一夫狂

7

無可奈何老　　無可奈何死
一死不復生　　人間天上視

8

紛綸眼前事　　無一不失當
無緣得整頓　　撫念徒自傷

9

以心爲形役　　淵明亦自言
百戰每百敗　　自視何庸昏

11

虎狼食羊羖　　朱血膏吻唇
虎狼威旣立　　狐兎贊其仁　　〔1804, I-5, 3b〕

1 우하: 평범하고 어리석은 사람.
2 복희씨: 고대 중국의 전설상의 제왕. 처음으로 팔괘(八卦)를 만들었다고 한다.
3 중니: 공자
4 이때 주역을 전주(箋註)하고 있었다(時箋易 ── 원주).

〔해제〕 시 3은 야광주 같은 귀한 보배가 바다에 빠져 영원히 그 빛을 볼 수 없
듯이, 훌륭한 인재가 널리 쓰이지 못하고 버려진 것을 한탄하는 시라 볼 수 있
다. 시 11은 당시의 정치적 세태를 풍자한 우화시로 보인다.

근심을 달래며

2

천하의 책들을 모두 삼키고
마지막에 주역周易을 토해내려 했는데

하늘이 그 인색함 풀고자 하여
나에게 삼년 귀양 내리셨도다

3

하늘 있어 내 머리 놀릴 수 있고
땅이 있어 내 다리 뻗칠 수 있네

물도 있고 또한 곡식도 있어
스스로 내 배를 채우고 있네

4

부귀는 진실로 한바탕 꿈이요
곤궁 역시 한바탕 꿈

그 꿈을 깨고 나면 그뿐이어서
천지사방 모두가 한바탕 장난인걸

5

이 세상 걸림돌을 하나하나 세어보면
그중에 처자식이 으뜸을 차지하네

그 누가 알리오, 집 나온 자가
이렇게 호탕하게 놀 수 있음을

6

진흙탕 돼지와 짐짓 얼려 지내고
똥 속의 구더기도 달갑게 여기는데

모장毛嬙[1] 같은 미인이나 순모淳母[2] 같은 음식이야
두어라, 입에 담아 무얼 하겠나

7

높은 곳에 오르면 떨어질까 걱정이나
떨어진 후에는 맘이 후련해

높은 벼슬하는 자 올려다보니
위태롭게 거꾸로 매달린 모습이네

9

그대는 보게나, 고기 먹는 사람은
맛과 독毒을 다함께 뱃속에 넣는다네

그 맛을 즐기지 않았더라면
그 독도 토하지 않았을 것을

遣憂 十二章

2

盡茹天下書　　竟欲吐周易
天欲破其慳　　賜我三年謫

3

有天容我頂　　有地容我足
有水兼有穀　　自來充我腹

4

富貴固一夢　　窮阨亦一夢
夢覺斯已矣　　六合都一弄

5

歷數世間累　　妻孥居上頭
誰知出家者　　浩蕩成玆遊

6

塗豕故相逐　　糞蛆方自甘
毛嬙與淳母　　且置不須談

7

登高常慮墜　　既墜心浩然
仰見軒冕客　　纍纍方倒懸

9

君看食魚者　　味毒俱入腹
既不享其味　　亦不吐其毒　〔1804, I-5, 4a〕

1 모장: 고대의 미인.
2 순모: 팔진미(八珍味)의 하나라는 맛있는 음식.

　〔해제〕 이 시를 지은 1804년은 다산이 강진으로 유배된 지 3년째 되는 해이다. 『주역사전周易四箋』을 비롯한 다산의 『주역』 관계 저술은 1808년에 완성되는데 『주역사전』 무진본戊辰本 서문에 의하면 그는 1803년 겨울에 『주역』을 읽기 시작해 1804년 여름에 초고를 완성하고 이후 수차례의 수정을 거쳐 1808년에 저술을 마무리했다고 한다. 시 2는 초고를 완성한 후의 기쁨을 술회한 작품으로 보인다.
　시 3에서 귀양살이의 고달픔을 애써 위로하려는 다산의 심경을 읽을 수 있다.

장마

궁벽하게 사노라니 찾아오는 사람 없어
온종일 의관도 걸치지 않고 있네

낡은 집엔 향랑각시[1] 떨어져 있고
황폐한 밭에는 팥꽃이 남았구나

병 많으니 따라서 잠마저 적어지고
글 짓는 일로써 수심을 달래보네

장맛비 내린대서 괴로워할 것 있나
날 맑아도 혼자서 탄식할 뿐인 것을

久雨

窮居罕人事　　恒日廢衣冠
敗屋香娘墜　　荒畦腐婢殘
睡因多病減　　愁賴著書寬
久雨何須苦　　晴時也自歎　〔1804, I-5, 4b〕

1 향랑각시〔香娘閣氏〕: 노래기.

〔해제〕 마지막 연의 비오는 날과 맑은 날은 각각 유배생활과 석방 후의 생활
을 상징한다고 볼 수 있다. 기약 없는 유배생활을 하는 동안 절망이 체념으로
바뀌고 있는 다산의 심정을 이 시에서 읽을 수 있다.

촌마을을 지나며

외나무다리 건너서 들판 저 밖에
쓸쓸한 촌마을 한두채 집이 있네

무너진 울타리엔 대나무 새로 심고
조그만 채소밭에 꽃은 아직 안 피어도

썰렁한 방 안에 서가書架는 남아 있고
구차한 살림에도 낚시 떼배 있다네

고향땅에 사는 소원 이루어지면
살림살이 걱정이야 안 해도 되련만

過野人村居

野彴平疇外　　荒村一兩家
敗籬新綴竹　　小圃未舒花
冷落餘書架　　艱難有釣槎
狐丘幸遂願　　生理不須嗟　〔1805, I-5, 5b〕

〔해제〕 고향으로 돌아가고 싶은 애절한 염원이 담겨 있다. 그러나 다산은 이
로부터 13년이 지난 후에야 고향땅을 밟게 된다.

농사짓고 싶은데

나는 본래 채소밭 가꾸기를 좋아했는데 귀양 온 후로는 더욱 할 일이 없어 채소밭 가꿀 일을 생각한 지가 오래되었다. 그러나 땅은 좁고 힘은 모자라 지금에 이르기까지 소원을 이루지 못했으나 마음으로는 잊지 않고 있었다. 이웃에 작은 채소밭을 가꾸는 자가 있어서 가끔 가서 보니 즐겁기 그지없었다. 이로 본다면 나의 성품이 본래 농사일을 좋아한다는 것을 알 수 있겠다. 옛날 마정경馬正卿[1]이 땅을 구해서 장공長公[2]에게 주어 그로 하여금 몸소 농사짓게 한 일이 있었고 이에 8편의 시가 씌어졌다. 지금 세상이 그때와 다르고 의리도 엄하지 않아서 마정경 같은 사람 만나기를 바랄 수 없으니, 쓸쓸히 술회하여 나의 뜻을 밝혀본다.

1

바닷가 마을이라 좋은 채소 드물어
그중에 좋은 채소 쑥갓이라 부르네

허리만 굽히면 물고기 새우 잡을 수 있지만
쟁기 끌고 물 대는 일 뉘에게 맡기리요

젊었을 땐 채마밭 가꾸고 싶었지만
어긋난 운명을 피하기 어려웠네

남쪽으로 내려와선 그 소원 이루어
고기반찬 대신하려 했었지마는

사방을 둘러봐도 한 뙈기 밭 없으니
무슨 수로 채소를 얻는단 말인가

쓸쓸한 그대 마정경이여
서글피 어진 명성 올려 보노라

　5
읍내에 민가가 빽빽이 차 있으니
한 치의 땅인들 버려질 리가 있나

들판 가득 푸른 벼 누런 보리가
번갈아 눈앞에 펼쳐져 있네

이 고을 풍속은 구기자를 먹지 않아
해묵은 가지가 울창하게 뻗었네

좁쌀처럼 촘촘하게 씨를 뿌리니
무도 장차 크게는 자라지 못하리

콩잎으로 끓인 국 보기도 싫은데
많은 사람들은 음양淫羊[3]처럼 좋아하네

나에게 채소밭 빌려줄 이 만난다면

和蘇長公東坡 八首

余雅好治圃 流落以來 益以無事 久有想願 顧地窄力詘 迄今未就然心勿忘
也 隣人有治小圃者 時往而觀 亦復怡然 其性好可知已 昔馬正卿請地予長公
使得躬稼 厥有八篇之詩 世卑義巽 不可冀遇 悵然有述 以昭其志.

1

海壖少嘉蔬　　美者稱蒿蒿

魚鰕俯可拾　　誰任犁灌勞

少小謀園圃　　計違命難逃

南來欲還願　　庶以易雉膏

顧乏一棱田　　何由取地毛

蕭條馬正卿　　悵望仁聲高

5

邑里人烟稠　　寸土何曾荒

漫漫稻與麥　　靑黃遞入望

鄕俗不餐杞　　長條至老蒼

投種密如粟　　菁菔且不昌

生憎豆葉羹　　衆嗜如淫羊

如逢借圃人　　至惠誠難忘　〔1805, I-5, 8a〕

416

1 마정경: 이름은 마몽득(馬夢得). 소식(蘇軾)이 황주에 유배되었을 때 그의 생활이 어려운 것을 보고, 관아에 부탁해 옛 군영지 동쪽에 있던 황무지를 얻어 개간하도록 주선했다.

2 장공: 소식의 자(字). 148면 주12 참조.

3 음양: 중국 서천(西川)에 산다는 양으로, 하루에 백번 교접(交接)을 하는데 음양곽(淫羊藿)이라는 풀을 먹어서 그렇다는 이야기가 있다. 여기서 음양은 음양곽을 가리키는 듯하다.

산사에서 비를 보고

마르는 모를 보고 농가에서 애태움은
군자가 가슴 깊이 슬퍼하는 일

어린 자식 병이 들어 시들어갈 때
어머니 애간장 태우는 격이네

두레박소리 밤새도록 삐걱거리며
백명이 우물에서 서로 다퉈도

한 방울 물로써 타는 솥 식히는 꼴
힘만 들고 효과는 보잘것없네

바로 앞에 큰 바다 보이지마는
옮겨 오기 어찌 그리 힘이 드는지

그러나 하늘뜻 필경은 인자하여
할 수 있는 일이면 아끼지 않아

남풍이 바닷기운 불어와서는
안개비 피어올라 산마루를 덮더니

천지를 뒤흔들며 급한 비 내려 쏟아
골짝마다 여울물 콸콸 흐르네

낮은 논엔 물이 넘쳐 쏟아 보내고
높은 논은 제방을 쌓아야 하네

써레랑 쟁기랑 들판에 널려 있고
모내기 노랫소리 즐거이 울리는데

이때 난 산사山寺에 머무는 신세
고향집 이별하고 못 가는 사람 같아

떠돌이 신세가 부평초에 비할쏜가
혈혈단신 멀리서 외로이 서 있네

진실로 기쁘기 그지없으나
자신을 돌아보니 참으로 미련하네

내 한평생 걱정은 백성들이라
곤궁해도 백성 걱정 떨치지 못해

임금님도 바빠서 제때 식사 못하거늘
이내 몸 거친 밥도 어찌 달게 먹을소냐

풍년 들어 백성들 즐거울 수 있다면
죄지은 이 몸도 얼굴 펴고 살아가리

저나 나나 처한 신세 다 같은 것이나
곤궁한 처지에선 좀더 낫길 바라는 법

땡땡땡 저녁 종 울려퍼질 때
소금 절인 나물반찬 스님 따라 식사하네

滯寺六月三日値雨

田家憫苗枯	君子所悲酸
有如孩兒病	萎黃焦母肝
桔橰竟夜鳴	百夫爭井欄
點滴救燋釜	力浩功則屧
咫尺見溟渤	轉移何其艱
天意竟仁惻	所能不忍慳
南風吹海氣	霏靄蒙山巒
快雨動天地	百谷縣飛湍
下田瀉餘水	高田補防閑
耙耰布原野	秧歌其聲歡
余時滯山寺	似別家未還
漂流劇萍梗	迴立身世單

喜悅良獨眞　　自視誠愚頑

平生黎庶憂　　困窮猶未刪

至尊尙旰食　　疏糲敢自安

年豐民得樂　　負罪亦怡顏

物我均所遇　　枯槁望蘇完

鏗鏗晚鍾動　　鹽薂隨僧餐　〔1805, I-5, 11a〕

〔해제〕 1805년 겨울, 혜장 스님의 주선으로 보은산방寶恩山房에 머물면서 쓴
시이다.

왜당귀를 캐다

왜당귀를 캐네, 왜당귀를 캐네
저 산기슭에서

쌓인 것은 돌무더기요
남가새도 무성하니

왜 힘들지 않으랴만
왜당귀가 있으니까

왜당귀를 캐네, 왜당귀를 캐네
저 산꼭대기에서

호랑이 새끼 치며
날뛰고 으릉대니

왜 힘들지 않으랴만
왜당귀 싹 보이니까

采薪二章 章六句

采薪采薪	于彼山樊
硪砢者石	蕨藜蕃兮
豈不病也	唯薪之存
采薪采薪	于彼山椒
有虎穀子	跧且虓兮
豈不病也	視彼薪苗　〔1806, I-5, 15b〕

〔해세〕 원제는 '왜낭귀를 캐는 일은 노를 구하는 것이나. 노를 구하는 사는
어려움을 마다해서는 안 된다采薪求道也 求道者不可辭難焉'이다. 왜당귀는 귀한 약
재인데, 구도자求道者가 추구하는 도를 상징한다.

혜장惠藏과 술 마시며

혜원慧遠[1]은 술 마시라 허락만 했는데
장공藏公[2]은 술을 직접 가지고 왔네

가져온 술, 태곳적 앙제盎齊[3]와 같아
문 안에서 술동이 기울일 만하네

즐겁게 한번 취하고 나니
붉어진 얼굴이 발과 창에 비치는데

비장한 마음으로 계율을 깼으나
통사通士[4]가 어찌 그대 탓하겠는가

五月七日 余在寶恩山房 藏公攜酒相過 厚意也 拈周
易坎六四韻 與之酬酢

遠師但許飮　　藏公乃攜酒
盎齊似太古　　合注門內缶
歡然受一醉　　朱顏照簾牖
悲心破戒律　　通士豈汝咎　　〔1806, I-5, 17a〕

424

1 혜원: 진(晉)나라 때의 고승. 혜원이 백련사(白蓮社)를 결성하고 도연명(陶淵明)을 초
  청하자 도연명이 말하기를 "제자는 술을 좋아하니 법사께서 술 마시기를 허락하면 가
  겠습니다"라 하니 혜원이 허락했다고 한다.
2 장공: 다산이 강진에서 알게 된 혜장 스님.
3 앙제: 옛날 중국에 있었다는 술이름.
4 통사: 사리에 통달한 선비.

〔해제〕 원제는 '5월 7일 내가 보은산방에 있는데 장공이 술을 들고 찾아주는
후의를 보였다. 『주역』 감괘 육사의 운을 따서 그와 시를 주고받았다'이다. 모두
9수인데 제1수만 번역했다. 다산은 1805년 4월에 학승學僧 아암兒菴 혜장을 만나
그에게 『주역』을 가르쳐주고 그로부터 차茶를 배우면서 매우 가까이 지냈다. 그
해 겨울에는 아암의 주선으로 보은산방寶恩山房(전라남도 강진 고성사高聲寺)에서 지
내게 되었는데 그는 자주 술병을 들고 다산을 찾아 함께 술을 마셨다고 한다.
아암은 다산보다 10년 아래인데 불행하게도 1811년 40세의 나이에 세상을 떠났
다. 다산은 1811년 흑산노에 유배 중인 형에게 보낸 편시에서 혜상에 대하여 이
렇게 말했다. "그 사람은 불법佛法을 독실히 믿으면서도 『주역』의 이치를 듣고
난 후로부터 스스로 몸을 그르쳤음을 후회하여 실의失意한 듯 즐거워하지 않다
가 6, 7년 만에 술병〔酒病〕으로 배가 불러 죽었습니다." 혜장이 죽은 후에 다산은
그를 위해 「아암 장공 탑명兒菴藏公塔銘」을 지었는데 지금 전라남도 해남 대흥사
에 있다.

서호西湖의 부전浮田[1]

낮은 논엔 물이 넘쳐 비가 항상 괴롭고
높은 논은 메말라 가뭄이 괴로운데

서호의 부전은 두 걱정 모두 없이
해마다 풍년 들어 창고 가득 쌓인 곡식

나무 엮어 떼 만들고 대오리로 끈을 묶어
그 위에 두세자尺 흙을 실으니

쟁기질 보습질로 땅 고를 필요 없고
누두樓斗[2]만 가지고서 찰벼 씨 뿌리누나

물 차면 떠오르고 물 빠지면 갈앉으니
모 뿌리는 언제나 수면에 잠겨 있네

아무리 가물어도 두레박소리 들리잖고
자라 악어 들끓어도 영禜제사[3] 필요 없네

연꽃이랑 마름이랑 뒤섞여 자라나
붉은 꽃 푸른 이삭 서로 얽혀 있는데

김매는 아낙네들 아침 배로 들어가서
저물녘엔 모내기노래, 붉은 다리 오르네

어찌하여 사람 많고 땅 좁다 걱정하랴
드디어 사람 지혜 천액天厄을 벗었는데

용미龍尾 옥형玉衡[4] 모두 다 부질없는 짓
겸로鉗盧[5] 백거白渠[6] 이제는 묵은 옛 자취

한치 땅도 백성들껜 황금 같은데
하물며 개펄 아닌 기름진 땅임에랴

추수하여 얻은 곡식 지주에게 안 바치니
조세도 왕적王籍에서 빠질 게 당연하이

이 그림 펴놓고 농부에게 보여주니
쓴웃음만 날리며 곧이듣지 않으려네

"민둥산 어느 곳에 도끼질할 수 있소?
수렁엔 깊은 물 찾을 곳 없지

논 있으면 일하고 없으면 그만이지
예부터 지력智力이란 한도가 있는 법"

만인이 속수무책 귀신도움 바라면서
짐승 잡아 산신령께 빌기만 하네

題西湖浮田圖

下田多水常苦雨　　高田高燥旱更苦
西湖浮田兩無憂　　歲歲金穰積高庾
縛木爲筏竹爲艎　　上載叟叟尺許土
不用犁耙撥春泥　　但將耬斗播早稑
水高則昂低則低　　苗根常與水面齊
暴旱無聞桔槹響　　祭禜不煩黿鼉隄
芙藻菱芡錯雜起　　朱華綠穗行相迷
耘婦朝乘畫船入　　秧歌晚踏紅橋蹄
豈唯民殷嫌地窄　　遂將人智違天厄
龍尾玉衡總多事　　鉗盧白渠皆陳跡
殘氓寸土如黃金　　況乃膏腴異鹹斥
銍艾未許輸豪門　　租稅仍當漏王籍
我向野農披丹靑　　冷齒不肯虛心聽
赭山何處著斤斧　　白澱無地覓泓渟
有田則耕無則已　　智力由來安絜瓶
萬人束手仰冥佑　　鞭龍䭾牲祈山靈　〔1807, I-5, 23a〕

1 부전(浮田)은 물 위에 떠 있는 논이란 뜻인데, 「서호부전도」라는 그림이 누가 그린 어
   떤 그림인지는 알 길이 없다.
2 누두: 씨를 뿌리는 농기구의 일종.
3 영: 산천의 신에게 수재(水災), 한재(旱災) 등을 물리쳐 달라고 비는 제사.
4 용미·옥형: 논에 물을 대는 농기구와 샘의 물을 퍼 올리는 농기구.
5 겸로: 중국 한나라 때 소신신(召信臣)이 팠다는 저수지로 삼만경의 논에 물을 댔다
   고 한다.
6 백거: 중국 한나라 때 백공(白公)이 만들었다고 하는 관개로(灌漑路).

〔해제〕 다산시 중에서 매우 중요한 시라고 생각된다. 자연을 개조해나가는
인간의 위대한 능력에 대한 신념이 이 시에 짙게 깔려 있다. 다산은 곡산부사
시절에 올린 「응지논농정소應旨論農政疏」(I-9, 48a)에서도 '부전법浮田法'을 언급
하고 있다.

동시東施의 찡그린 얼굴

푸른 치마 곱사등이 저 여자가 누구더냐
저라산苧羅山 밑 감호鑑湖가에 살던 여자네

봉두난발 붉은 머리 꾸불꾸불 흩어지고
삐뚤빼뚤 성긴 이 퍼렇게 드러나네

몸에는 때 끼어서 서 말은 족히 되고
방 안에 쌓인 먼지 천섬이 넘네

등에는 옴딱지 두꺼비 족속이요
턱밑 살 늘어져 사다새 무리로다

길가에 나서면 놀림받기 일쑤이고
문간에 들어서면 개들마저 짖어대네

더러운 그 꼴에 맘씨까지 곧지 못해
바람 앞에 맵시 내며 기지개 켜는 그 꼴이란

콧대는 구부러져 매부리코 형상이요
눈살 찌푸리며 도깨비 신음 표정 짓네

용감한 자 손뼉 치고 겁 많은 자 달아나니
구자마모九子魔母[1] 귀신이 이 얼굴에 내려온 듯

자기 동네 서쪽에 서시西施[2]가 살아
그에게서 배웠다고 제 딴엔 말하지만

서시 본래 아름다워 찡그림도 고왔으나
네 얼굴의 찡그림은 본얼굴만 못하도다

아! 찡그림 흉내냄이 어찌 너뿐이랴
세상에 이런 일 나는 많이 보았노라

강좌江左 사람 모두 다 굽 높은 신 신었고[3]
업하鄴下 사람 모두 다 절각건折角巾 썼었지[4]

호랑이 그리고 따오기 새기면서
뻔뻔스레 부끄럼 전혀 없는데[5]
가는 허리[6] 높은 상투[7] 어찌 족히 나무라랴

한단邯鄲의 걸음걸이 수릉壽陵 것만 못하였고[8]
우맹優孟의 변장술도 손숙오孫叔敖는 못 되느니[9]

태어날 때 체질은 제각기 다른 건데
어이하여 남만 따르고 나를 버리려느뇨

題東施效顰圖

靑裙踦僂彼何人　　苧羅山下鑑湖濱

蓬頭亂髮紅拳曲　　齦脣歷齒靑輪困

膚革定帶三斗垢　　閨房不減千斛塵

背疥仍是蝦蟆族　　胡囊恰如淘河群

出街輒受揶揄弄　　投門苦遭吽牙狺

陋腹猶藏不直意　　臨風作態一欠伸

頬皮漸起彎弓勢　　眉稜忽作盤茶呻

勇者拍掌怯者走　　九子魔母此降神

自言此法有所受　　里閈西與西施隣

西施本好顰亦好　　汝顰不若守天眞

吁嗟效顰豈唯汝　　我見世路多此顰

江左盡躡高齒屐　　鄴下皆戴折角巾

畫虎刻鵠恬不愧　　細腰尺髻那足嗔

邯鄲不如壽陵故　　優孟終非蔿敖倫

天生體質各有分　　胡爲殉物舍吾身　　〔1807, I-5, 23a〕

1 구자마모: 질투심 많고 흉측한 여자를 구자모(九子母)에 비유해서 한 말. 구자모는 불교 신화에 나오는 여신.

2 서시: 중국 오(吳)나라 임금 부차(夫差)가 총애한 월(越)나라의 미인. 가슴앓이를 해서 항상 얼굴을 찡그렸다고 전한다.

3 중국 남조(南朝) 송(宋)나라 때 사영운(謝靈運)이 물을 피하느라 굽 높은 나막신을 신었더니, 그 지방 사람들이 모두 따라서 굽 높은 나막신을 신었다는 고사.

4 중국 후한(後漢) 때 곽태(郭泰)가 하루는 비를 맞아 두건의 한쪽 귀가 접혔는데, 남들이 그를 따라 일부러 두건의 한쪽 귀를 접어 썼다고 한다. 한쪽 귀가 꺾인 두건을 절각건(折角巾)이라 한다.

5 『후한서(後漢書)』「마원전(馬援傳)」에, 마원이 조카 엄(嚴)과 돈(敦)에게 다음과 같은 요지의 훈계를 한 대목이 있다. "용백고(龍伯高)는 겸손하고 청렴하니 그를 본받아라. 용백고를 배워서 미치지 못하더라도 이른바 '따오기를 새기다가 실패해도 그런대로 집오리는 닮는'(刻鵠不成 尙類鶩者) 격이어서 삼가고 공손한 선비는 될 수 있다. 그러나 두계량(杜季良)은 본받지 마라. 그를 배우다가 미치지 못하면 이른바 '호랑이를 그리다가 실패하면 도리어 개를 닮는'(畵虎不成 反類狗者) 격이어서 천하에 경박한 사람이 된다." 이 말은 후에 '주제넘게 훌륭한 사람을 모방하다가 도리어 경박해진다'는 의미로 사용되었다.

6 중국 초(楚)나라 임금이 허리 가는 미인을 좋아했더니 그 시녀들이 허리를 가늘게 하기 위해 밥을 먹지 않다가 굶어 죽었다고 한다.

7 장안(長安) 풍속이 높은 상투를 숭상하니 지방 사람들은 상투 높이를 한자나 되도록 높였다는 고사.

8 수릉(壽陵)의 어떤 사람이 조(趙)나라의 수도인 한단(邯鄲)에 가서 그곳의 걸음걸이를 배우다가 나중엔 앉은뱅이걸음으로 기어서 돌아왔다는 고사.

9 중국 초나라의 배우 우맹(優孟)이 초나라의 명재상이던 손숙오(孫叔敖)가 죽자 그로 변장하여 임금을 감동시켰다는 고사가 있다. 이 구절은 아무리 모방해도 진짜만은 못하다는 뜻이다. 원문 "위오(蔿敖)"의 위(蔿)는 손숙오의 성(姓), 오(敖)는 이름이다. 숙오(叔敖)는 그의 자(字)이다.

〔해제〕 못생긴 여자 동시의 이야기는 중국 전래의 우화인데, 이 전래 우화에 시의 옷을 입힌 것이 이 작품이다. 우리가 이 작품에 주목해야 하는 이유는 다산의 주체의식이 강하게 나타나 있기 때문이다. 맹목적으로 남의 것을 모방하는 노예사상에 대한 경계가 이 작품의 주제인데 이것이 바로 중국문화권의 종속상태에서 벗어나려는 다산의 주체성의 원리라고 할 수 있다.

절구

적막하고 쓸쓸한 숲속의 집이요
졸졸졸 베개 아래 샘물소리네

이틀 사흘 지내고 나니
귀에 익어 잠자는 데 방해 안 되네

絕句

寂歷林中屋　　琮琤枕下泉
已經三兩日　　聽慣不妨眠　〔1808, I-5, 23b〕

〔해제〕 다산은 보은산방에 거처하다가 1806년에 제자 이청李晴의 집으로 옮겨 2년을 살고 1808년 봄에 다산茶山의 초당으로 거처를 옮겼다. 이때부터 호를 '다산'이라 했다. 『사암선생연보』에는 이때의 일을 이렇게 기록하고 있다. "다산은 강진현 남쪽 만덕사萬德寺의 서쪽에 있는데 처사 윤단尹慱의 산정山亭이다. 공이 다산으로 옮긴 뒤 대臺를 쌓고, 못을 파고, 꽃나무를 열지어 심고, 물을 끌어 폭포를 만들고, 동쪽 서쪽에 두 암자를 짓고, 서적 천여권을 쌓아놓고 글을 지으며 스스로 즐기고 석벽石壁에 '정석丁石' 두 글자를 새겼다." 이 시는 다산초당으로 옮긴 직후의 작품이다.

다산화사 茶山花史

18

사랑채 아래에 세외전稅外田[1]을 새로 일궈
층층이 돌을 쌓고 샘물 흘려보냈네

금년에 처음으로 미나리 심는 법 배워
성안에 채소 사는 돈 들지 않게 됐다네

20

하늘이 선생더러 이 동산 누리게 해
이 봄날 자고 취해 문도 열지 않는다네

산 뜰엔 일색으로 이끼가 덮여 있고
때때로 사슴 지난 자국만 남았을 뿐

茶山花史 二十首

18

舍下新開稅外田　　　層層細石閣飛泉
今年始學蒔芹法　　　不費城中買菜錢

20

天遺先生享此園　　　春眠春醉不開門

山庭一羃莓苔色　　　唯有時時鹿過痕　〔1808, I-5, 24b〕

1 세외전: 세금을 내지 않아도 되는 농토.

〔해제〕 유배된 지 8년째, 다산의 초당에 거처를 정한 그는 "하늘이 선생더러 이 동산을 누리게 했다"라 자위하며 고향으로 돌아갈 꿈을 접은 채 정력적으로 학문 연구에 몰두했다. 그는 「자찬묘지명 집중본自撰墓誌銘集中本」(I-16, 12b)에서 "내가 어려서 학문에 뜻을 두었으나 어언 20년간 세로世路에 빠져 다시 선왕의 대도大道를 알지 못했다가 이제 여유가 생겼구나 하는 생각이 들어 마침내 흔연히 스스로 기뻐하여 육경六經과 사서四書를 취하여 깊이 연구하였다"라 술회했다. 실로 그는 적막한 유배지를 창조적 공간으로 만든 것이다.

둘째아들을 보고

얼굴 생김은 내 자식 같은데
수염이 자라서 딴사람 같구나

집안 편지를 가지고 왔지만
아직도 내 자식인지 미심쩍다네

四月二十日學圃至 相別已八周矣

眉目如吾子　　鬚髥似別人
家書雖帶至　　猶未十分眞　〔1808, I-5, 25b〕

〔해제〕 큰아들 학연學淵은 1802년 강진에 와서 근친覲親했지만 둘째아들은
8년 만에 처음으로 왔다. 학포學圃는 둘째아들 학유學游의 자字이다.

솔 뽑는 중

백련사白蓮寺 서쪽 석름봉石廪峰 위에
이리저리 다니면서 솔 뽑는 중 있네

어린 솔 돋아나서 이제 겨우 두세치
여린 줄기 연한 잎 무성히 자라는데

어린아이 기르듯 사랑하고 보살펴야
자라서 용과 같은 재목 되거늘

어이하여 보는 족족 뽑아버려서
싹도 씨도 남기잖고 없애려는가

농부가 호미질 보습질 하여
농사 위해 부지런히 잡초 뽑듯이

향정鄕亭[1]의 아전들이 길을 닦느라
가시덤불 베어내어 길을 내듯이

손숙오孫叔敖 어릴 때에 음덕陰德 닦느라[2]
길 가다가 독사 만나 쳐서 죽이듯

붉은 머리 산발한 괴이한 산귀신이
떠들썩 구천그루 나무 뽑듯 하는구나

중 불러 앞에 나가 그 까닭 물었더니
목이 메어 말 못하고 눈물만 맺히네

이 산에 솔 기르기 그 얼마나 애썼던가
스님들 모두가 공손하게 법을 지켜

땔나무도 아까워서 찬밥으로 끼니 하고
새벽종 울 때까지 밤순찰도 하였기에

고을 성안 나무꾼도 감히 접근 못하는데
마을 사람 도끼질 얼씬인들 했겠으리

수영水營의 소교小校가 장군 명령 들었다며
땅벌 같은 기세로 말을 내려 들이닥쳐

지난해 폭풍우에 꺾인 가지 집어들고
중보고 법 어겼다 가슴을 쥐어박네

하늘보고 호소해도 치미는 화 안 식지만
절간 돈 백냥 주어 겨우 미봉하였다네

금년 들어 솔 베어선 항구로 내가면서
커다란 배 만들어 왜놈 방비한다더니

조각배 한척도 만들지 않고
벌거숭이 산만 남아 옛 모습 볼 수 없네

이 소나무 어리지만 그냥 두면 크게 되니
화근을 뽑아야지 부지런히 뽑아야지

이로부터 솔 뽑기를 솔 심듯이 하여서
잡목이나 남겨두어 겨울 채비 하렸는데

오늘 아침 관첩官帖 내려 비자榧子나무 바치라니
비자나무마저 뽑고 산문山門을 닫으리라

僧拔松行

白蓮寺西石廩峰　有僧彳丁行拔松
穉松出地纔數寸　嫩榦柔葉何丰茸
嬰孩直須深愛護　老大況復成虯龍
胡爲觸目皆拔去　絶其萌蘗湛其宗
有如田翁荷鋤攜長欃　力除稂莠勤爲農
又如鄕亭小吏治官道　翦伐茨棘通人蹤

又如蔿敖兒時樹陰德　　道逢毒蛇殲殘凶

又如髼髥怪鬼披赤髮　　拔木九千聲詾詾

招僧至前問其意　　僧咽不語淚如霰

此山養松昔勤苦　　闍梨芘蕘遵約恭

惜薪有時餐冷飯　　巡山直至鳴晨鍾

邑中之樵不敢近　　況乃村斧淬其鋒

水營小校聞將令　　入門下馬氣如蜂

枉捉前年風折木　　謂僧犯法撞其胷

僧呼蒼天怒不息　　行錢一萬纏彌縫

今年斫松出港口　　爲言備倭造艨艟

一葉之舟且不製　　只赭我山無舊容

此松雖檞留則大　　拔出禍根那得慵

自今課拔如課種　　猶殘雜木聊禦冬

官帖朝來索櫃子　　且拔此木山門封　〔1808, I-5, 26b〕

1 향정: 지방 도로변의 요소마다 설치된 기구로 왕래하는 사람들을 살피고 단속하는 일을 맡았음. 지금의 초소와 비슷한 것.
2 손숙오가 어느날 길을 가다가 쌍두사(雙頭蛇)를 만났는데 자기가 죽을 것을 각오하고 이 뱀을 죽여 땅에 파묻었다는 고사. 그래서 그의 행동을 음덕(陰德)이라고 한다.

〔해제〕『목민심서』에 의하면 이 시는 덕산德山의 초부樵夫가 지어서 부른 노래라고 하는데, 초부가 부른 노래를 다산이 듣고 시로 옮긴 것인지, 다산 자신을 덕산 초부에 가탁한 것인지 분명치 않다.(V-26, 22a, 『목민심서』, 工典 山林 참조)

호랑이 사냥

오월이라 깊은 산 어두운 수풀 속에
호랑이 새끼 쳐서 젖 먹여 기르더니

여우 토끼 다 잡아먹자 사람까지 해치려고
산속 동굴 벗어나 마을에 덮쳐오니

나뭇길 끊어지고 김매기도 하지 못해
산골 사람 대낮에도 방문 굳게 잠가놓네

홀어미는 슬피 울며 칼로 찌를 생각하고
장정들은 분에 차서 활 당길 모의하네

사또님 이 말 듣고 측연히 여겼던지
소교小校에게 영을 내려 범 사냥 독촉하니

몰이꾼 나타나자 온 마을이 깜짝 놀라
장정들은 도망가고 늙은이만 붙들리네

소교들 당도하니 그 기세 무지개 같고
도둑놈들 몽둥이질 빗발치듯 어지러워

닭 삶고 돼지 잡고 온 마을이 야단법석
방아 찧고 자리 깔고 이리저리 분주한데

다투어 술을 찾아 코 삐뚤어지게 마시고는
군졸 모아 어지러이 계루고鷄婁鼓 둥둥 치니

이정里正 머리 싸매고 전정田正은 넘어지고
주먹질 발길질에 붉은 피 토하네

호랑이 가죽 들어오면 사또는 입 벌리고
돈 한푼 안 들이고 좋은 장사하였다네

당초에 어떤 자가 호랑이 났다 알렸느냐
입빠른 것이 잘못이라 뭇사람의 원성 듣네

호랑이 피해일랑 한두 사람 받는 것
어이하여 천백 사람 이 고통 받단 말고

홍농弘農에서 강 건넌 일 어찌 듣지 못했던가[1]
태산泰山에서 곡한 여자 그대 보지 못했더냐[2]

선왕先王들 사냥할 땐 때를 가려 하였고
여름철엔 모 자라게 군사훈련 아니했네

가증스런 관리들은 밤중에도 문 두드리니
호랑이 남겼다가 그들을 막았으면

獵虎行

五月山深暗卝莽　　於菟穀子須渾乳
已空狐兎行搏人　　離棄窟穴橫村塢
樵蘇路絶薪蕘停　　山氓白日深閉戶
僂婦悲啼思剚刃　　勇夫發憤謀張弩
縣官聞之心惻然　　敕發小校催獵虎
前驅鐃出一村驚　　丁男走藏翁被虜
小校臨門氣如虹　　嘍囉亂栝紛似雨
烹鷄殺猪喧四鄰　　舂糧設席走百堵
討醉爭傾象鼻彎　　聚軍雜遝雞婁鼓
里正縛頭田正踏　　拳飛踢落朱血吐
斑皮入縣官啓齒　　不費一錢眞善賈
原初虎害誰入告　　巧舌喋喋受衆怒
猛虎傷人止一二　　豈必千百罹此苦
弘農渡河那得聞　　泰山哭子君未覩
先王蒐獮各有時　　夏月安苗非習武
生憎悍吏夜打門　　願留餘虎以禦侮　〔1808, I-5, 27a〕

1 옛날 중국의 홍농(弘農)고을 원님이 정사를 잘해서 호랑이들도 감동하여 새끼를 업고
  하수(河水)를 건너 가버렸다는 고사.
2 옛날 공자가 태산을 지날 때 어떤 여자가 울고 있었다. 그 까닭을 물으니 시아버지, 남
  편, 아들이 모두 호랑이에게 물려 죽었다는 것이다. 왜 다른 곳으로 이사 가지 않느냐
  고 물으니 다른 곳엔 가혹한 정치가 있기 때문이라고 했다. 이 말을 듣고 공자는 "가
  혹한 정치는 호랑이보다 무섭다"라고 탄식했다 한다.

꿈속의 미인

설산雪山 깊은 곳에 한 송이 꽃이
복사꽃과 경쟁하듯 붉은 비단에 싸여 있네

이내 마음 진즉에 굳은 쇠 되었거늘
풍로가 있은들 네가 어찌할 건가

十一月六日 於茶山東菴淸齋獨宿 夢遇一姝來而嬉之
余亦情動 少頃辭而遣之 贈以絶句 覺猶了了 詩曰

雪山深處一枝花　　　爭似緋桃護絳紗
此心已作金剛鐵　　　縱有風爐奈汝何　〔1809, I-5, 32b〕

〔해제〕 원제는 '11월 6일 다산의 동암東菴 맑은 집에서 혼자 자는데 꿈에 예
쁜 여자가 찾아와 즐겁게 놀았다. 나 역시 마음이 동했지만 조금 후에 그녀를
보내면서 절구 한수를 주었는데 시는 이러하다'이다.

정월 초하룻날 감회를 쓰다

2

산기슭 한쪽에 병든 몸 다스리는
쓸쓸한 한 칸의 초당이라네

약 화로엔 묵은 불씨 남기어두고
서책은 새롭게 장정을 했다네

눈 좋은데 쉽사리 녹을까 걱정이고
소나무 예쁜데 자라지 않아 근심이네

이 언덕서 남은 생애 보낼 만한데
고향에 돌아가길 구걸할 필요 있나

元日書懷

2

養疾山阿側　　蕭然一草堂
藥爐留宿火　　書帙補新裝
愛雪愁仍渙　　憐松悶不長
茲丘可終老　　何必丐還鄉　〔1810, I-5, 33a〕

〔해제〕 유배생활 10년째 접어든 다산은 고향에 돌아가는 것을 어느정도 체념한 듯 보인다. 그는 1811년 흑산도의 형에게 보낸 한 편지에서 다음과 같이 말했다. "하늘이 다산(茶山, 초당이 있는 산이름)을 나의 별장으로 삼아주었고 보암寶巖의 몇뙈기 밭을 나의 탕목읍湯沐邑으로 삼아주었으니, 일년 내내 아이 울음소리와 아낙네 탄식소리도 없습니다. 복이 이처럼 후하고 지위가 이처럼 높은데 이런 삼청선계三淸仙界를 버리고 네 겹 아비지옥阿鼻地獄에 몸을 던지려 하니 천하에 이처럼 어리석은 사람이 있겠습니까? 이 말은 억지로 만들어낸 것이 아니라 마음속의 계획이 정말로 이렇습니다."(I-20, 29a)

고양이

남산골 한 늙은이 고양이를 길렀더니
해묵고 꾀 들어 요망하기 여우로세

밤마다 초당에서 고기 뒤져 훔쳐 먹고
항아리며 단지며 술병까지 뒤져 엎네

어둠 틈타 교활한 짓 제멋대로 다 하다가
문 열고 소리치면 그림자도 안 보이나

등불 켜고 비춰 보면 더러운 자국 널려 있고
이빨자국 나 있는 찌꺼기만 낭자하네

늙은 주인 잠 못 이뤄 근력은 줄어가고
이리저리 궁리하나 나오느니 긴 한숨뿐

생각하면 고양이 죄 극악하기 짝이 없어
당장에 칼을 뽑아 천벌을 내릴거나

하늘이 너를 낼 때 무엇에 쓰렸던가
너보고 쥐 잡아서 백성 피해 없애랬지

들쥐는 구멍 파서 여린 낟알 숨겨두고
집쥐는 이것저것 안 훔치는 물건 없어

백성들 쥐 등쌀에 나날이 초췌하고
기름 말라 피 말라 피골마저 말랐거니

이 때문에 너를 보내 쥐잡이 대장 삼았으니
마음대로 찢어 죽일 권력 네게 주었고

황금같이 반짝이는 두 눈을 주어
칠흑 같은 밤중에도 올빼미처럼
벼룩도 잡을 만큼 두 눈 밝혔지

너에게 보라매의 쇠발톱 주었고
너에게 톱날 같은 범의 이빨 주었고

나는 듯 치고받는 날쌘 용기 네게 주어
쥐들은 너를 보면 벌벌 떨며 엎드려서
공손하게 제 몸을 바치게 했지

하루에 백마리 쥐 잡은들 누가 말리랴
보는 사람 네 기상 뛰어나다고
입에 침 마르도록 칭찬해줄 뿐

너의 공로 보답하는 팔사제八蜡祭[1]에도
누런 갓 쓰고 큰 술잔 바치잖느냐

너 이제 한마리 쥐도 안 잡고
도리어 네놈이 도둑질을 하다니

쥐는 본래 좀도둑 피해 적지만
너는 기세 드높고 맘씨까지 거칠어

쥐가 못하는 짓 제멋대로 행하여
처마 타고 뚜껑 열고 담벽 무너뜨리니

이로부터 쥐들은 꺼릴 것 없어
들락날락 껄껄대며 수염을 흔드네

쥐들은 훔친 물건 뇌물로 주고
태연히 너와 함께 돌아다니니

호사자好事者들 때때로 네 그림 그리는데
무수한 쥐떼들이 하인처럼 호위하고

북 치고 나팔 불며 떼를 지어선
깃발을 휘날리며 앞장서 가는데

너는 큰 가마 타고 거만 부리며
쥐들의 떠받듦만 즐기고 있구나

내 이제 붉은 활에 큰 화살 메겨
내 손으로 네놈들을 쏘아 죽이고
만약에 쥐들이 행패 부리면
차라리 무서운 개 불러대리라

狸奴行

南山村翁養狸奴	歲久妖兇學老狐
夜夜草堂盜宿肉	翻瓨覆瓿連觴壺
乘時陰黑逞狡獪	推戶大喝形影無
呼燈照見穢跡徧	汁滓狼藉齒入膚
老夫失睡筋力短	百慮皎皎徒長吁
念此狸奴罪惡極	直欲奮劍行天誅
皇天生汝本何用	令汝捕鼠除民痡
田鼠穴田蓄穄穄	家鼠百物靡不偸
民被鼠割日憔悴	膏焦血涸皮骨枯
是以遣汝爲鼠帥	賜汝權力恣磔刳
賜汝一雙熒煌黃金眼	漆夜撮蚤如梟雛
賜汝鐵爪如秋隼	賜汝鋸齒如於菟
賜汝飛騰搏擊驍勇氣	鼠一見之凌兢俯伏恭獻軀

日殺百鼠誰禁止	但得觀者嘖嘖稱汝毛骨殊
所以八蜡之祭崇報汝	黃冠酌酒用大觚
汝今一鼠不曾捕	顧乃自犯爲穿窬
鼠本小盜其害小	汝今力雄勢高心計麤
鼠所不能汝唯意	攀檐撤蓋頹堅塗
自今群鼠無忌憚	出穴大笑掀其鬚
聚其盜物重賂汝	泰然與汝行相俱
好事往往亦貌汝	群鼠擁護如騶徒
吹螺擊鼓爲法部	樹纛立旗爲先驅
汝乘大轎色夭矯	但喜群鼠爭奔趨
我今彤弓大箭手射汝	若鼠橫行寧嗾盧　〔1810, I-5, 33a〕

1 팔사제: 매년 농사가 끝나고 농사에 관계되는 여덟 신에게 지내는 제사. 여덟 신은 신
농씨(神農氏, 농사를 처음으로 가르쳤다는 전설상의 제왕), 후직(后稷, 농사를 관장하
는 고대의 관리), 농(農), 우표철(郵票畷, 권농관이 백성을 독려하기 위해 밭 사이에 지
었다는 집), 고양이, 제방(堤坊), 도랑, 곤충이다.

〔해제〕 다산의 대표적인 우화시이다. 이 시에서 남산골 늙은이는 일반 백성
에, 쥐는 도둑에, 고양이는 아전에 각각 비유되어 있다. 『목민심서』에 의하면 도
둑이 아전과 짜지 않으면 '도둑업'을 시작할 수가 없고 아전들에게 일정한 몫
을 상납하지 않으면 당장 체포되었다고 한다. 도둑 잡는 토포군관討捕軍官이 모
두 도둑의 우두머리라고 말할 정도로 도둑과 아전이 한통속이 되어 백성을 괴
롭혔던 당시의 상황을 성공적으로 형상화한 작품이라 하겠다.(V-26, 2a, 『목민심
서』 권11 除害 참조)

산늙은이

산늙은이 오늘 아침 산촌에 내려와서
마을 안부 물으려고 처마 끝에 앉았는데

가난한 남촌 아낙 목소리도 사나워라
시어미와 다투며 울고 또 소리치네

큰아들 절룩이며 바가지 들고 섰고
작은아인 누렇게 떠 안색이 초췌하네

우물가의 또 한놈은 너무 야위어
배는 불룩 성난 두꺼비 같고
볼기짝엔 쭈글쭈글 주름이 졌네

어미 가니 아이는 주저앉아 울어대고
온몸은 똥오줌과 콧물로 범벅됐네

어미 와서 때리자 울음소리 더욱 높아
천지가 찢기는 듯 구름도 피해 가네

동녘 마을 실 뽑느라 물레소리 요란하고
서녘 마을 쿵더쿵 보리 찧는 방아소리

집 북쪽선 이랴 쯧쯧 소 모는 소리
소란 놈 말 안 들어 기운만 빠지네

산늙은이 심사가 편안치 못해
더 오래 있다가 이 재난 당할까봐

흔연히 떨치고 산으로 돌아오니
푸른 나무 매미소리 연꽃이 피네

山翁

山翁今朝下山村	直爲問疾坐簷端
南村貧婦聲悍毒	與姑勃谿喧復哭
大兒槃散手一瓢	小兒蔫黃顏色焦
井上一兒特枯瘦	腹如怒蟾臀皮皺
母去兒啼盤坐地	糞溺滿身鼻涕溜
母來擊兒啼益急	天地慘裂雲色逗
東鄰繰絲聲軋軋	西隣舂麥聲揢揢
舍北叱牛聲咄咄	牛不聽戒力但竭
山翁心煩意未裁	不可久留受此災
翩然拂袖上山來	碧樹涼蟬藕花開　〔1810, I-5, 33b〕

전간기사田間紀事

기사년己巳年에 나는 다산초당에 머물고 있었다. 이해에 큰 가뭄이 들어 지난해 겨울부터 봄을 거쳐 금년 입추에 이르기까지 붉은 땅이 천리에 연했다. 들에는 풀 한 포기 보이지 않았고 유월 초에는 유랑민들이 길을 메워 눈뜨고는 차마 볼 수 없는 참상이어서 살 의욕마저 잃어버린 것 같았다. 생각건대 나는 죄를 지어 멀리 유배된 몸이라 사람 축에 끼이지도 못하는 처지였다. 오매초烏昧草를 조정에 바치려 해도 방도가 없고 유민도流民圖 한장도 바칠 수 없었다.

때때로 내가 본 바를 적어서 시를 지었다. 처량한 쓰르라미나 귀뚜라미와 더불어 풀밭에서 슬피 우는 것과 같은 시들이지만, 성정性情의 올바른 것을 구해서 천지의 화기和氣를 잃지 않으려 했다. 오랫동안 써 모은 것이 몇편 되기에 이를 '전간기사'라 이름했다(己巳歲 余在茶山草菴 是歲大旱 爰自冬春 至于立秋 赤地千里 野無靑草 六月之初 流民塞路 傷心慘目 如不欲生 顧負罪竄伏 未齒人類 烏昧之奏無階 銀臺之圖 莫獻 時記所見 綴爲詩歌 蓋與寒蟬冷蛩 共作草間之哀鳴 要其性情之正 不失天地之和氣 久而成編 名之曰 田間紀事).

1. 다북쑥[1]

다북쑥을 캐네, 다북쑥을 캐네
다북쑥이 아니라 새발쑥이네

양떼처럼 떼를 지어
저 산등성이 올라가서

푸른 치마 허리 굽혀
붉은 머리 숙이고

다북쑥 캐어 무얼 하나
눈물만 쏟아지네

쌀독엔 쌀 한톨 없고
들엔 풀싹 하나 없는데

다북쑥만 자라서
둥ㅗ렇게 무너기 셔

말리고 또 말려서
데치고 소금 절여

된 죽 묽은 죽 쑤어 먹지
달리 또 무얼 하리

다북쑥을 캐네, 다북쑥을 캐네
다북쑥이 아니라 제비쑥이네

명아주 비름나물 다 시들었고

쇠귀나물 떡잎은 나지도 않아

풀 나무 다 타고
샘물까지 말랐네

논에는 우렁이 없고
바다엔 조개 없네

높은 분네 살피잖고
말로만 흉년 기근

가을이면 죽을 판에
봄이 와야 구휼이라

유랑걸식 떠난 남편
그 누가 묻어주리

오호라 하늘이여
어찌 그리 무정한고

다북쑥을 캐네, 다북쑥을 캐네
캐다가 보면 들쑥도 나오고

캐다가 보면 뺑쑥도 나오고
캐다가 보면 또 다북쑥이네

흰 쑥이랑 푸른 쑥이랑
미나리 싹까지

골라서 캘 수 있나
모두 캐도 모자란데

걷어내고 부여잡아
바구니에 쓸어 담고

돌아와서 죽을 쑤니
아귀다툼 벌어졌네

형제간에 서로 뺏어
온 집안이 떠들썩

원망하고 꾸짖기가
올빼미 같네[2]

采蒿三章 章十六句

采蒿采蒿　匪蒿伊莪
群行如羊　遵彼山坡
青裙傴僂　紅髮俄兮
采蒿何爲　涕滂沱兮
瓶無殘粟　野無萌芽
唯蒿生之　爲毬爲科
乾之蔜之　瀹之虀之
我饘我鬺　庶无他兮

采蒿采蒿　匪蒿伊菣
藜覓其萎　慈姑不孕
芻樵其焦　水泉其盡
田無田青　海無鹹蜃
君子不察　曰饑曰饉
秋之既殞　春將賑兮
夫壻既流　誰其殣兮
嗚呼蒼天　曷其不慭

采蒿采蒿　或得其蕭
或得其蘽　或得其蒿
方潰由胡　馬新之苗
曾是不擇　曾是不饒

搴之捋之　　　于筥于筐

歸焉鬻之　　　爲饘爲饛

兄弟相攜　　　滿室其囂

胥怨胥詈　　　如鴟如梟　〔1810, I-5, 36a〕

1 「다북쑥」은 흉년을 슬퍼한 노래다. 가을이 되기도 전에 백성들이 굶주리는데 들에는
  푸른 풀 한 포기 없고 부인들은 다북쑥을 캐어 죽을 쑤어서 끼니를 대신한다(采蒿閔荒
  也 未秋而饑 野無靑草 婦人采蒿爲鬻 以當食焉 — 원주).
2 올빼미: 간악한 사람을 올빼미〔鴟梟〕에 비유한다.

2. 뽑히는 모[3]

벼 싹이 자라나
연한 초록 짙은 황색

비단폭 깐 것같이
푸른빛 은은하네

어린아이 보살피듯
아침저녁 돌보아서

주옥처럼 애지중지

보기만 해도 흐뭇했네

봉두난발 여인 하나
논바닥에 주저앉아

대성통곡하면서
저 하늘에 호소하네

"차마 어이 정을 끊어
이 벼 싹 뽑을쏜가"

오뉴월 한여름에
슬픈 바람 쓸쓸하네

"우거진 나의 모를
내 손으로 뽑다니

총총한 나의 모를
내 손으로 죽이다니

우거진 나의 모를
잡초처럼 뽑다니

총총한 나의 모를
땔감처럼 태우다니

뽑아내어 묶어서
웅덩이에 놓아두자

비 내리기 바라면서
괸 물에나 꽂아보자

젖도 먹고 밥도 먹는
아들이 셋 있으니

아들 하나 바쳐서라도
이 어린 모 구했으면"

拔苗四章 章八句

稻苗之生　　嫩綠濃黃
如綺如錦　　翠葓其光
愛之如嬰孩　　朝夕顧視
寶之如珠玉　　見焉則喜

有女蓬髮　　箕踞田中

放聲號咷　　呼彼蒼穹

忍而割恩　　拔此稻苗

盛夏之月　　悲風蕭蕭

芃芃我苗　　予手拔之

蘀蘀我苗　　予手殺之

芃芃我苗　　薦之如荐

蘀蘀我苗　　焚之如樵

攈之束之　　寘彼溪窊

庶幾其雨　　揷之汚邪

我有三子　　或乳或食

願殪其一　　赦此稙穉　〔1810, I-5, 36b〕

3 「뽑히는 모」는 흉년을 슬퍼한 노래다. 모가 말라 모내기를 할 수 없게 되자 농부들은 그것을 뽑아버리는데 뽑으면서 통곡하는 소리가 온 들판에 가득하다. 어떤 부인이 하도 원통하여 아들 하나를 죽여서라도 비를 오게 할 수 있다면 좋겠다고 했다(拔苗閔荒也 苗槁不移 農夫拔而去之 拔者必哭 聲滿原野 有婦人寃號極天 願殺一子 以祈一霈焉──원주).

3. 메밀[4]

넓고 넓은 무논에
먼지 풀풀 나는데

어린 볏모 뽑아내고
메밀 대신 심으라네

집 안엔 메밀 없고
시장서도 살 수 없어

주옥珠玉일랑 구하여도
메밀 종자 못 구하네

고을 원님 첩帖을 내려
"메밀 종자 걱정 말라

감사님께 말씀드려
너희들께 구해주리"

우리들 그 말 믿고
논 갈아엎었더니

메밀은 주지 않고
우리 허물 탓하면서

"메밀 심지 않으면
너희들께 벌주리라

흰 몽둥이 붉은 곤장
너희 살점 벗겨지리"

오호라! 하늘이여
왜 이다지 못 살피나

메밀 파종 못하면
우린 살지 못하는데

우리만 나무라며
호령이 벽력 같네

고기 쌀죽 안 먹으면
안 먹는다 벌줄 건가

메밀 종자 주라는
나라 분부 내렸건만

그 분부 안 따르고
우리 임금 속이다니

蕎麥一章 三十二句

漠漠水田　　堀埡其飄
言拔其稗　　言播其蕎
蕎不家儲　　亦罔市貿
珠玉可得　　蕎不可遘
縣官有帖　　蕎勿汝憂
我從察司　　將爲汝求
我信其言　　旣耕旣耰
蕎不我予　　而督我尤
汝不播蕎　　我則有罰
白棓朱杖　　汝膚其割
嗚呼蒼天　　胡不予察
蕎之不播　　我則罔活
而以咎我　　如雷如霆
肉糜不食　　將亦有刑
蕎之授種　　令出朝廷
曾莫欽遵　　欺我聖明　〔1810, I-5, 37a〕

4 「메밀」은 수령을 풍자한 것이다. 조정에서 메밀 종자를 나누어주라고 영을 내렸으나 그 영을 받들어 행하지 않고 엄한 형벌로 농민들을 들볶아 메밀갈이 하라고 독촉만 한다(蕎麥刺縣令也 朝廷飭授蕎麥之種 令不奉行 徒以嚴刑 督民催種焉 —— 원주).

4. 보리죽[5]

동쪽 집이 들들들
서쪽 집이 들들들

보리 볶아 죽 쑤려고
맷돌소리 요란하네

체질도 하지 않고
기울도 불지 않고

그대로 죽을 쑤어
주린 창자 채우지만

썩은 트림 신트림
눈앞이 어질어질

해도 달도 빛을 잃고
하늘 땅이 빙빙 도네

468

아침에도 죽 한모금
저녁에도 죽 한모금

이것마저 못 잇는데
배부르기 바랄쏜가

있는 물건 모두 팔아
보리 사려 하였지만

내 물건은 팔리잖아
기와 소삭 사살이요

네 곡식은 날개 돋쳐
구슬 같고 옥 같지만

보릿자루 하나 나면
수백명이 모여드네

내 보기엔 죽 먹는 자
마을에서 부자로다

으리으리 큰 집에다

정원 수목 우거져서

소나무 대나무에
감나무 돌밤나무

옷걸이엔 명주옷
천장엔 놋그릇

외양간엔 소 누웠고
횃대엔 닭 깃들어

말 잘하고 권력 있어
수염도 멋지더라

熬麩三章 章十二句

東家磤磤	西家磤磤
熬麥爲麩	磨之紛紛
有麨不篩	有麩不揚
粥之爲麨	塡此莩腸
噯腐吞酸	爲瞑爲眩
日月無光	天地旋轉

朝一溢麳　　　暮一溢麳

麳將不繼　　　遑敢求飫

靡物不賣　　　言市其麥

我貨弗售　　　如瓦如礫

爾糶其翔　　　如圭如璧

一囊之麥　　　聚者維百

我視麳者　　　里中之傑

棟宇隆隆　　　園林鬱鬱

有松有竹　　　有梽有梸

椸有絲衣　　　閣有銅盆

牛寢其牢　　　雞栖于桀

有辯有力　　　有美須髮　〔1810, I-5, 37b〕

5 「보리죽」은 흉년을 슬퍼한 노래다. 가을 추수할 가망은 없어져 부잣집에서도 모두 보리죽을 먹는 형편이고, 신세가 고단한 자들은 보리죽도 먹기 어려웠다(麳는 보리죽을 말한다). 내가 다산에 있을 때 앞마을 사람들이 모두 보리죽을 먹고 있었는데 보릿겨와 모래가 절반이나 섞여 있어서 먹고 나면 속이 쓰려 견딜 수가 없었다(熬麳閔荒也 無所望秋 富人之家 皆食麥粥 其煢獨者 麥粥亦艱焉〔麳者麥粥也〕余在茶山 前村皆麳取而食之 糠秕沙礫相半 旣食而酸 不可安矣 ─ 원주).

5. 승냥이와 이리[6]

승냥이여, 이리여!
송아지 이미 채 갔으니
양일랑 물지 마라

장롱엔 속옷 없고
시렁엔 치마도 없다

항아리엔 남은 소금 없고
쌀독엔 남은 양식 없노라

큰 솥 작은 솥 다 앗아 가고
숟가락 젓가락 다 훔쳐 갔네

도적도 아니고 원수도 아닌데
어찌 그리 악독한가

살인자 죽었는데
또 누굴 죽이려나?

이리여, 승냥이여!

삽살개 이미 빼앗아 갔으니
닭일랑 묶지 마라

자식 이미 팔았지만
내 아낸들 누가 사랴

내 가죽 다 벗기고
뼈마저 부수다니

우리의 논밭을 바라보아라
얼마나 크나큰 슬픔이더냐

가라지풀도 못 자라니
쑥인들 있을쏜가

살인자 이미 자살했는데
또 누굴 해치려나

승냥이여, 호랑이여!
말한들 무엇하리

금수 같은 놈들이여
나무란들 무엇하리

부모가 있다지만
믿을 수 없네

달려가 호소하나
들은 체도 하지 않네

우리의 논밭을 바라보아라
얼마나 크나큰 참상이더냐

백성들 이리저리 유랑하다가
시궁창 구덩이를 가득 메우네

아버지여, 어머니여!
고량진미 먹으면서

방에는 기생 두어
얼굴이 연꽃 같네

豺狼三章 二章章十三句 卒章十六句

豺兮狼兮

旣取我犢　　　毋噬我羊

笥旣無襦　椸旣無裳
甕無餘鹽　瓶無餘糧
錡釜旣奪　匕筯旣攘
匪盜匪寇　何爲不臧
殺人者死　又誰戕兮

狼兮豺兮
旣取我尨　毋縛我雞
子旣粥矣　誰買吾妻
爾剝我膚　而槌我骸
視我田疇　亦孔之哀
根莠不生　其有蒿萊
殺人者死　又誰災兮

豺兮虎兮　不可以語
禽兮獸兮　不可以詬
亦有父母　不可以恃
薄言往愬　襃如充耳
視我田疇　亦孔之慘
流兮轉兮　塡于坑坎
父兮母兮　粱肉是啖
房有妓女　顏如菡萏　〔1810, I-5, 37b〕

6 「승냥이와 이리」는 백성들의 이산(離散)을 슬퍼한 노래다. 남쪽에 두 마을이 있어 하나는 용촌(龍村)이고 또 하나는 봉촌(鳳村)인데, 용촌에 갑(甲)이 살고 봉촌에 을(乙)이 살았다. 두 사람이 우연히 장난하며 다투다가 을이 병들어 죽었다. 두 마을 사람들은 관검(官檢)이 두려워 갑에게 자살할 것을 권해 갑은 흔연히 자기 목숨을 끊어 마을을 평안하게 했다. 몇개월 뒤에 아전들이 이를 알고 두 마을의 죄상을 물어 돈 3만냥을 토색질해 갔다. 한치 베, 한톨 곡식도 남지 않았다. 그 지독함이 흉년보다 더 심해서 아전들이 돌아가는 날 두 마을 사람들도 모두 떠나갔다. 부인 하나가 수령에게 하소연하니 수령이 "네가 가서 찾아보라"라고 했다(豺狼哀民散也 南有二村 曰龍曰鳳 龍有某甲 鳳有某乙 偶戲相毆 乙者病斃 二村之民 畏於官檢 令甲自裁 甲欣然自死 以安村里 旣數月 吏知之 聲罪二村 徵錢至三萬 寸布粒粟 靡有遺者 其毒急於凶年 吏歸之日 二村則流 有一婦 訴于縣令 令曰爾出而索之 ─ 원주).

6. 오누이[7]

오누이 둘이서 나란히 걸어가네
누이는 북상투 동생은 쌍상투

누이는 이제 겨우 말 배울 나이
동생은 더벅머리 늘어뜨리고

어미 잃고 울면서
갈림길서 헤매이네

그들 잡고 물어보니
목이 메어 더듬는 말

"아버진 집 떠나고
어머닌 짝 잃은 새

쌀뒤주 바닥나
사흘을 굶었다오

엄마하고 나하고 흐느껴 울어
눈물 콧물 두 뺨에 얼룩지는데

동생은 울면서 젖을 찾으나
젖은 이미 말라버렸죠

어머니 내 손 잡고
젖먹이 저 애와

산골 마을 다니며
구걸해서 먹었다오

어촌 장에 이르러선
엿도 사서 먹였는데

우리를 데리고 길 너머 와서는
어미 사슴 새끼 품듯 안고 재워서

아이는 포근히 잠이 들었고
나도 역시 죽은 듯 잠들었는데

잠 깨어 이리저리 살펴봤으나
어머닌 여기에 없었답니다”

말하다가 울다가
눈물 콧물 비오듯

해 저물어 어둔 하늘
새들도 집 찾건만

외로운 두 남매
갈 집이 없네

슬프다, 이 백성들
천륜마저 잃었구나

부부간 서로도 사랑하지 못하고
어미도 제 자식 돌보지 못하네

갑인년에 이 몸이
암행어사 되었을 때

임금님 당부가 고아를 보살펴
고생 없이 하라고 부탁했건만

벼슬하는 사람들
감히 이 말 어길쏘냐

有兒一章 章四十四句

有兒雙行	一角一羈
角者學語	羈者髧垂
失母而號	于彼叉岐
執而問故	嗚咽言遲
曰父旣流	母如羈雌
瓶之旣罄	三日不炊
母與我泣	涕泗交頤
兒啼索乳	乳則枯萎
母攜我手	及此乳兒
適彼山村	丐而飼之
攜至水市	啖我以飴
攜至道越	抱兒如麛
兒旣睡熟	我亦如尸
旣覺而視	母不在斯
且言且哭	涕泗漣㴑

日暮天黑	栖鳥群蜚
二兒伶俜	無門可闚
哀此下民	喪其天彝
伉儷不愛	慈母不慈
昔我持斧	歲在甲寅
王眷遺孤	母俾殿屎
凡在司牧	母敢有違 〔1810, I-5, 38a〕

7 「오누이」는 흉년을 슬퍼한 노래다. 남편은 아내를 버리고 어머니는 자식을 버렸다. 일곱살 난 계집아이가 동생을 데리고 길가에서 방황하면서 어머니를 잃고 울부짖고 있었다(有兒閔荒也 夫棄其妻 母棄其子 有七歲女子 攜其弟 彷徨街路 哭其失母焉 — 원주).

용산촌의 아전[1]

아전들 용산촌龍山村에 들이닥쳐서
소 뒤져 관리에게 넘겨주는데

소 몰고 멀리멀리 사라지는 걸
집집마다 문에 기대 보고만 있네

사또님 노여움만 막으려 하니
그 누가 백성 고통 알아줄 건가

유월에 쌀 찾아 바치라 하니
모질고 고달프기 수자리[2]에 비할쏜가

덕음德音[3]은 끝끝내 오지를 않고
만 목숨 서로 베고 죽을 판이네

궁한 살림살이 가엽기 짝이 없어
죽은 자가 오히려 팔자 편하네

남편 없는 과부와
손자 없는 늙은이들

빼앗긴 소 바라보며 엉엉 우는데
눈물이 흘러내려 베적삼을 적시네

촌마을 형편이 이렇게 피폐한데
아전놈은 앉아서 왜 아니 돌아가나

쌀독은 바닥난 지 이미 오랜데
무슨 수로 저녁밥 짓는단 말가

그대로 앉아서 산목숨 끊게 하니
온 동네 사람들 모두가 목이 메네

소 잡아 포를 떠서 세도집에 바치면
재주꾼 솜씨가 이로써 드러나네

龍山吏

吏打龍山村　　搜牛付官人
驅牛遠遠去　　家家倚門看
勉塞官長怒　　誰知細民苦
六月索稻米　　毒痛甚征戍
德音竟不至　　萬命相枕死
窮生儘可哀　　死者寧智矣

婦寡無良人　　翁老無兒孫

泫然望牛泣　　淚落沾衣裙

村色劇疲衰　　吏坐胡不歸

瓶甖久已罄　　何能有夕炊

坐令生理絶　　四隣同嗚咽

脯牛歸朱門　　才諝以甄別　　〔1810, I-5, 38b〕

1 두보의 시에 차운하다. 경오년 6월(次杜韻 庚午六月 ─ 원주).
2 수(戌)자리: 국경을 지키는 일.
3 덕음: 임금님의 말씀.

파지촌의 아전

아전들 파지촌波池村에 들이닥치니
시끄럽고 소란하기 군대 점호 같구나

주려 죽은 시체에 병든 시체 뒤섞여
마을에 농부라곤 없어졌는데

호령하여 고아 과부 옭아매고는
등에다 채찍질, 앞으로 끌고 가니

개처럼 욕먹고 닭처럼 몰리어
사람들 행렬이 성城까지 이었구나

그중에 가난한 선비 한 사람
수척한 몸에다 가장 외로워

하늘을 우러러 죄 없음을 호소하는
구슬픈 원망소리 끝없이 이어지네

하고 싶은 말일랑 감히 못하고
눈물만 비오듯 쏟아지는데

아전놈들 화내며 완악하다고
욕보여 다른 사람 겁을 주려고

높은 나무 가지 끝에 거꾸로 매달아
머리를 나무뿌리에 닿게 하고는

"쥐새끼 같은 놈이 두려움을 모르고서
네가 감히 상영上營을 거역할 건가

글을 읽어 옳은 것을 알 만도 한데
왕세王稅는 서울에 바쳐야 하리

늦여름 지금까지 연기했으면
은혜가 무거운 걸 알아야 하지

큰 배가 포구에서 기다리는데
이다지도 네 눈이 어둡단 말가"

아전 위신 세우는 건 바로 이때라
이리저리 지휘하는 아전들이란

波池吏

吏打波池坊　　喧呼如點兵
疫鬼雜餓莩　　村墅無農丁
催聲縛孤寡　　鞭背使前行
驅叱如犬雞　　彌亘薄縣城
中有一貧士　　瘠弱最伶俜
號天訴無辜　　哀怨有餘聲
未敢敍衷臆　　但見涕縱橫
吏怒謂其頑　　僇辱怵衆情
倒懸高樹枝　　髮與樹根平
蚓生瞥不畏　　敢爾逆上營
讀書會知義　　王稅輸王京
饒爾到季夏　　念爾恩非輕
嵯峨滯浦口　　爾眼胡不明
立威更何時　　指揮有公兄　〔1810, I-5, 39a〕

해남촌의 아전

나그네 한 사람 해남海南에서 달려와
무서운 것 피해 오는 길이라면서

오래도록 가쁜 숨 멎지를 않고
두려운 기색이 상기도 남아 있네

이 사람 승냥이를 만난 게 아니라면
오랑캐 만난 게 분명하렷다

"세금 독촉 아전들이 마을에 나타나
이리저리 다니면서 마구 짓밟고

신관 사또 명령이 더욱 엄해서
정해진 기한을 어길 수 없노라고

주교사舟橋司[1]의 만곡선萬斛船이
정월에 서울 떠나

더이상 지체하면 모가지가 날아감은
전례가 있는데 본받을쏘냐

이 집 저 집 통곡소리 시끄럽지만
이것으로 뱃사공에 아첨한다네

나는 이제 호랑이 피해 왔지만
바싹 마른 물고기를 그 누가 구해주리”

두 줄기 눈물이 비오듯 쏟아지며
긴 한숨소리가 휘파람 되어 나네

海南吏

客從海南來	爲言避畏途
坐久喘未定	怖怵猶有餘
若非値豺狼	定是遭羌胡
催租吏出村	亂打東南隅
新官令益嚴	程限不得踰
橋司萬斛船	正月離王都
滯船必黜官	鑑戒在前車
嗷嗷百家哭	可以媚權夫
吾今避猛虎	誰復恤枯魚
泫然雙淚垂	條然一嘯舒 〔1810, I-5, 39a〕

1 주교사: 357면 주12 참조.

〔해제〕이른바 '삼리三吏'로 일컬어지는 두보杜甫의 「석호리石壕吏」「신안리新安吏」「동관리潼關吏」에 차운한 다산의 시 세편은 이조후기 사회 아전의 전형적인 모습을 성공적으로 형상화한 작품이다.

제4부

농가의 여름

유배 이후 시절 1818~36

초여름의 한가한 삶

3

늘그막의 탕목읍湯沐邑[1]이 이 띠집이라
한 평상에 앉았다가 그 자리서 눕는다네

보기에 즐거운 건 남쪽 들 아득한 물
마음에 상쾌한 건 북녘 창의 서늘함

문자文字를 가지고 기세다툼 하지 말라
점차로 알겠네, 이 세상이 장난터임을

황혼을 기다려 요란하게 코를 골고
무더운 밤이라 등불마저 미워지네

5

쓸모없는 이 몸이 얼마나 살는지
마른 나무 식은 재라 정 둔 데가 없다네

호미질 잊어 채소는 쑥 속에 묻히고
저술을 안 해도 책은 쌓여 있다네

급한 성질 녹아버려 기쁨 노염 없지만

병든 몸은 용케도 맑고 갠 것 안다네

시가詩家의 격율格律이 번쇄한 것 싫어서
웃으며 욕하며 붓 가는 대로 글을 쓰네

端午日 次韻陸放翁初夏閑居八首 寄淞翁

3

晩年湯沐此茅堂	坐一牀仍臥一牀
悅眼物唯南垞淼	快心事是北窓涼
莫將文字施爭氣	漸識乾坤本戲場
待到曛黃轟鼻齁	炎宵況又惡燈光

5

懶散常思幾許生	死灰槁木不鍾情
忘鋤菜逕蒿中沒	廢著書猶案上橫
急性消磨無喜怒	病軀靈慧識陰晴
詩家格律愁煩瑣	笑罵從他信筆成 〔1828, I-6, 1a〕

---

1 탕목읍: 260면 주6 참조.

〔해제〕 원제는 '단오일에 육방옹의 「초하한거初夏閑居」 8수에 차운하여 송

494

옹淞翁에게 부치다'이다. 다산은 1818년 8월 이태순李泰淳의 상소로 18년간의 유배생활에서 풀려나 8월 14일 고향집에 돌아왔다. 신조선사본 『여유당전서』에는 1811년부터 1827년까지의 시가 수록되어 있지 않다. 다만 『여유당전서』 권6과 권7에 경진(庚辰, 1820), 갑신(甲申, 1824), 병술(丙戌, 1826), 정해(丁亥, 1827)로 표기된 시가 여기저기 보이는 것을 볼 때 이 기간에도 시를 썼던 것 같은데 후에 흩어져 일부는 없어진 듯하다. 이 시는 해배된 지 10년 만인 67세 때 쓴 작품으로 노경의 다산의 담박한 심경이 드러나 있다. 그리고 1828년부터 서거하기까지의 시는 제작연도가 어지럽게 뒤섞여 있기 때문에 제작연도가 분명한 것은 연도를 밝히고 그렇지 않은 시의 제작연도는 '추정'이라 표기했다.

농가의 여름
육방옹陸放翁[1]의 시에 차운하여

1

산앵두 잘 익어 검붉은 빛깔이고
곱고 고운 들딸기 붉기도 해라

집 안에 남은 건 새들뿐이고
숲속엔 아이들이 흩어져 있네

심다 남은 모포기가 논두렁에 쌓여 있고
보리이삭 주운 것이 광주리에 가득하네

높은 곳 천수답엔 먼지가 날려
혼자서 하느님께 기도해보네

2

생선값이 헐하니 국에는 창자 많고
개구리가 많으니 논엔 일꾼 있는 듯

아침엔 외상 술값 독촉하더니
밤에는 품삯 달라 조르고 있네

울 밑엔 붉은 오디 떨어져 있고

지붕 위엔 쑥대풀이 푸르게 자라났네

꼴 보기 싫은 건 저 어부 여편네
대낮에도 정자 위에 번듯이 누워 있네

4
도망간 송아지 콩밭 들까 걱정이고
고치 따고 남은 시렁 땔감으로 좋다네

부러진 보습은 영감 와야 고치고
새 잠방이 꿰매는 일 할멈 차지네

비 온다 햇볕 난단 예측이 들어맞아
갤지 흐릴지 귀신같이 알아내네

부끄럽고 부끄럽네, 책 속의 좀벌레는
어느덧 나이 벌써 칠순이 되었구나

又次陸放翁 農家夏詞六首

1
睆睆山櫻黑　　鮮鮮野苺紅
屋中餘鳥雀　　林裏散孩童

委隓秧堆岸　　收遺麥滿籠
高田飛堀堁　　私語禱天公

2

魚賤羹多乙　　蛙繁舀有丁
酒賖朝更督　　耘賃夜相經
落甚籬根紫　　驕蓬屋上靑
生憎船者婦　　淸畫臥松亭

4

犢逃驚踐菽　　繭摘利餘薪
折耟須翁補　　新褌仗媼紉
雨暘談有驗　　良惡辨如神
慚愧書中蠹　　悠悠到七旬　　〔1828(추정), I-6, 2b〕

1 육방옹: 중국 남송(南宋)의 대표적 시인인 육유(陸游)의 호.

498

늙어서

5

나의 노쇠함을 다시 말해 무엇하리
여름에도 휘장을 걷지 못하네

어리던 자식놈은 귀밑털이 하얗고
증손은 하마 벌써 색동옷 입었네

눈동자 있으나 글자 쓰기 어려운데
이는 없어도 고기 씹을 만하네

늙은 나무 제 비록 살아 있은들
그 어찌 싹 틔우고 꽃을 피우랴

次韻范石湖病中十二首 簡示淞翁

吾衰復何說　　朱夏未褰幃
弱子今霜鬢　　曾孫已綵衣
有眸艱作字　　無齒可劘肥
老樹雖然活　　萋華豈放輝　〔1828(추정), I-6, 5b〕

어미닭과 병아리

변상벽卞尚璧[1]의 그림을 보고

고양이 그려서 세상에 유명하니
변씨는 이로써 '변고양이'라 불렸는데

이번에 또다시 병아리 그려내니
가는 털 하나하나 살아 있는 듯

어미닭은 까닭 없이 잔뜩 노해서
안색이 사납게 험악한 표정

목털은 곤두서서 고슴도치 닮았고
건드리면 꼬꼬댁 야단맞는다

쓰레기통 방앗간 돌아다니며
땅바닥을 샅샅이 후벼파다가

낟알을 찾아내면 쪼는 척만 하고서
새끼 위한 마음으로 배고픔 참아내네

아무것도 없는데 놀라서 허둥지둥
올빼미 그림자 숲 끝을 지나가네

참으로 장하도다 자애로운 그 마음
하늘이 내린 사랑 그 누가 빼앗으랴

병아리들 어미 곁을 둘러싸고 다니는데
황갈색 연한 털이 예쁘기도 하여라

밀랍 같은 연한 부리 이제 막 여물었고
닭벼슬은 씻은 듯 연붉은 색깔

그중에 두 놈은 서로 쫓고 쫓기는데
어디메로 그리도 급히 가는고

앞선 놈 주둥이에 무엇이 매달려
뒷놈이 그것을 뺏으려는 것

새끼 둘이 한 지렁이 서로 다투어
두놈이 서로 물고 놓지를 않네

또 한놈은 어미 등에 올라타고서
가려운 곳 혼자서 비비고 있는데

한놈만 혼자서 오지 않고서
채소 싹을 바야흐로 쪼고 있는 중

형형색색 섬세하여 진짜 닭과 똑같아
도도한 기상을 막을 수 없네

듣건대 이 그림 처음 그렸을 때
수탉들이 잘못 알고 법석했다오

그가 그린 고양이 그림 역시
쥐들을 혼내줄 만하였겠으리

예술의 지극함이 여기까지 이르다니
만지고 또 만져도 싫지가 않네

되지 못한 화가들은 산수화 그린다며
이리저리 휘둘러 손놀림만 거치네

題卞尙璧母鷄領子圖

卞以卞貓稱　　畵貓名四達
今復繪鷄雛　　箇箇毫毛活
母鷄無故怒　　顏色猛峭巀
頸毛逆如蝟　　觸者遭嗔喝
煩壤與碓廊　　爬地恆如墢
得粒佯啄之　　苦心忍飢渴

瞿瞿視無形　　鴟影度林末
嗟哉慈愛性　　天賦誰能拔
羣雛繞母行　　茸茸嫩黃褐
蠟嘴軟初凝　　朱冠淡如抹
二雛方追犇　　急急何佻撻
前者咮有垂　　後者意欲奪
二雛爭一蚓　　雙銜兩不脫
一雛乘母背　　癢處方自撥
一雛獨不至　　菜苗方自捋
形形細逼眞　　滔滔氣莫遏
傳聞新繪時　　雄鷄誤喧聒
亦其烏圓圖　　可以群鼠愒
絶藝乃至斯　　摩挲意未割
麗師畫山水　　狼藉手勢濶　　〔1827(추정), I-6, 19b〕

1 변상벽: 이조 숙종 때의 화가로 특히 동물화(動物畫)에 능했다고 한다.

초의에게

축 늘어진 초의草衣에다
번들번들 민둥머리

너, 중 껍질 벗겨내고
너, 유자儒者의 뼈 드러내어라

묵은 거울은 갈고 닦았으나
새 도끼는 찍지 않아

밝게 보아 깨달았다는
그게 바로 제이월第二月[1]이라

庚寅除夕 同諸友分韻

其五 贈草衣禪

氁氁草衣　　髼髼禿髮
剝爾禪皮　　露爾儒骨
古鏡既磨　　新斧非鉏
見明星悟　　是第二月　〔1830, I-6, 27a〕

1 제이월: 불가의 용어로 손가락으로 눈을 누르고 달을 보면 본래 달 곁에 희미하게 나
  타나는 달을 가리키는 말인데, '진실이라고 잘못 인정된 것, 무의미한 것'이란 의미
  로 쓰인다.

〔해제〕 초의草衣는 속성俗姓이 장씨張氏이고 법명法名은 의순意洵이다. 그는
1809년 혜장의 소개로 초당으로 다산을 찾아가 다산으로부터 유학의 경전을
배웠다. 다산은 그에게 불교의 허망함을 지적하고 유학의 가르침을 따르도록
유도한 것으로 보인다. 그래서 한때는 대둔사 승려들 사이에 '초의가 환속하여
유학을 공부하려 한다'는 소문이 돌기도 했다. 초의는 『동다송東茶頌』 등의 저
서를 통해 이조 후기의 차문화를 중흥한 인물로 평가된다. 이 시는 1830년 몇몇
승려들과 마재〔馬峴〕로 다산을 방문했을 때 다산이 써준 시이다.

가마꾼[1]

사람들 아는 것은 가마 타는 즐거움뿐
가마 메는 괴로움은 모르고 있네

가마 메고 험한 산길 오를 때에는
날쌔기가 산 타는 사슴과 같고

가마 메고 비탈길 내려올 때는
우리로 돌아가는 양떼처럼 재빠르며

가마 메고 깊은 골짝 건너갈 때는
다람쥐도 덩달아 같이 춤추네

바위 옆을 지날 때엔 어깨 낮추고
좁은 길 지날 땐 민첩하게 다리 꼬고

검푸른 저수지 절벽에서 내려 볼 땐
혼비백산 놀라서 아찔하지만

평지를 밟듯이 날쌔게 달려
귀에서 바람소리 윙윙 난다네

이 산에 유람하는 까닭인즉슨
이 즐거움 맨 먼저 손꼽기 때문

근근히 관첩官帖을 얻어만 와도
역속役屬들은 규칙대로 따라야 하는데

하물며 한림翰林이 말 타고 행차하면
누가 감히 이들을 업신여기리

영리領吏²는 채찍 들어 지시를 하고
수승首僧³은 부서를 편성하고 정돈하여

높은 분 영접에 기한을 어길쏘냐
엄숙한 행렬이 뒤따라 이어져

가마꾼 숨소리 폭포소리에 뒤섞이고
땀이 흘러 해진 옷 흠뻑 적시네

외진 모퉁이 지날 땐 옆사람 빠져나고
험한 곳 오를 때엔 앞사람 구부린다

밧줄에 눌려서 두 어깨에 자국 나고
돌에 채여 비틀비틀 상처가 낫지 않네

자기는 고생하며 남을 편케 해주니
하는 일, 말 당나귀와 다를 바 없네

너나 나나 본래는 똑같은 동포이고
한하늘 부모 삼아 다같이 태났는데

너희들 어리석어 이런 천대 감수하니
내 어찌 부끄럽고 안타깝지 않을쏘냐

나의 덕이 너에게 미친 것 없었는데
나만 홀로 어찌 너의 은혜 받으리

형장兄長이 아우를 사랑치 않으면
부모의 속마음 화나지 않겠는가

중들은 그래도 덜한 편이요
영하호嶺下戶[4] 백성들 가련하구나

두마리 말이 끌 큰 가마 메느라
온 마을 동원하여 말노릇 시키니

닭처럼 개처럼 내몰리면서
으르는 소리가 범보다 더 심하네

예부터 가마 타는 자 지킬 계율 있었는데
지금은 이 계율 흙같이 버린지라

김매던 자 호미를 던져버리고
밥 먹던 자 먹던 음식 뱉어야 할 판

죄 없이 욕먹고 꾸중 듣건만
일만번 죽어도 머리는 조아려야

지칠 대로 지쳐서 험한 고비 넘기면
그때야 비로소 포로신세 면하지만

일산日傘 드날리며 호연히 가버릴 뿐
한마디 위로의 말 남기지 않네

기진하여 논밭으로 돌아오면은
지친 몸 신음소리 실낱같은 목숨이네

견여도肩輿圖 그려내어
임금님께 바칠거나

人知坐輿樂　　不識肩輿苦
肩輿上峻阪　　捷若躋山麑
肩輿下懸崿　　沛如歸笠羖
肩輿超谽谺　　松鼠行且舞
側石微低肩　　窄徑敏交股
絕壁頻黝潭　　駭魄散不聚
快走同履坦　　耳竅生風雨
所以游此山　　此樂必先數
紆回得官帖　　役屬遵遺矩
矧爾乘傳赴　　翰林疇敢侮
領吏操鞭扑　　首僧整編部
迎候不差限　　肅恭行接武
喘息雜湍瀑　　汗漿徹襤褸
度巇旁者落　　陟險前者傴
壓繩肩有瘢　　觸石跰未瘉
自瘁以寧人　　職與驢馬伍
爾我本同胞　　洪勻受乾父
汝愚甘此卑　　吾寧不愧憮
吾無德及汝　　爾惠胡獨取
兄長不憐弟　　慈衷無乃怒
僭輩猶胥矣　　哀彼嶺下戶
巨槇雙馬轎　　服駷傾村塢

被驅如犬鷄　　聲吼甚豺虎

乘人古有戒　　此道棄如土

耘者棄其鋤　　飯者哺而吐

無辜遭嗔喝　　萬死唯首俯

顚頓旣踰艱　　噫吁始贖擄

浩然揚傘去　　片言無慰撫

力盡返其畝　　呻唫命如縷

欲作肩輿圖　　歸而獻明主　〔1832(추정), I-6, 32b〕

1 다른 사람의 작품을 개작함(改人作 —— 원주).
2 영리: 아전의 우두머리.
3 수승: 중의 우두머리.
4 영하호: 관인(官人)들의 행차 때 가마를 메주는 의무를 지는 호(戶). 그 대신 다른 신
　역은 면제된다.

노인의 즐거움

4

늙은 사람 한가지 유쾌한 일은
귀먹은 것이 또 그 다음이라

세상에 들리는 건 좋은 소리 없어서
모두가 시비를 다툴 뿐이네

헛된 칭찬으로 하늘까지 올라가고
허망한 모함으로 구렁텅이 떨어지지

예악禮樂은 황폐한 지 오래인지라
아! 약빠르고 경박한 뭇 아이들이여

개미가 달랑달랑 교룡蛟龍을 침범하고
생쥐가 끽끽대며 사자를 물어뜯네

솜으로 두 귀를 막지 않아도
천둥소리 점점 더 가늘어지니

나머진 모두가 적막하기만
누런 잎 떨어지면 바람 부는군

파리가 울어대고 지렁이가 소리쳐
난동을 부린들 누가 다시 알리오

겸하여 가장노릇 잘할 수 있어라
귀먹고 말 못해 큰 바보 되었으니

자석탕磁石湯이 비록 있다고 해도
크게 웃고 의원醫員 한번 꾸짖으리라

5
늙은 사람 한가지 유쾌한 일은
붓 가는 대로 마음껏 써버리는 일

구태여 경병競病[1]에 구속될 필요 없고
고치고 다듬느라 더딜 것 없어

흥이 나면 당장에 뜻을 실리고
뜻이 되면 당장에 글로 옮긴다

나는야 조선사람
조선시朝鮮詩 즐겨 쓰리

그대들은 그대들 법 따르면 되지
오활하다 그 누가 비난하리오

구구한 그 격格과 율律을
먼 곳 사람 어떻게 알 수 있으랴

능멸하기 좋아하는 이반룡李攀龍[2]이는
동쪽의 오랑캐라 우릴 조롱했지만

원굉도袁宏道가 설루雪樓를 내려쳤어도[3]
천하에 두말하는 사람 없었네

뒤에서 화살이 겨누고 있는데
마른 매미 엿볼 겨를 있을까보냐[4]

나는야 「산석山石」[5]시를 사모하노니
여랑시女郞詩라 비웃을까 두려워서지

구슬픈 말로써 꾸미고 치장하여
애간장 끊는 시를 어찌 쓰리오

배와 귤은 그 맛이 각각 다른 것
입맛 따라 저 좋은 것 고르면 되지

老人一快事六首 效香山體

4

老人一快事	耳聾又次之
世聲無好音	大都皆是非
浮讚騰雲霄	虛誣落汚池
禮樂久已荒	儇薄嗟羣兒
譽譽螳侵蛟	喞喞鼬穿獅
不待纊塞耳	霹靂聲漸微
自餘皆寂莫	黃落知風吹
蠅鳴與蚓叫	亂動誰復知
兼能作家翁	塞默成大癡
雖有磁石湯	浩笑一罵醫

5

老人一快事	縱筆寫狂詞
競病不必拘	推敲不必遲
興到即運意	意到即寫之
我是朝鮮人	甘作朝鮮詩
卿當用卿法	迂哉議者誰
區區格與律	遠人何得知
凌凌李攀龍	嘲我爲東夷
袁尤槌雪樓	海內無異辭
背有挾彈子	奚暇枯蟬窺

我慕山石句　　　恐受女郎嗤

焉能飾悽黯　　　辛苦斷腸爲

梨橘各殊味　　　嗜好唯其宜　〔1832(추정), I-6, 33a〕

1 경병: 어려운 운자(韻字), 즉 험운(險韻)으로 시를 짓는 것. 개선장군 조경종(曹景宗)이
　양무제(梁武帝)앞에서 '競' '病' 두 운자로 시를 짓기를, "떠날 땐 아녀자들 슬퍼했는
　데 돌아오니 피리와 북 다투어 울리네. 묻노니 길 가는 나그네여, 곽거병에 비해서 어
　떠한가요"(去時兒女悲 歸來笳鼓競 借問行路人 何如霍去病)라 했다.
2 이반룡: 중국 명(明)나라의 문인 학자. 자는 우린(于鱗). 시와 고문에 능하여 명나라
　7재자(七才子)의 한 사람으로 꼽힌다.
3 원굉도는 명나라의 문인 학자이고 설루는 이반룡의 서실 이름인 백설루(白雪樓)를
　말한다. 원굉도는 평소에 이반룡의 시체(詩體)를 비판했다. 다산 또한 이반룡에 대해
　서 매우 비판적인 견해를 가졌다. 「상족부해좌범조서(上族父海左範祖書)」(I-18, 16b)
　참조.
4 『장자(莊子)』「산목(山木)」편에 나오는 이야기로, 장자가 이상한 까치를 잡으려고 화
　살을 겨누고 있었는데 살펴보니 사마귀가 매미를 노리고 있고 사마귀 뒤에는 이 까
　치가 사마귀를 노리고 있고 까치 뒤에 자신이 까치를 노리고 있었다는 이야기이다.
5 산석(山石): 한유(韓愈)의 시 제목이다. 원(元)나라 때 원호문(元好問)이 「논시절구(論
　詩絶句)」에서, 진관(秦觀)의 시는 한유의 「산석」에 비하면 '여랑시(女郎詩)'라 평한 바
　있다. 즉 한유의 시는 대장부에 해당하고 진관의 시는 여자에 해당한다는 말.

　〔해제〕 다산이 말한 '조선시' 속에는 여러가지 뜻이 함축되어 있다. 이 시의
표면에 드러난 바와 같이 중국적인 격과 율에 구태여 얽매일 필요가 없다는 뜻
이기도 하고, 조선인이 조선땅에서 조선인의 정서를 노래한 '조선민족시'라는
의미이기도 하다. 여러가지 이유에서 비록 한자를 빌려 쓰긴 하지만 우리의 생
활감정을 우리 나름대로 표현하면 된다는 것이 다산의 생각인 듯하다. 그러므
로 그는 자기 시를 중국시라고 생각하지도 않았고 중국적인 기준에 따라 판단
되기를 바라지도 않았다. 이 시는 우리 시를 중국문학의 예속에서 해방시키려
는 다산의 강한 주체의식의 발로라고 생각되어 주목된다.

속으로 세다

늙은 나이 세어보니 스스로 의아할 뿐
잠시 기뻐 웃다가 갑자기 슬퍼지네

노란 머리 안방 할멈[1] 어디서 왔는고
마룻가의 백발 아이[2] 사뭇 괴이하구나

실낱같은 목숨은 촛불처럼 꺼지리니
육정六丁[3]도 달리는 해를 끌어당기지 못해

정현鄭玄[4]과 왕숙王肅[5]이 나와 무슨 상관이랴
옛 서적은 번잡하여 따를 수 없네

默數

默數頹齡只自疑　　暫時歡笑忽焉悲
何來屋裏黃頭媼　　頗怪牀頭白髮兒
一縷將爲風燭滅　　六丁莫輓火輪馳
鄭玄王肅何關事　　舊稿叢殘不可追　〔1832(추정), I-6, 35b〕

1 안방 할멈: 다산의 부인을 가리킴.
2 백발 아이: 다산의 아들을 가리킴.
3 육정: 신통력을 가졌다는 도교의 여섯 신(神)의 이름.
4 정현: 중국 후한 때의 경학자.
5 왕숙: 중국 삼국시대 위(魏)나라의 경학자.

여름날 전원田園

5

누에 친 후 뽕나무 가지만 앙상터니
따낸 자리 새잎 돋아 예쁘게 자라나네

이번은 힘 다해도 세금으로 바쳐야 해
가을누에 길러서 한해를 살아보세

13

제비란 놈 터 잡으면 옮기실 꺼리는데
마루 천장 여기저기 진흙칠 해놓았네

요즈음 풍수설이 습속이 되었으니
생각건대 새 중에도 지사[1]가 있는 게지

14

몸이 온통 녹색인 조그마한 개구리가
한평생 단정하게 매화나무에 앉아 있네

제가 감히 높이 살기 바라서가 아니라
산 채로 닭 뱃속에 매장될까 겁나서네

17

아홉 마디 창포 비녀 붉은 모시치마 입고
집집마다 아녀자들 새 단장 곱게 했네

자리에서 일제히 단양배端陽拜[2] 올리면은
한 광주리 앵두가 상賞으로 쏟아지네

22

보리 익는 시절이 어촌에선 한철이라
연이은 그물들이 큰 강을 막아놨네

금년에는 협수峽水[3]에 고기 많다 말하지만
좋은 고긴 모두가 깊은 못에 숨었다네

夏日田園雜興 效范楊二家[4]體 二十四首

5

蠶後桑枝竝蕩然　　　摘餘新葉始柔姸
如今竭力輸身分　　　再作家私度一年

13

鷰子開基惜屢移　　　謾將泥點汚梁楣
邇來風水渾成俗　　　疑亦禽中有地師

520

14

綠色通身絶小蛙　　　一生端正坐梅叉

非渠敢有居高願　　　剛怕雞腸活見埋

17

九節菖簪絳苧裳　　　各家兒女艶新粧

席前齊作端陽拜　　　賞賜櫻桃瀉一筐

22

漁村自古麥黃天　　　密罟連環截大川

總道今年饒峽水　　　好魚無數隱深淵　〔1831, 1-7, 12b〕

1 지사: 풍수설에 따라 집터나 묏자리 등을 잡아주는 사람.
2 단양배: 단옷날 어른들에게 올리는 절.
3 협수: 산골짜기에 흐르는 물.
4 범양이가(范楊二家): 중국 송나라 때의 범성대(范成大)와 양만리(楊萬里)를 가리킨다.

〔해제〕 시 13과 관련하여, 다산은 평소 풍수설에 대해 매우 비판적이었다. 그는 회갑일回甲日에 작성해놓은 유언장에서 "집의 동산에 매장하고 지사에게 물어보지 마라"라고 아들에게 당부할 만큼 풍수지리설을 부정했다. 그래서 다산의 묘소는 지금 생가인 여유당 뒤편 동산에 있다.

수촌水村의 흉년

  1

동풍이 건듯 부니 풀잎이 흩날리고
꽃과 버들 그대로 옛날과 같은데

봄이 오니 더더욱 적막하기만
낡은 집에 찬 연기, 해는 더디 지는구나

  3

번쩍번쩍 칼을 갈아 산 위로 올라가서
소나무 껍질 벗겨 한입 가득 먹는구나

묘지기 목 타도록 말려도 할 수 없어
천그루 소나무가 하얗게 벗겨지니
마릉馬陵의 글씨[1]를 쓸 만도 하네

  7

뼈만 남아 여윈 소가 억지로 쟁기 끄니
채찍질 휘두른들 어찌 깊이 갈 수 있나

느릅나무 그늘에서 소와 사람 함께 쉬니
석양 무렵 되어서야 논 한두락 겨우 가네

9

황효黃驍[2]의 물길 따라 고기 잡는 어선들은
보리 익는 시절이 일년 중 제철인데

처량하다, 백사장에 말리는 그물 위엔
석양에 백구白鷗[3]가 와 잠잘 뿐이네

荒年水村春詞 十首

1

東風吹綠草離離	花柳依然似昔時
只是寂寥春更甚	冷烟衰屋日華遲

3

磨刀霍霍上山墟	劚取松皮滿口茹
塚戶屑焦那禁得	千株白立馬陵書

7

牛骨崚嶒強服犁	百鞭那得曳深泥
楡陰放歇人俱歇	恰到殘陽了一畦

9

黃驍流水釣魚船   時勢年年養麥天

沙上可憐晞網處   夕陽唯有白鷗眠　〔1833, I-7, 13b〕

1 마릉의 글씨: 마릉은 중국 제(齊)나라의 장군 손빈(孫臏)이 위(魏)나라 방연(龐涓)을
　크게 무찌른 곳. 방연이 손빈의 계교에 속아 군사를 이끌고 마릉에 도착해보니, 큰 나
　무를 깎아 흰 바탕에 "방연이 이 나무 아래에서 죽으리라"라고 써 있었다고 한다. 이
　시에서는 소나무들이 마릉의 나무처럼 껍질이 벗겨져 있다는 뜻.
2 황효: 한강 지류의 하나.
3 백구: 갈매기.

회혼일回婚日에[1]

육십년이 바람처럼 순식간에 지났는데
복사꽃 핀 봄빛은 신혼시절 같구나

생이별 사별死別은 늙음을 재촉하나
슬픔 짧고 기쁨 길어 임금 은혜 감사하네

이 밤 읽는 목란사木蘭詞[2] 소리 더욱 다정하고
그 옛날 하피霞帔[3]엔 먹흔적 아직 있네

갈라졌다 합해지니 진짜 나의 모습이라
합환주合歡酒 술잔 남겨 자손에게 물려주리

回졸詩

六十風輪轉眼翻　　穠桃春色似新婚
生離死別催人老　　戚短歡長感主恩
此夜蘭詞聲更好　　舊時霞帔墨猶痕
剖而復合眞吾象　　留取雙瓢付子孫　〔1836, I-7, 16a〕

1 병신년 2월 회근 3일 전이다(丙申二月 回졸前三日 ― 원주).
2 목란사: 중국 북방에서 불린 악부시(樂府詩)의 하나로, 우리나라에서는 흔히 남편이
  아내에게 읽어주었다고 한다.
3 하피: ‘노을색 치마’란 뜻인데 여기에는 유래가 있다. 다산이 쓴 「제하피첩(題霞帔帖)」
  (I-14, 39b)을 옮겨둔다. “내가 강진에서 귀양살이하고 있을 때 병든 아내가 헌 치마 다
  섯 폭을 보내왔는데 시집올 때 가지고 온 것으로 붉은색은 바랬고 노란색도 엷어져
  서본(書本)으로 쓰기에 알맞았다. 그래서 이를 재단해 작은 첩(帖)을 만들고 손 가는
  대로 훈계하는 말을 써서 두 아들에게 전해준다. 다른 날 이 글을 보고 감회가 일어 두
  어버이의 향기로운 은택에 접하며 뭉클한 느낌이 일어나지 않을 수 없을 것이다. 이
  름을 ‘하피첩(霞帔帖)’이라고 한 것은 ‘붉은 치마’를 돌려서 말한 것이다. 가경 경오년
  초가을 다산의 동암에서 쓰다.” 이로 보아 다산이 하피첩을 만든 것은 1810년이었다.

〔해제〕 다산은 1776년 2월 22일에 풍산 홍씨와 결혼했으니 이 시를 쓴 해는
결혼 60주년이 되는 때이다. 그리고 다산은 결혼 60주년 되는 그날 세상을 떠났
다. 이 시는 그가 운명하기 3일 전에 쓴 시다. 다산의 마지막 작품인 셈이다.

다산시의 이해

송재소

1. 다산시의 사실성

다산의 시는 사실성을 그 중요한 특징으로 한다. 단순한 경물景物의 묘사에서 사회현상 전반의 묘사에 이르기까지 작가가 묘사하려는 대상을 충실하게, 있는 그대로 묘사한다는 것은 시를 포함한 예술 일반의 가장 기본적인 요건임에 틀림없다. 이와 같은 다산의 사실주의적 정신은 다음과 같은 글에 잘 나타나 있다.

그의 작품들에서는 꽃·나무·새·짐승·벌레 등 할 것 없이 모두가 화법의 묘리에 맞아서 섬세하고도 생동성이 강하다. 저 서투른 화가들이 모지라진 붓에다가 먹물만 듬뿍 찍어서 기괴하게 되는 대로 휘두르면서, 뜻만 그리고 형形은 그리지 않는다고 자처하는 자들의 작품과는 대비할 바가 아니다. 윤공尹公은 언제나 나비·잠자리 같은 것들도 손에 잡아 들고 그 수염·눈썹·털·고운 맵시 등의 섬세한 부분까지 자세히 살펴보고는 그 모양을 그렸으며, 꼭 실물을 닮은 뒤에라야 붓을 놓았다. 이를 보더라도 그가 그림에 얼마나 정력을 들였으며 애를 썼는가를 짐작할 만하다.(「拔萃羽帖」, I-14, 20b)

이것은 그가 윤용尹愹이라는 사람의 화첩에 발문으로 쓴 글인데, 대상을 '정확하게 관찰하고', 그것을 '정확히 그려야 한다'는 다산의 예술관이 분명히 드러나 있다. '정확히 관찰한다'는 말은 작가가 그리려고 하는 대상을 '섬세한 부분까지 자세히 살펴본다'는 말이고, '정확히 그려야 한다'는 말은 '꼭 실물을 닮게' 그려야 한다는 말이다. 앞의 글에서 다산이 "뜻만 그리고 형形은 그리지 않는" 화가들을 비판한 것은 대상을 보고 느낀 작가의 생각에 따라서, 바꾸어 말하면 작가의 주관에 따라서 객관적인 대상의 모습이 달라질 수도 있다는 것을 비판한 말이다. 새나 꽃을 그릴 때에는 일차적으로 그 새나 꽃을 있는 그대로 관찰하는 일이 중요하다. 그런 다음에야 비로소 정확하게 그릴 수 있게 되는 것이다.

이와 같은 다산의 생각은 회화의 경우에만 국한된 것이 아니다. 화가가 그리려는 대상이 잠자리면 그 잠자리를 정확히 그려야 하고, 시인이 19세기 초의 이조 농촌사회를 묘사의 대상으로 삼았으면 그 사회의 "섬세한 부분까지 자세히 살펴보고" 그 사회의 참모습과 다르지 않게 묘사해야 한다. 특히 그리려는 대상이 꽃이나 새가 아니고 주체로서의 작가와 대립해 있는 현실생활인 경우에는, 현실 자체가 복잡하고 무수한 여러 관계가 얽혀 있기 때문에 현실의 참모습이 어떤 것인가, 자기가 처한 현실의 기본 양태가 어떤 것인가를 파악하는 일이 선행되지 않을 수 없다. 현실의 일부분만 보고서 그것을 전체로 착각하거나, 일시적인 사회 현상이 자기의 관념과 우연히 일치한다고 해서 그것을 그 시대 현실의 기본적인 구조라고 주장하여 현실을 왜곡해서는 안 된다. 이렇게 되면 복잡하고 다면적인 현실을 그 다면성에서 파악하지 못하고 관념화하는 결과를 초래하고 만다. 말하자면 대상을 정확히 관찰하지 못한 셈이 된다.

이렇게 현실의 참모습을 정확히 파악하고 나서는 그것을 또 정확히 그려야 한다. 그러나 다면적이고 복잡한 현실을 그 세부에 이르기까지 전부 그릴 수는 없기 때문에 작가는 현실을 개괄해서 몇개의 전형典型을 창조하게 된다. 전형적인 인물, 전형적인 환경의 창조를 통해서 작가는 그 시대 현실의 전체적인 양상을 대표하게 하는 것이다. 그러므로 작가가 '얼마나 정확한 전형을 창조하느냐' 하는 문제와 '그 전형을 얼마나 정확하게 묘사하느냐' 하는 문제가 중요해진다. 정확한 전형을 창조한다는 것은 현실을 개괄하는 능력을 말하고, 이 능력은 현실을 정확히 관찰하는 데에서만 얻을 수 있다. 정확히 묘사한다는 말은 쉽게 얘기해서 '실감나게' 묘사한다는 말이다. 이 '실감'이라는 말은 사실이 아닌 것도 사실인 양 그럴 듯하게 묘사하는 걸 의미하지는 않는다. 그 시대 현실의 올바른 개괄이 아닌 것을 아무리 애써서 묘사한다고 한들 실감이 나기는 어려운 법이다. 이런 경우 대부분의 사람들은 실감이 나기는커녕 어느 먼 나라의 이야기를 읽는 기분일 것이다. 이렇게 되면 비록 그 작품이 당대현실을 소재로 해서 쓴 것일지라도 현실성이 없어지고 만다. 이러한 관점에서 다산이 이조후기 사회를 '얼마나 정확히 관찰했고' '얼마나 정확히 묘사했는가'를 구체적으로 살펴보기로 하겠다.

다산이 살았던 18세기 후반과 19세기 초는 이조 봉건사회의 내적 모순이 격화하여 그 말기적 현상들이 도처에서 나타나던 시기였다. 다산은 당시의 상황을 다음과 같이 말하고 있다.

근래에 와서 조세와 부역이 무겁고도 번잡하며 관리들의 횡포가
심하여 백성들이 편안히 살지 못하고 대부분이 난리를 생각하게 되
었으므로 요사스러운 말과 망령된 말들이 동쪽에서 나면 서쪽에서
화답하니 이것을 법에 따라 처단한다면 백성은 한 사람도 살아남지
못할 것이다. (『목민심서』 권8 應變)

백성들의 이와 같은 동향은 봉건적 억압과 착취로 인해서 그들의 생
존이 위협을 받았기 때문이다. 다산은 이렇게 된 근본적인 원인이 봉건
적 토지소유관계, 그리고 국가와 봉건지주들의 농민에 대한 가렴주구
에 있다고 판단했는데 그의 시에는 당시 농민들의 일반적인 상황이 다
음과 같이 그려져 있다.

시냇가 헌집 한채 뚝배기 같고
북풍에 이엉 걷혀 서까래만 앙상하네

묵은 재에 눈이 덮여 부엌은 차디차고
체눈처럼 뚫린 벽에 별빛이 비쳐 드네

집 안에 있는 물건 쓸쓸하기 짝이 없어
모조리 팔아도 칠팔푼이 안 되겠네

개꼬리 같은 조이삭 세 줄기와

530

닭창자같이 비틀어진 고추 한 꿰미

깨진 항아리 새는 곳은 헝겊으로 때웠으며
무너앉은 선반대는 새끼줄로 얽었구나

—「적성촌에서」 부분

다산이 여기서 묘사한 집은 물론 적성촌積城村이라는 특정 장소에서 그가 본 집이지만, 이런 집이 그곳에만 있는 예외적인 집이 아니란 것은 같은 시의 "오호라 이런 집이 천지에 가득한데/구중궁궐 깊고 멀어 어찌 다 살펴보랴"라는 구절이 아니라도 짐작할 수 있는 일이다. 말하자면 그가 적성촌에서 본 집은 "천지에 가득한" 이런 집들을 대표하는 집이다. 이 시가 우리에게 생생한 감동을 주는 것은 세부까지 완벽하게 이룩된 사실적인 묘사 때문이기도 하겠지만, 그가 그린 농가가 18세기말 이조 농촌의 전형적인 집이라는 사실이 더 큰 몫을 차지하고 있다. 이런 집들이 온 천하에 가득하다는 확신 위에서만 이런 집을 묘사의 대상으로 선택할 수 있는 것이고 또 그토록 실감나는 묘사가 가능할 수 있기 때문이다.

다산은 자신이 살던 사회를 "조그마한 것도 병들지 않은 것이 없는" 사회로 판단하고, 환자를 진찰하는 의사처럼 병든 이조후기 사회의 병폐를 구석구석 파헤친다. 이조사회를 피로 물들였던 삼정三政의 문란, 이를 둘러싼 관리들의 횡포, 노론 벌열층老論閥閱層의 독점적 전제정치에 대한 비판, 봉건적 신분제도의 모순과 과거제도의 폐단 등이 그의 시에 여지없이 고발되어 있다.

갈밭마을 젊은 여인 울음도 서러워라

현문 향해 울부짖다 하늘 보고 호소하네

군인 남편 못 돌아옴은 있을 법도 한 일이나

예부터 남절양男絶陽은 들어보지 못했노라

시아버지 죽어서 이미 상복 입었고

갓난아인 배냇물도 안 말랐는데

삼대의 이름이 군적에 실리다니

달려가서 호소하나 동헌 문엔 호랑이요

이정里正이 호통하여 단벌 소만 끌려갔네

칼을 갈아 방에 들자 자리에 피가 가득

스스로 한탄하네, 아이 낳아 닥친 곤액

—「애절양」 부분

　　당시 군정軍政의 문란을 집약적으로 표현한 소위 '황구첨정黃口簽丁' '백골징포白骨徵布'의 실상이 생생하게 형상화된 시이다. 자기의 생식기를 자르는 일이 물론 당시의 보편적인 현상은 아니었을 것이다. 그러나 강아지나 절굿공이에까지 사람이름을 붙여서 군안軍案에 올려 세금을 착취한 당시 상황에 비추어 볼 때, 이 시가 현실의 과장이거나 전체와 유리된 한 단면만의 묘사라 보기는 어렵다. 오히려 착취당하고 굶주리는 농민들의 일반적인 상황을 갈밭에 사는 한 농민의 형상을 통해 훌륭히 표현한 시로 보아야 할 것이다.

 다산은 농민문제와 함께 봉건지배층의 기반 강화를 위한 제도적인 여러 장치들을 신랄하게 비판한다. 봉건제도의 존립은 기본적으로 봉건적인 농업생산관계, 즉 봉건적 지주제에 근거를 두었고 위로는 봉건적 신분제도가 이를 유지했다. 다산은 자기 시대의 모든 착취가 이 봉건적 신분제도와 밀접히 결합되어 있다는 것을 예리하게 간파하고 있었다. 신분제도에 대한 다산의 궁극목표는 사농공상으로 엄격히 구분된 신분제적 사회질서 자체를 근본적으로 부정하고, 모든 사람들이 동등한 권리와 동등한 기회를 가지고 평등하게 살 수 있는 사회를 건설하는 것이었다.

먼 시골 백성이 아들 하나 낳았는데
빼어난 기품이 난곡과 같고

그 아이 자라서 팔구세 되니
의지와 기상이 가을 대 같아

무릎 꿇고 아버지께 여쭙는 말이
"제가 이제 구경九經 읽어

천명千名에 으뜸가는 경술經術을 지녔으니
혹시라도 홍문록弘文錄에 오를 수 있나요?"

그 애비 하는 말 "너는 낮은 족속이라

너에게 계옥啓沃자리 주지 않으리”

“제가 이제 오석궁五石弓 당길 만하고
무예 익히기를 극곡郤穀 같이 하였으니

바라건대 오영五營의 대장이 되어
말 앞에 대장 기 꽂으렵니다”

그 애비 하는 말 “너는 낮은 족속이라
대장 수레 타는 걸 허락지 않으리”

“제가 이제 관리 일을 공부했으니
위로는 공수龔遂 황패黃覇 이어받아서

마땅히 군부郡符를 허리에 차고
종신토록 고량진미 실컷 먹으렵니다”

그 애비 하는 말 “너는 낮은 족속이라
순리循吏 혹리酷吏 너에겐 상관없는 일”

이 말 듣고 그 아이 발끈 노하여
책이랑 활이랑 던져버리고

저포놀이 강패놀이

마조놀이 축국놀이에

허랑하고 방탕해 재목 되지 못하고
늙어선 촌구석에 묻혀버리네

—「여름날 술을 마시며」 부분

이 시는 '호문豪門의 자제들은 어떻게 해서 놀면서도 출세하는가' '서민의 자제들은 재주가 뛰어나고 공부를 많이 했는데 어째서 출세할 수 없는가'에 대한 생생한 증언이며, 나아가서 '호문의 자제와 서민의 자제들이 각각 제 나름대로 제도의 결함 때문에 어떤 형태로 타락해가는가', 그래서 '국가적인 차원에서 그 손실이 얼마나 큰가' 하는 문제를 예술적으로 형상화한 것이다.

이상에서 다산의 대표적인 시 몇편을 분석해보았거니와 그의 시는 '당대현실을 널리 다면적으로 정확하게 묘사한다'는 리얼리즘의 정신에서 크게 벗어나지 않는다고 하겠다.

2. 주체적 문학정신

다산의 시에서 우리가 주목해야 할 사실 중 하나는 그의 시가 강한 민족 주체의식을 담고 있다는 점이다. 중국의 문자인 한자로 시를 쓰면서 민족 주체의식을 담는다는 일이 언뜻 모순되는 말인 것 같지만 다산은 그 나름대로 중화주의中華主義의 절대적인 권위에서 벗어나려고 노력했다. 우선 그는 종래의 화이華夷 개념을 부정한다. 그는 「척발위론拓跋魏

성인의 법은 중국이면서도 오랑캐의 짓을 하면 오랑캐로 대우하고, 오랑캐이면서도 중국의 짓을 하면 중국으로 대우하니, 중국과 오랑캐는 그 도道와 정치政治에 있는 것이지 강토에 있는 것이 아니다.

라고 하여 화華와 이夷를 구분하고, 북위北魏·여진女眞·거란〔契丹〕 등의 우수성을 들어 지역적으로 보면 이들이 오랑캐지만 응당 중국으로 대우해야 한다고 주장했다. 특히 그는 당시 노론 계열의 집권층에 아직도 가시지 않고 있던 시대착오적인 존명사상尊明思想을 반박하여 청나라를 두둔하기도 했다. 진보적 실학자 안정복安鼎福 같은 사람까지도 청을 '겁도劫盜'라 하여 정통의 위치를 부여하지 않은 점에 비하면 다산의 생각은 매우 앞선 생각이라 하겠다. 다산이 이와 같이 주장한 것은 중국대륙의 정통론 자체에 대한 관심 때문이기도 하겠지만 그보다도 동이東夷에 속한 우리나라의 우수성을 말하려는 주체적 사고에서 나온 것이다. 「동호론東湖論」(I-12, 7b)에서 그는 자신이 동이족東夷族임을 조금도 부끄럽게 여기지 않았고 오히려 자랑으로 여겼다. 이미 동이에 사는 것을 떳떳하게 여긴다면 시도 중국적인 시를 써서 중국시를 흉내낼 필요가 없어진다.

늙은 사람 한가지 유쾌한 일은
붓 가는 대로 마음껏 써버리는 일

구태여 경병競病에 구속될 필요 없고

536

고치고 다듬느라 더딜 것 없어

흥이 나면 당장에 뜻을 실리고
뜻이 되면 당장에 글로 옮긴다

나는야 조선사람
조선시 즐겨 쓰리

그대들은 그대들 법 따르면 되지
오활하다 그 누가 비난하리오

ㅜㅜ한 ㄱ 격과 율을
먼 곳 사람 어떻게 알 수 있으랴

(…)

배와 귤은 그 맛이 각각 다른 것
입맛 따라 저 좋은 것 고르면 되지

—「노인의 즐거움」 부분

조선사람이기 때문에 조선시를 쓰겠다는 선언이다. 배와 귤의 맛이
다르듯이 조선시와 중국시는 다른 것이다. 배와 귤을 놓고 어느 것이 더
좋은 과일이라고 말할 수 없듯이 중국시와 조선시를 같은 기준에 놓고
비교해 우열을 따질 수 없다는 말이다. 조선사람이 조선땅에서 조선사

람의 정서를 조선식으로 표현하면 훌륭한 시가 될 수 있는 것이지 중국 시의 격과 율에 얽매일 필요가 없다는 당당한 선언이다.

실제로 다산은 그의 시에서 우리나라의 토속적인 방언을 그대로 시어로 쓰고 있다. 麥嶺(보릿고개), 兒哥(아가), 高鳥風(높새바람), 馬兒風(마파람), 絡蹄(낙지), 盤床(반상), 錢秧(돈모), 飯秧(밥모) 등의 예가 그것이다. 이 시어들 가운데는 원래 중국어 어휘에 있는 말을 굳이 우리말 음에 따라서 바꾸어놓은 것도 있고, 배경이 되는 지방의 고유한 방언이기 때문에 다산이 만들어낸 말이거나 전부터 우리나라에서 통용되어오던 말들도 있다. 여하튼 이런 말들을 한시에 사용한다는 것은 전통적인 안목에서 볼 때 시의 격이 떨어지는 일임에 틀림없다. 그럼에도 불구하고 다산이 '조선시'를 쓰겠다고 주장한 것은 고난에 찬 농민들과 어민들의 생활상을 있는 그대로 묘사하고 싶었기 때문일 것이며, 또 우리의 시를 중국시의 예속에서 해방시키고 싶었기 때문일 것이다. 그는 비록 한자로 시를 쓰기는 하지만 자기의 시를 중국문학으로 생각하지 않았고, 자기의 시가 중국적인 기준에서 판단되기를 바라지도 않았다.

다산의 '조선시' 정신은 그의 시론, 특히 용사론用事論에서 그 모습을 좀더 분명히 드러낸다. 그는 강진에서 두 아들에게 보낸 편지에서 우리나라 고전古典을 읽을 것을 강조하고 있다.

수십년 이래 일종의 괴이한 의론이 있어 우리나라의 문학을 덮어놓고 배척한다. 무릇 선배들의 문집에 대하여는 눈길도 돌리려 하지 않는 지경에 이르렀으니 이것이 큰 병통이다. 사대부 집안의 자제들이 우리나라의 고사故事를 알지 못하고 선배들의 의론을 보지 못한다면, 비록 그 학문이 고금을 꿰뚫는다고 하더라도 무엇에 쓸 것인

538

가.(「寄二兒」壬戌, I-21, 4b)

'조선시'를 쓰려면 우리말에 대한 감각이 예민하기도 해야겠지만 우리나라 고전들을 읽고 깊이 연구해야 함은 두말할 나위가 없다. 다음에 그는 실제 시작詩作에서 우리나라 고사들을 사용해야 한다고 말한다.

우리나라 사람들은 중국의 고사를 사용하는데 이 역시 비루한 문풍이다. 응당 『삼국사기』『고려사』『국조보감』『여지승람』『징비록』『연려실기술』 및 기타 우리나라의 글들에서 여러가지 사실을 뽑아 시에 사용한 연후에라야 바야흐로 세상에 이름을 떨치고 후세에까지 전할 수 있을 것이다.(「寄淵兒」戊辰冬, I-21, 9b)

이와 같은 다산의 시정신은 어느 나라 사람이 어느 시대에 썼는지도 분간 못할 국적불명의 시를 써온 데 대한 뼈저린 자체 반성이며, 시가 민족현실을 외면해서는 안 된다는 준엄한 경고이기도 하다.

3. 다산의 우화시

다산은 많은 우화시를 남겼다. 그가 우수한 우화시를 썼다는 사실은 시인으로서의 그의 능력이 경세가經世家로서의 능력 못지않게 탁월했음을 증명하는 것이다. 도덕적 교훈이든 개인적 정서든 현실 풍자든 간에 시인이 말하려는 내용을 직접 서술하지 않고 구체적이고 가시적인 형상을 통해서 표현하는 것이 시가 갖추어야 할 가장 기본적인 요건이라

고 할 때, 우화시는 그러한 방법을 예술적으로 표현해내는 형태라고 볼
수 있기 때문이다. 또한 성공한 우화시는 명확한 주제파악과 고도의 지
적 통제, 그리고 세련된 형상력을 요구하는 것이어서 시인의 재능이 가
장 잘 드러난다는 점에서도 그렇다.

전통적인 우화시는 대부분 추상적인 교훈을 전달하기 위한 수단으로
씌어진 것이 많은데 다산도 이런 종류의 우화시를 많이 썼다. 그러나 다
산은 우화시의 영역을 넓혀, 자신이 살던 시대의 여러 사회적 측면을 그
의 시에 다양하게 반영하고 있다. 사실상 우화시의 생명이라고 할 수 있
는 도덕은 고정불변한 것이 아니다. 시대와 장소와 시인의 철학에 따라
서 얼마든지 달라질 수 있다. 시대와 장소를 초월한 영원불변한 도덕이
란 있을 수 없다. 한 시대 한 장소의 도덕은 그 시대의 사회적 조건들에
의해 제약을 받기 마련이고 또 시인의 사회적 신분이나 소속계층에 따
라서도 달라진다. 모든 사람들이 다 같은 육체적 조건을 가지고 있으면
서 그 정신(사상)이 각각 다르듯이 우화시의 영혼인 도덕도 우화시마다
다를 수 있는 것이다.

다산의 우화시에서 주목할 점은 그가 강자와 약자의 대립을 주제로
한 시를 많이 썼다는 사실이다. 그는 호랑이와 양, 구렁이와 까치, 소나
무와 송충이, 모기와 사람, 개백정과 개, 연꽃과 부평초, 고래와 작은 고
기 등 본질적으로 대립관계에 있는 것들을 우화시의 소재로 삼았다. 다
산시에 빈번히 등장하는 이와 같은 자연계의 강자와 약자, 먹는 자와 먹
히는 자, 지배하는 자와 지배 받는 자의 대립은 거의가 봉건지배층과 일
반 백성의 대립을 말하기 위한 알레고리라고 볼 수 있다.

제비 한마리 처음 날아와

지지배배 그 소리 그치지 않네

말하는 뜻 분명히 알 수 없지만
집 없는 서러움을 호소하는 듯

"느릅나무 홰나무 묵어 구멍 많은데
어찌하여 그곳에 깃들지 않니?"

제비 다시 지저귀며
사람에게 말하는 듯

"느릅나무 구멍은 황새가 쪼고
홰나무 구멍은 뱀이 와서 뒤진다오."

―「고시 27수」 부분

　제비와 황새, 제비와 뱀이 대조되어 있는데, 이 경우 황새와 뱀은 강자고 제비는 약자다. 다산은 자연계에서 벌어지는 강자와 약자 간의 생존경쟁과 대립관계에도 물론 관심이 있었겠지만, 제비에 가탁된 일반민중의 슬픔과 황새와 뱀에 가탁된 지배층의 횡포를 말하려는 것이 다산의 의도이다. 이와 같은 봉건관료와 농민 들의 본원적인 대립은 우화시가 아닌 시에도 빈번히 등장한다. 그는 환자(還上)에 시달려 피폐한 농가의 모습과 농민들의 굶주림 위에서 살찌는 관리들을 다음과 같이 대비하여 그리기도 했다.

집 안에 남은 거란 송아지 한마리요
쓸쓸한 귀뚜라미만 조문을 하네

텅 빈 집 안엔 여우 토끼 뛰노는데
대감님 댁 문간에는 용 같은 말이 뛰네

백성들 뒤주에는 해 넘길 것 없는데
관가 창고는 겨울나기 수월하네

궁한 백성 부엌에는 바람 서리만 쌓이는데
대감님 밥상에는 고기 생선 갖춰 있네

—「공주 창곡의 폐정」 부분

　다산의 우화시는 강자와 약자의 대립뿐만 아니라 강자와 강자의 대립도 그리고 있다. 「솔피」가 그 예라고 할 수 있는데 이 시에는 권력집단 내부의 암투가 그려져 있다. 고래 때문에 자기들의 고기 차지가 적어진 데에 원한을 품은 솔피들이 치밀한 작전계획과 집요한 공격 끝에 고래를 죽인다는 이야기이다. 이 시가 시사하는 바는 선이 악을 이긴다는 공식적인 내용도 아니고, 선한 자가 악한 자에게 무참히 희생되는 비극적인 내용도 아니다. 고래와 솔피가 모두 작은 물고기를 잡아먹는 지배세력이기 때문이다. 이 시에서 고래는 왕을, 솔피는 당시의 세도집단을 각각 상징한다고도 말할 수 있다. 그러므로 이 시는 이권을 놓고 다투는 지배세력끼리의 암투를 주제로 하고 있다.
　「오징어」와 「고양이」에서는 우화 작가로서 다산의 진면목이 더욱 두

드러지게 나타난다. 「오징어」에 등장하는 오징어와 백로는 추상적인 교훈을 전달하기 위한 단순한 가면이 아니다. 종래의 교훈적 우화시에서는 동물이나 식물이 전적으로 교훈을 전달하기 위한 수단으로 이용되기 때문에 동식물 개개의 특징이나 심리 묘사가 결여된 경우가 많다. 다시 말하면 등장인물은 동물이나 식물의 이름을 가진 미덕이나 악덕에 불과하기 때문에 동물의 외관이나 개성이 극히 추상화되어 생동하는 동물이 아니고 화석화된 이용물로 그려진 경우가 많다. 「오징어」에서는 오징어와 백로의 속성과 생활습관 등이 상세하게 묘사되어 있고 특히 오징어가 백로를 유혹하는 장면은 매우 사실적이다. 이 시가 시사하는 교훈도 선악 양분법에 따라 결국은 선이 악을 이긴다는 도식적인 것이 아니다. 즉 선을 나타내는 백로가 악을 나타내는 오징어를 무찌르는 통쾌한 이야기가 아니다. 오히려 오징어가 백로를 이긴 듯한 인상을 주기까지 한다. 그러나 오징어가 분명히 이긴 것도 아니다. 이야기 자체는 뚜렷한 승자도 패자도 없는 중립적인 사실의 보고로 끝난다. 그만큼 이 시는 독자의 상상력을 확대해준다. 악을 상징하는 오징어를 나쁘게 보면서도 무능한 선비를 상징하는 백로에게 결코 동정적인 시선을 던지지 않는 다산의 현실관을 이 시에서 읽을 수 있다.

「고양이」에서는 남산골 늙은이와 쥐, 고양이가 등장하는데 이들은 각각 일반 백성과 도둑, 아전을 가리킨다. 이 시에서 다산은, 쥐를 잡아야 할 고양이가 쥐와 야합해 남산골 늙은이를 괴롭힌다는 이야기를 통하여 도둑 잡는 아전들이 도둑과 한통속이 되어 백성들을 괴롭혔던 당시 세태를 고발한다. 이 시에서도 묘사의 사실성이 우리의 주목을 끈다. 특히 고양이 묘사에서는 고양이가 가진 신체적 특징들, 예컨대 밤에도 잘 보이는 밝은 눈, 날카로운 발톱, 톱날 같은 이빨, 날쌘 동작 등이 세부에 이르기까지 자세하다. 쥐를 잡는 데 사용해야 할 이러한 특권들이 사람에게 행사될 때의 모습 또한 실감나게 그려져 있다. 특히 고양이가 쥐와 야합해 날뛰는 장면은 당시 세태를 정확하게 반영한 것이라고 보인다. 이 작품은 이조후기의 노회한 아전들의 모습을 고양이를 통해서 성공적으로 형상화한 다산의 걸작으로 평가될 만하다. 이 시가 「해남촌의 아전」 「파지촌의 아전」 「용산촌의 아전」 등 아전을 주제로 한 시를 읽을 때와는 또다른 감동을 주는 이유는 이 시가 우화시로서 성공했기 때문일 것이다.

다산의 우화시는 내용면에서 추상적 도덕훈보다 현실에 대한 풍자를 담은 것이 그 특징이다. 풍자는 인간과 사회제도의 결함을 조소하거나 폭로하려는 목적으로 쓰이는데, 여러가지 이유에서 풍자를 직접 수행하기 어려울 때 우화적 수법이 사용되는 경우가 많다. 다산의 우화시가 대부분 유배 이후에 씌어진 점으로 보아, 일종의 국내적 망명상태에 있었던 그가 우화시로 현실을 풍자한 것은 충분히 납득이 가는 일이다.

형태적인 면에서 다산의 우화시는 고전적 우화시에 비해 훨씬 정제된 모습을 가지고 있다. 우선 이솝(Aesop) 우화 같은 공식적인 격언을 없애거나 이야기 속에 스며들게 함으로써 시가 도덕에 종속되었다는 인상을 씻어준다. 물론 도덕은 우화시에서 매우 중요한 요소다. 그러나 도덕을 전면에 노출함으로써 독자의 자유로운 상상력을 구속하고, 교훈이라는 쓴 약을 먹이기 위한 당의정의 역할로 시를 격하한 것이 도덕적 우화시의 결함이었다. 다산의 우화시는 고전적 우화시가 가진 이와 같은 결함을 보완해서 우화시를 예술적으로 한층 더 심화했다고 말할 수 있다.

4. 다산의 자연시

자연을 소재로 한 시는 우리나라 한시漢詩의 주류를 이룬다. 다산도
예외가 아니어서 자연을 읊은 시를 많이 남기고 있다. 그러나 종래의 자
연시와 다산의 자연시에는 상당한 거리가 있다. 그것은 그의 자연관이
종래의 그것과 다르기 때문이다. 자연을 보는 관점은 크게 두가지로 나
뉘는데, 첫째는 자연 속에서 자연과 대결하면서 생활을 영위하는 사람
들의 관점이고, 둘째는 자연과 일정한 심미적 거리를 유지하면서 자연
을 주로 미적 관조觀照의 대상으로 생각하는 사람들의 관점이다. 후자의
관점에서는 자연이 아름답게만 보인다. 반면에 전자의 관점에서 본 자
연은 치열한 투쟁이 전개되는 생산의 현장이다. 때문에 자연은 아름다
울 수도 있고 그렇지 않을 수도 있다. 자연을 아름답게만 보는 사람들은
자연이 인간의 행동이나 생활과는 직접적인 관련이 없는 것처럼 자연
을 대상화하여 그 속에서 아름다운 것만을 추출해낸다. 그리고 이렇게
해서 추출해낸 것을 자연의 본질이라고 생각하고 그것을 자연의 전부
라고 착각한다. 따라서 이들의 시에 그려진 자연은 한결같이 아름답기
만 한 자연이다.

그러나 인간과 자연은 아름다움만을 매개로 해서 관계를 맺는 것은
아니다. 인간과 자연이 맺고 있는 가장 기본적인 관계는 인간의 생존을
위한 투쟁대상으로서의 관계이다. 인간이 터를 잡고 생활하는 자연, 인
간생활을 영위하기 위해 끝없이 투쟁해야 할 대상으로서의 자연, 인간
의 기본적 생활양식에 영향을 미치고 또 인간활동에 의해 부단히 개변
改變되는 자연, 이것이 자연의 본래적인 모습이고 이런 의미에서 인간이

자연과 맺는 관계가 가장 기본적인 관계이다.

다산의 시에 그려진 자연은 아름다운 자연만이 아니다. 다산의 자연은 '나'를 포함한 '우리'가 생활하는 자연이며, 우리의 생활을 가능케 해주는 생산현장으로서의 자연이고 삶의 애환이 스며 있는 자연이다.

> 푸른 시내 모래톱을 싸고도는 곳
> 단청한 정자 하나 돌머리에 서 있네
>
> 왕하王賀의 직책 수행하러 여기 왔으나
> 사공謝公의 유람도 겸하고 있네
>
> 산골 집 지붕엔 눈이 아직 남았는데
> 쓸쓸한 연기 속에 배를 타고 내려오니
>
> 가난한 촌마을엔 수심이 서려
> 더 오래 머물 생각 나지를 않네
>
> ──「우화정에 올라」 전문

아름다운 우화정羽化亭에 들러서 다산이 본 것은 아름다운 경치만이 아니었다. 그 아름다운 자연엔 가난한 촌민들의 수심과 탄식이 함께 있었다. 우화정 근처의 자연이 아름답지 않은 것은 아니지만 다산은 그것을 관조의 대상으로만 보지는 않았다.

「홀곡」에 그려진 자연은 처참하게 찢긴 자연이다. 이 시에는 사설금광私設金鑛의 채굴행위로 파헤쳐진 언진산彦眞山의 상처받은 모습이 처절하게 그려져 있는데, 그냥 지나칠 수도 있었을 언진산의 모습을 이렇게까지 처참하게 묘사한 것은 사설금광의 금 채굴이 국가와 농민생활에 미치는 영향을 심각하게 생각했기 때문이다. 금 채굴을 반대한 다산의 견해가 얼마나 타당한 것인가는 단정할 수 없지만, 이 시에서 다산이 아름다운 자연의 파괴를 감상적으로 슬퍼한 것이 아니라는 점만은 분명하다. 이 시의 자연은 '우리'의 생활과 직접적인 관계를 맺고 있는 삶의 현장, 생산의 현장으로 파악된 자연이다.

당시의 양반 사대부들이 '명철보신明哲保身'과 '천석고황泉石膏肓'을 앞세우고 자연으로 도피한 것을 다산이 매우 못마땅하게 생각한 것도 그의 이러한 자연관에 바탕을 두고 있다. 그는 현실을 등지고 자연을 찾는 태도를 맹렬히 비판했는데 여기에는 자연이 현실도피의 수단이 아니라는 의식이 밑받침되어 있다. '명철보신'을 위해서 자연을 찾는 사람들에게는 자연이 도피처요 안식처이기 때문에 자연은 아름다워야 한다. 그러나 자연은 도피처나 안식처인 것만은 아니다. 때에 따라서 도피처나 안식처 구실을 하기도 하지만 생산이 이루어지는 현장으로서의 자연이 그 본래적 모습이다. 인간이 지구상에 존재하기 시작한 때부터 인간은 자연과 끊임없는 투쟁을 계속해왔고 그 투쟁은 지금도 계속되고 있으며 앞으로도 계속될 것이다. 그리고 이 투쟁은 인간의 생존을 위한 투쟁이다. 다산의 시 중에서 「서호의 부전」은 이런 의미에서 매우 주목할 만한 시이다. 분량이 많지만 전문을 인용해본다.

낮은 논엔 물이 넘쳐 비가 항상 괴롭고
높은 논은 메말라 가뭄이 괴로운데

서호의 부전은 두 걱정 모두 없이
해마다 풍년 들어 창고 가득 쌓인 곡식

나무 엮어 떼 만들고 대오리로 끈을 묶어
그 위에 두세자 흙을 실으니

쟁기질 보습질로 땅 고를 필요 없고
누두만 가지고서 찰벼 씨 뿌리누나

물 차면 떠오르고 물 빠지면 갈앉으니
모 뿌리는 언제나 수면에 잠겨 있네

아무리 가물어도 두레박소리 들리잖고
자라 악어 들끓어도 영제사 필요 없네

연꽃이랑 마름이랑 뒤섞여 자라나
붉은 꽃 푸른 이삭 서로 얽혀 있는데

김매는 아낙네들 아침 배로 들어가서
저물녘엔 모내기노래, 붉은 다리 오르네

어찌하여 사람 많고 땅 좁다 걱정하랴
드디어 사람 지혜 천액天厄을 벗었는데

용미龍尾, 옥형玉衡 모두 다 부질없는 짓
겸로鉗盧, 백거白渠 이제는 묵은 옛 자취

한치 땅도 백성들껜 황금 같은데
하물며 개펄 아닌 기름진 땅임에랴

추수하여 얻은 곡식 지주에게 안 바치니
조세도 왕적王籍에서 빠질 게 당연하이

이 그림 펴놓고 농부에게 보여주니
쓴웃음만 날리며 곧이듣지 않으려네

"민둥산 어느 곳에 도끼질할 수 있소?
수렁엔 깊은 물 찾을 곳 없지

논 있으면 일하고 없으면 그만이지
예부터 지력智力이란 한도가 있는 법"

만인이 속수무책 귀신 도움 바라면서
짐승 잡아 산신령께 빌기만 하네

　서호에 떠 있는 부전浮田을 그린 그림을 보고 지은 시인데 소박하나
마 다산의 자연관이 잘 드러나 있다. 이 시에서 다산은 '자연이 인간에
게 어떤 의미를 가지는가'를 우리에게 일깨워준다. 자연의 진화과정의

일정한 단계에서 인간이 출현했고 인간은 주위의 자연과 투쟁해서 인간이 생활하기에 편리하도록 자연을 개조하면서 사회를 형성해왔다. 인간의 생활을 가능케 해주는 생산이 자연을 대상으로 해서 이루어진 것이다. 그리고 생산은 자연에 인간의 노동력을 가해서 이루어진다. 그러므로 인간이 자연과 맺고 있는 가장 기본적이고 본질적인 관계는 생산을 매개로 한 관계이다. 이 시는 이와 같은 관점에서 씌어진 시라고 볼 수 있다. "어찌하여 사람 많고 땅 좁다 걱정하랴/드디어 사람 지혜 천액天厄을 벗었는데"와 같은 구절에서 우리는 자연과의 투쟁에서 자연을 정복하며 위대한 승리를 거두어온 인간에 대한 무한한 신뢰를 읽을 수 있다. 또한 이 시에는, 기술의 발달과 이에 따른 생산력의 발전으로 인간이 무한히 진보·발전할 수 있다는 다산의 확고한 합리주의적 정신이 표명되어 있다. 다산의 과학적이고 합리적인 사고는 「조룡대」 등의 시에도 잘 나타나 있다.

5. 다산의 서정시 기타

이상에서 다산의 대표적인 시들을 대강 살펴보았거니와 다산시의 두드러진 특징은 사회성을 짙게 반영한 점이라 할 수 있다. 그러나 2,500여수나 되는 그의 시에는 사회시 계열의 작품 외에도 다양한 시들이 포함되어 있다는 사실을 간과해서는 안 된다. 그의 시에는 자연풍광을 읊은 시도 있고, 고적을 찾아 노래한 시도 있고, 문중 어른들의 안부를 묻는 시도 있고, 친구들 간에 서로 주고받은 시도 있고, 인생의 무상함을 슬퍼한 시도 있고, 부모·형제·처자를 생각하는 시도 있다. 이런 시들은 양반 사대부라면 누구나 다 쓸 수 있는 비슷비슷한 시들이다. 그러나 이러한 시에서 우리는 근엄한 경세가經世家로서의 모습이 아닌 시인 다산의 또다른 일면을 엿볼 수 있다. 사실상 다산은 다른 분야에 관해서와 마찬가지로 문학에 있어서도 매우 근엄한 입장을 취했다. 그는 강진 유배시절에 아들에게 보낸 편지에서 다음과 같이 말했다.

무릇 시의 근본은 부자父子·군신君臣·부부夫婦의 윤리에 있으니, 혹은 그 즐거운 뜻을 선양하기도 하고 혹은 그 원망하고 사모하는 바를 나타내기도 한다. 그 다음에는 세상을 근심하고 백성을 긍휼히 여기는 것이다. 항상 힘없는 사람을 도와주고 가난한 사람을 구제하여 가슴 아파하며 차마 버리지 않을 마음을 가져야만 비로소 시라고 할 수 있나. 만일 자기의 이해에만 얽메이게 되면 이것은 시가 아니다.(「示兩兒」, I-21, 18b)

임금을 사랑하고 나라를 걱정하지 않는 것은 시가 아니다. 시대를 아파하고 퇴폐한 습속을 통분히 여기지 않는 것은 시가 아니다. 옳은 것을 찬미하고 잘못을 풍자하며 선을 권장하고 악을 징계하려는 뜻이 없으면 시가 아니다. 그러므로 뜻이 확립되지 못하고 배움이 순정치 못하고 대도大道를 듣지 못하고 임금을 바르게 인도하고 백성들에게 혜택을 베풀려는 마음이 없는 자는 시를 지을 수 없다.(「寄淵兒」戊辰冬, I-21, 9b)

다산의 이 말은 시를 지나치게 공리적으로 생각했다고 비난받을 소지가 있긴 하지만, 시를 쓰는 사람이라고 해서 현실을 외면할 권리가 없다는 사실을 준엄하게 일깨워주는 말이라고 하겠다. 또한 시는 달과 꽃과 이별을 노래할 뿐만 아니라 자기 시대의 절실한 문제들을 노래할 수 있어야 한다는 말이기도 하다. 이렇듯 강한 사회의식을 가지고 있으면서도 다산은 우수한 소품小品들을 많이 남겼다. 특히 유배지에서 고향의 가족들을 그리워하며 지은 시는 읽는 사람의 심금을 울린다.

병상에서 일어나자 봄바람도 가버렸고
수심이 가득하니 여름밤이 길구나

잠깐 동안 대자리에 누워 있는 사이에도
문득문득 고향집이 그리워지네

등잔불 그을음이 매캐하길래
문을 여니 대[竹] 기운이 서늘하구나

저 멀리 소내에 떠 있는 달은
우리 집 서쪽 담을 비추고 있겠지

—「밤」 전문

어린 딸 단옷날에
새로이 단장하고

붉은 모시 말라서 치마 해 입고
머리엔 푸른 창포 꽂고 있었지

절하는 법 익히며 단정함 보였고
술잔을 올리면서 기쁜 표정 지었는데

오늘 같은 현애석懸艾夕엔 그 누가 있어
손안의 구슬을 어루만져줄 건가

—「어린 딸이 그리워」 전문

두 시 모두 강진에서 쓴 것인데 다산의 인간적인 면모를 잘 읽을 수 있
다. 다산은 결코 기교에 능한 시인은 아니었지만 마음속 깊은 곳에서 우
러나오는 그의 서정시는 꾸밈없는 진실성 때문에 독자를 감동시킨다.

1762년(1세, 영조 38, 壬五)　6월 16일 경기도 광주군廣州郡 초부면草阜面 마현리馬峴里, 지금의 양주군 조안면鳥安面 능내리陵內里에서 아버지 정재원丁載遠과 어머니 해남윤씨海南尹氏 사이에서 4남으로 태어났다. 어머니는 고산孤山 윤선도尹善道의 후손인 공재恭齋 윤두서尹斗緖의 손녀이다. 어렸을 때의 자字는 귀농歸農이고 후의 자는 미용美庸, 용보頌甫이며, 호는 삼미자三眉子, 다산茶山, 사암俟菴, 자하도인紫霞道人, 태수苔叟, 문암일인門巖逸人, 탁옹籜翁, 열초洌樵, 균암筠菴 등이고, 당호堂號는 여유당與猶堂이다.

1765년(4세, 영조 41, 甲申)　천자문千字文을 배우기 시작했다.

1768년(7세, 영조 44, 戊子)　오언시五言詩를 짓기 시작했다. 이때의 시 중에 "작은 산이 큰 산을 가렸으니/멀고 가까움이 다르기 때문小山蔽大山 遠近地不同"이란 시가 있는데, 부친 진주공晉州公이 크게 기특하게 여겨 "분수分數에 밝으니 자라면 틀림없이 역법曆法과 산수算數에 통달할 것이다"라 하였다. 10세 이전의 작품을 묶은 『삼미자집三眉子集』이 있었다고 한다.

1770년(9세, 영조 46, 庚寅)　11월 9일 어머니 숙인淑人 윤씨가 사망했다.

1771년(10세, 영조 47, 辛卯)　관직을 물러나 집에 있게 된 아버지에게 경서經書, 사서史書를 수학했다.

1776년(15세, 영조 52, 丙申) 2월 22일 승지 홍화보洪和輔의 딸 풍산홍씨豊山洪氏와 결혼했다. 아버지가 호조좌랑戶曹佐郞으로 복직됨에 따라 서울로 이사하여 명례방明禮坊에서 살았다.

1777년(16세, 정조 1, 丁酉) 처음으로 성호星湖 이익李瀷의 유고遺稿를 보고 평생 사숙私淑하게 되었다. 가을에 형 약전若銓과 함께 부친의 임지인 화순和順으로 따라갔다.

1778년(17세, 정조 2, 戊戌) 동림사東林寺에서 글을 읽고 물염정勿染亭, 서석산瑞石山 등지를 유람했다.

1779년(18세, 정조 3, 己亥) 2월에 부친의 명을 받들어 서울로 올라와 공령문功令文의 여러 체體를 공부했다.

1780년(19세, 정조 4, 庚子) 예천군수醴泉郡守로 전임된 부친을 뵙기 위해 예천으로 갔다. 이해 겨울에 부친과 장인이 영남 암행어사 이시수李詩秀의 탄핵을 받아 서울로 소환되었다.

1781년(20세, 정조 5, 辛丑) 부친은 직첩을 박탈당해 고향으로 돌아가고 장인은 평안도 숙천肅川으로 유배되었다. 4월 15일에 다산은 이벽李蘗과 함께 다시 서울로 가서 과시科詩를 익혔으나 반시泮試에 세번이나 낙방했다. 7월에 딸을 낳았으나 닷새 만에 죽었다. 이후 고향으로 돌아가는 도중 반시에 합격했다는 통고를 받았다.

1782년(21세, 정조 6, 壬寅) 봄에 서울의 숭례문 안쪽 창동倉洞 체천棣泉에 작은 집을 마련했다.

1783년(22세, 정조 7, 癸卯) 2월 세자 책봉 경축 증광감시增廣監試에서 경의초시經義初試에 합격하고 4월에는 회시會試에서 생원生員으로 합격했다. 이때 정조임금과의 첫 만남이 이루어졌다. 이어 회현방會賢坊 재산루在山樓 아래로 거처를 옮기고 누산정사樓山精舍라 이름했다. 9월에 큰아들 학연學淵이 태어났다.

1784년(23세, 정조 8, 甲辰) 여름에 정조에게 「중용강의中庸講義」를 바쳤다.

4월 15일에 큰형수의 제사를 지내기 위해 고향에 갔다가 서울로 돌아가는 배 안에서 형 약현若鉉의 처남 이벽으로부터 처음으로 서교西敎에 대해 듣고 책 한권을 보았다. 6월 16일 반제泮製에 뽑히고 9월 28일 정시庭試의 초시初試에 합격했다. 이후 문과에 급제하기까지 수십 차례 반제에 뽑히고 초시에 합격했다.

1786년(25세, 정조 10, 丙午) 7월에 둘째아들 학유學游가 출생했다.

1787년(26세, 정조 11, 丁未) 5월에 명례방 용동龍洞으로 이사했다. 용문산 북쪽에 있는 문암산장門巖山莊에 갔다가 겨울에는 그곳에 집을 한채 샀다.

1789년(28세, 정조 13, 己酉) 1월 27일에 문과에 급제하여 첫 벼슬인 희릉직장禧陵直長에 제수되고 5월에 부사정副司正, 6월에 가주서假注書에 제수되었다. 겨울에 배다리〔舟橋〕를 설치하는 역사役事의 규제規制를 만들어 공을 이루었다. 12월에 셋째아들 구장(懼牂, 어렸을 때의 자)이 태어났으나 1791년에 죽었다. 다산은 9남매를 두었으나 6남매가 일찍 죽고 2남 1녀만 살았다.

1790년(29세, 정조 14, 庚戌) 2월에 예문관 검열藝文館檢閱에 제수되었다. 3월 8일에는 사소한 일로 서산군瑞山郡 해미현海美縣으로 유배되었다가 19일에 풀려났다. 예문관 검열, 사헌부司憲府 지평持平 등을 역임했다.

1791년(30세, 정조 15, 辛亥) 5월에 사간원司諫院 정언正言이 되고, 겨울에는 『시경의詩經義』 800여조條를 지어 올려 정조로부터 크게 칭찬받았다. 『여유당전서』에는 『시경강의』로 수록되어 있다. 이해 10월에 이른바 '진산사건珍山事件'이 일어났다.

1792년(31세, 정조 16, 壬子) 3월에 홍문관弘文館 수찬修撰에 제수되었다. 4월 9일 부친이 진주晉州 임소에서 별세했다. 겨울에는 임금의 명에 의해 수원성의 규제規制와 「기중도설起重圖說」을 지어 올렸다.

1794년(33세 정조 18, 甲寅) 삼년상을 마치고 7월에 성균관成均館 직강直講, 10월에는 홍문관 교리校理에 이어 홍문관 수찬에 제수되었다. 이어 경기

암행어사의 명을 받들어 연천漣川 지방을 순찰한 후 전 연천현감 김양
직金養直과 전 삭녕군수 강명길康命吉을 논죄하여 법에 따라 처벌하게 했
다. 이 순찰길에서 쓴 시가 유명한 「적성촌에서奉旨廉察到積城村舍作」이다.

1795년(34세, 정조 19, 乙卯)　1월에 사간원 사간司諫, 동부승지同副承旨, 2월에
병조참의兵曹參議, 3월에 우부승지右副承旨에 제수되었으나 하찮은 일로
규영부奎瀛府 교서승校書承으로 좌천되었고 4월에는 교서직에서도 정직
停職되었다. 7월에는 중국인 신부 주문모周文謨가 밀입국하여 포교한 사
건에 연루되어 충청도 금정찰방金井察訪으로 외보外補되었다. 이때「서
암강학기西巖講學記」「도산사숙록陶山私淑錄」을 저술하고 성호유고星湖遺
稿도 정리했다. 이 시기의 작품으로 「조룡대釣龍臺」가 있다. 12월에 다시
서울로 올라와 한직인 용양위 부사직龍驤衛副司直에 제수되었다.

1796년(35세, 정조 20, 丙辰)　4월에 채홍원蔡弘遠 등과 죽란시사竹欄詩社를 결
성했다. 10월에 규영부 교서校書가 되어 박제가朴齊家 등과『사기영선史
記英選』을 교열했다. 12월에 병조참의, 우부승지, 좌부승지에 제수되었
다. 이 시기의 작품으로 「불역쾌재행不亦快哉行」20수가 있다.

1797년(36세, 정조 21, 丁巳)　6월에 동부승지에 제수되었으나 비방이 심해지
자 '자명소自明疏'로 일컬어지는 「변방사동부승지소辨謗辭同副承旨疏」를
올려 자신과 천주교의 관계를 소상히 밝혔다. 윤6월에 황해도 곡산도호
부사谷山都護府使로 외보되었다. 겨울에『마과회통麻科會通』12권을 완성
했다.

1798년(37세, 정조 22, 戊午)　4월에『사기찬주史記纂註』를 정조에게 올렸다.
이 시기의 작품으로 「천용자가天慵子歌」가 있다.

1799년(38세, 정조 23, 己未)　4월에 내직으로 옮겨 병조참지에, 5월에 동부
승지, 부호군副護軍, 형조참의에 제수되었으나 6월에는 자신을 비방하
는 대간臺諫의 상소로 인하여 「사형조참의소辭刑曹參議疏」를 올리고 서울
에서의 사환仕宦 생활을 청산하려 했다. 넷째아들 농장農牂이 태어났다

(1802년에 죽었다).

1800년(39세, 정조 24, 庚申) 봄에 10여년의 벼슬생활을 청산하고 가족과 함께 고향으로 돌아갔다. 왕명으로 다시 상경했으나 6월 28일 정조임금이 급서했다.

1801년(40세, 순조 1, 辛酉) 2월 9일, 사간원의 계啓로 인해 옥에 갇혔다가 27일 출옥하여 경상도 장기長鬐에 유배되었다. 이때 둘째형 약전若銓은 신지도薪智島로 유배되었고 셋째형 약종若鍾은 옥사했다. 장기에서『백언시百諺詩』를 저술했다. 이 시기의 작품으로「고시 27수」「솔피海狼行」「오징어烏鰂魚行」「장기 농가長鬐農歌」10장과「보리타작打麥行」등이 있다. 10월에 '황사영 백서사건黃嗣永帛書事件'으로 다시 체포되어 11월 다산은 전라도 강진으로, 정약전은 흑산도黑山島로 이배되었다. 강진에 도착한 후 동문 밖 매반가賣飯家에 거처를 정하고 사의재四宜齋라 이름했다.

1802년(41세, 순조 2, 壬戌) 큰아들 학연이 와서 근친覲親했다.「탐진촌요耽津村謠」20수,「탐진 농가」10수,「탐진 어가耽津漁歌」10장 등이 이해에 씌었다.

1803년(42세, 순조 3, 癸亥) 봄에『단궁잠오檀弓箴誤』, 여름에『조전고弔奠考』, 겨울에는『예전상의광禮箋喪儀匡』17권을 저술했다. 이 시기의 작품으로「애절양哀絶陽」「황칠黃漆」등이 있다.

1804년(43세, 순조 4, 甲子) 봄에 2천자로 된『아학편훈의兒學編訓義』를 저술했다. 이해의 주요 작품으로「모기憎蚊」「여름날 술을 마시며夏日對酒」「수심에 싸여憂來」12장 등이 있다.

1805년(44세, 순조 5, 乙丑) 4월 백련사白蓮寺에서 학승學僧 아암兒菴 혜장惠藏을 만나 그에게『주역』을 가르쳐주고 그로부터 차茶를 배웠다. 여름에『정체전중변正體傳重辨』3권을 완성했다. 겨울에 혜장의 주선으로 보은산방寶恩山房(高聲寺)에서 지내게 되었다. 학연이 와서 근친했다.「산사에서 비를 보고滯寺六月三日値雨」등의 작품을 썼다.

1806년(45세, 순조 6, 丙寅) 가을에 제자 이청李晴의 집으로 거처를 옮겼다.

1807년(46세, 순조 7, 丁卯) 겨울에 『예전상구정禮箋喪具訂』 6권을 집필했다. 이 해에 「서호의 부전題西湖浮田圖」 「동시의 찡그린 얼굴題東施效矉圖」 「솔 뽑는 중僧拔松行」 「호랑이 사냥獵虎行」 등의 작품을 남겼다.

1808년(47세, 순조 8, 戊辰) 봄에 백련사 서쪽 다산茶山 기슭에 있는 윤단尹慱의 산정山亭으로 옮겼다. 둘째아들 학유가 와서 근친했다. 「제례고정祭禮考定」(『전서』 『상의절요(喪儀節要)』 권2에 수록)을 저술하고, 『주역심전周易心箋』 24권(『전서』에 『주역사전(周易四箋)』으로 실려 있다), 「독역요지讀易要旨」(『전서』의 『주역사전』에 편입됨), 「역례비석易例比釋」(『전서』의 『주역사전에 편입됨), 『주역서언周易緒言』 12권(『전서』에 『역학서언(易學緒言)』으로 수록됨) 등 일련의 『주역』 관계 저술을 집필했다.

1809년(48세, 순조 9, 己巳) 봄에 『예전상복상禮箋喪服商』(『전서』 『상례사전(喪禮四箋)』 권8에 수록됨)을 집필하고, 가을에 『시경강의詩經講義』를 산록刪錄했다.

1810년(49세, 순조 10, 庚午) 『시경강의보詩經講義補』 『가례작의嘉禮酌義』 『소학주관小學珠串』을 집필했다. 9월에 큰아들 학연이 바라를 두드려 억울함을 호소하여 용서받는 은총을 입었으나 홍명주洪命周, 이기경李基慶이 계啓를 올려 석방되지 못했다. 「고양이貍奴行」 「전간기사田間紀事」 「용산촌의 아전龍山吏」 「파지촌의 아전波池吏」 「해남촌의 아전海南吏」 등의 작품이 이해에 씌었다.

1811년(50세, 순조 11, 辛未) 『아방강역고我邦疆域考』 10권, 『예전상기별禮箋喪期別』(『전서』 「상례사전」 권10~16에 수록됨)을 저술했다.

1812년(51세, 순조 12, 壬申) 『민보의民堡議』 3권, 『춘추고징春秋考徵』 12권을 저술하고 「아암탑문兒菴塔文」(『전서』에 「아암 장공 탑명(兒菴藏公塔銘)」으로 수록됨)을 지었다.

1813년(52세, 순조 13, 癸酉) 겨울에 『논어고금주論語古今註』 40권을 완성했다.

1814년(53세, 순조 14, 甲戌) 4월에 대계臺啓가 정지되어 죄인명부에서 삭제

되었지만 강준흠姜浚欽의 상소로 해배되지 못했다. 여름에 『맹자요의孟
子要義』 9권, 가을에 『대학공의大學公議』 3권, 『중용자잠中庸自箴』 3권, 그리
고 『중용강의보中庸講義補』, 겨울에 『대동수경大東水經』 2권을 저술했다.

1815년(54세, 순조 15, 乙亥)   봄에 『심경밀험心經密驗』 『소학지언小學枝言』을
저술했다.

1816년(55세, 순조 16, 丙子)   봄에 『악서고존樂書孤存』 12권이 완성되었다.
6월에 둘째형 약전의 부음을 들었다.

1817년(56세, 순조 17, 丁丑)   가을에 『상의절요喪儀節要』가 완성되었다. 『방례
초본邦禮草本』의 저술에 착수했으나 완성하지 못하고 『목민심서牧民心書』
의 집필에 착수했다.

1818년(57세, 순조 18, 戊寅)   봄에 『목민심서』 48권이 완성되었고 여름에 『국
조전례고國朝典禮考』(『전서』의 『상례외편(喪禮外編)』에 편입됨)가 완성되었다.
8월에 이태순李泰淳의 상소로 귀양이 풀려서 다산을 떠나, 9월 14일에 마
재의 고향집에 돌아왔다.

1819년(58세, 순조 19, 己卯)   여름에 『흠흠신서欽欽新書』 30권, 겨울에 『아언각
비雅言覺非』 3권을 저술했다.

1821년(60세, 순조 21, 辛巳)   봄에 『사대고례산보事大考例刪補』를 완성했다.
「남고 윤지범 묘지명南皐尹參議墓誌銘」을 지었다.

1822년(61세, 순조 22, 壬午)   회갑을 맞아 스스로 「자찬묘지명自撰墓誌銘」을
지었다. 「무구 윤지눌 묘지명司憲府持平尹无咎墓誌銘」과 「금리 이유수 묘지
명司憲府掌令錦里李周臣墓誌銘」을 지었다.

1827년(66세, 순조 27, 丁亥)   10월에 윤극배尹克培가 모함하는 상소를 올렸으
나 마침내 무고함이 드러났다.

1834년(73세, 순조 34, 甲午)   봄에 『상서고훈尙書古訓』과 『지원록知遠錄』을 개
수改修하여 21권으로 합편하고 가을에 『매씨서평梅氏書平』을 10권으로
개정 보완했다.

1836년(75세, 헌종 2, 丙申)　2월 22일 진시辰時에 마재의 여유당 정침에서 조용히 서거했다. 4월 1일 다산의 유언에 따라 여유당 뒷동산에 안장했다.

〔부기〕 이 연보는 다산의 현손玄孫 정규영丁奎英이 편찬한 『사암선생연보俟菴先生年譜』에 따라 작성했고, 영남대학교 김봉남金奉楠 교수의 박사학위 논문 『다산 시에 함축된 내면의식의 변모양상』의 도움을 받았다.